三浦綾子の生涯

堀田綾子から三浦綾子へ

村田和子

未知谷
Publisher Michitani

前書き

作家三浦綾子が一九九九年十月十二日に神のもとに召されてから二四年の月日が流れた。両親を初めとして八人いた兄姉弟も総て鬼籍に入り、夫三浦光世及び晩年彼の取り巻きであった人々もほとんどこの世を去った今、私はようやく三浦綾子の遺言を果たすことが出来そうである。綾子の晩年最も近くにいて、生前からの彼女の望み通り死の床に付き添った私は、その数年前から彼女の遺言ともいうべき言葉を預かっていて、今その約束を果たせるかと筆を執るものである。

三浦綾子にとって最後の書き下ろし長篇小説となった『銃口』上下巻が刊行された一九九三年頃「私にはまだ死ぬという仕事が残っている」と度々口にした彼女であったが、それがどのような意味なのか、当時の私には測り知れないことであった。一九九九年秋に彼女が天に召されるまでの日々を共に過ごす中で、その意味を知り得たように思う。

「もう一度書きたい」と言い続ける彼女にとって、その思いを断念せざるを得ないほどパーキンソン病が進行し、さらにそれは三浦光世の口述筆記によっては書き得ない内容でもあった。つまり晩年、病による筋力の衰えから消え入るような弱々しい声で呟くように繰り返したのがこんな言葉であったからである。

「山に向かって少年が立っているのよね。そうして……」

いつもそこで言葉がと切れるのであったが、それは明らかに少年時代の光世を示していたに違いない。作家三浦綾子が最後の作品として書きたかったのは長年共に生きて来た夫光世について知り得なかった事を解き明かし、また己との関係性や信仰について深く追求し納得したいと願う思いではなかったか。そんな彼女の希望を察知した私は、一九九七年四月二十五日七十五歳の誕生日に、当時札幌の病院に入院中であった彼女に万年筆をプレゼントした。

「綾さん、自分の手で書きたいでしょう？　頑張りましょうね！」と言って。

綾子が入院によるリハビリで奇跡的に回復すると信じたい私がそこにはいた。幾度となく奇跡を起こして来た彼女でもあったから。残念ながら綾子にはもはやそんな力は残っていなかった。一方彼女は繰り返し私に囁いていた。

「あんたがいてくれるから、こんなに私を解ってくれるあんたがいてくれるから、もう安心だ」

そんな時期から私が自分自身の目で見、耳で聞いた事などを、これほど長い間発表出来なかったのは、一つには綾子が逝った直後に綾子の実弟堀田鉄夫から「綾ちゃんの恥になるような事は書いて欲しくない」と言われたこともあるが、むしろ何よりも私自身が、如何にして託された遺言を綾子が望む形で書き得るだろうかと、悩んでいたことの方が大きかった。さらに、関係者が存命の内は色々物議を醸すであろうから自重するようにと周りに助言されたこともあった。

そうこうするうちに二四年が過ぎ、私自身が当時の綾子の年齢に限りなく近づいていることから、ここで筆を執ることにした。


本書前段は主婦の友社から一九九二年に出版された『三浦綾子全集第二十巻』巻末に筆者が書いた四〇〇字詰原稿用紙五〇〇枚に及ぶ三浦綾子の誕生から全集刊行時迄の年譜である。後段は一九九三年から綾子が没する一九九九年秋までの記録となる。

年譜執筆に至るまでの経過を少し書いておきたい。

主婦の友社が全集収録用の年譜執筆者の推薦を当時旭川大学の学長であった文芸評論家の高野斗志美に依頼したところ、筆者の名があがり、三浦綾子の承認も得て依頼をされたのが契機である。

当初の依頼は一九八三年から九二年までの一〇年間の記録で、原稿は五〇枚までというものであった。

五〇枚で一〇年の記録なら容易であろうと考えた。出版社から見本原稿を見たいと言われたのを機に、私はせっかくの機会だからと構想を練った。何しろ高校生の頃から娘のように可愛がってもらった綾子のことだ。役に立つものを書けないものかと熟考した。

彼女の一般的理解がクリスチャン作家の一面からばかり捉えられているのではないかと考え、人間三浦綾子の全体像を示すようなものを書こうと考えた。私の筆力を見たいというのであろうとまず制作プランの一部、一定時期の綾子を三〇枚の原稿に収めてみた。

それを推薦者の高野が読み終わった時、編集者が緊張の面持ちで〝先生、いかがですか?〟と聞くと、一呼吸おいて高野が〝素晴らしいので、このままで良いでしょう〟と応えた。筆者ばかりでなく、安堵の胸を撫で下ろした編集者の様子が思い出される。担当編集者という立場の厳しさを知らされた思いであった。原稿を持ち帰った編集者からすぐに知らせが来て、編集部内でも良い評価が得られ、枚数の制限なしに好きなだけ書いてほしいと言う。結局、締め切りもあることから、原稿用紙五〇〇枚で止めることになった。

主婦の友社ではそれを異例の〝読む年譜〟と称して二十巻巻末に納めてくれた。内容は評伝に近いものであったが、作家本人が健在であった事と、綾子自身が自叙伝を多く執筆していたので、そこからの引用を多くして、作家本人が語るような形にした。

いよいよ二十巻が届くと、多忙な時期にも拘らず綾子が即座に全文を読んでくれたと知って少なからず驚いた。大変感動したと手渡してくれた完成本の表紙を開くとこんな言葉を記してくれていた。

「神があなたを私の友としてお与えくださった愛の深さをしみじみと想っています。独創的なそして真実のこもった年譜　私の宝です。心からの感謝をこめて

一九九三、二、五　三浦綾子

村田和子様」

この綾子のサインは、私にとってこそ宝物であった。本のサインで言うと、もう一つ特別なものがある。小林多喜二の母を書いた『母』が出版社から届いた時「ミコには悪いけど一冊しかないこれを、最初に貴女にあげたいの」と言って渡された『母』の表紙を開くとこんな言葉が書かれていた。

「誰よりも先に命の恩人であるあなたにお贈りします。

一九九二、二、七

村田和子様　三浦綾子」

作家デビュー以来、綾子は新刊本が届くたびに最初の一冊を夫光世に献本するのが習わしであった。恐らく光世より先に受け取ったのは私が最初で最後だと思う。この頃体調が悪くその原因がパーキンソン病であることが判明する機会を私が作ったことが〝有り難く、命の恩人よ〟という感謝の言葉となったのであろう。

年譜を読んだ後に綾子は言っていた。

「確か全集は二五〇〇部しか発行されていなくて、私にはそれ以上の読者がいるの。だからその人たち皆に是非これを読ませてあげたいから、単行本にして出版して欲しい」

実は当時、編集者からも予定があると聞いていたが、実現はしなかった。しかしこの年譜執筆を境に綾子が〝村田和子に全幅の信頼を置く〟と公言して憚らなくなり、綾子と私の信頼関係が盤石のものになった。反面それを快く思わない人々も周りにいた様である。

〝単行本にして欲しい〟との願いを叶えるまでにかくも長い年月を要してしまったが、今ようやく出版に漕ぎ着けることができ、堀田綾子として生を受け、作家三浦綾子として没するまでの全生涯にわたる記録が、昨年生誕一〇〇年を迎えたことと相まって、図らずも「三浦綾子の一生記」となったことは喜ばしい限りである。

三浦綾子の生涯　目次

続年譜　212

年譜に書き得なかった追記　232

後書き　253

三浦綾子の生涯

堀田綾子から三浦綾子へ

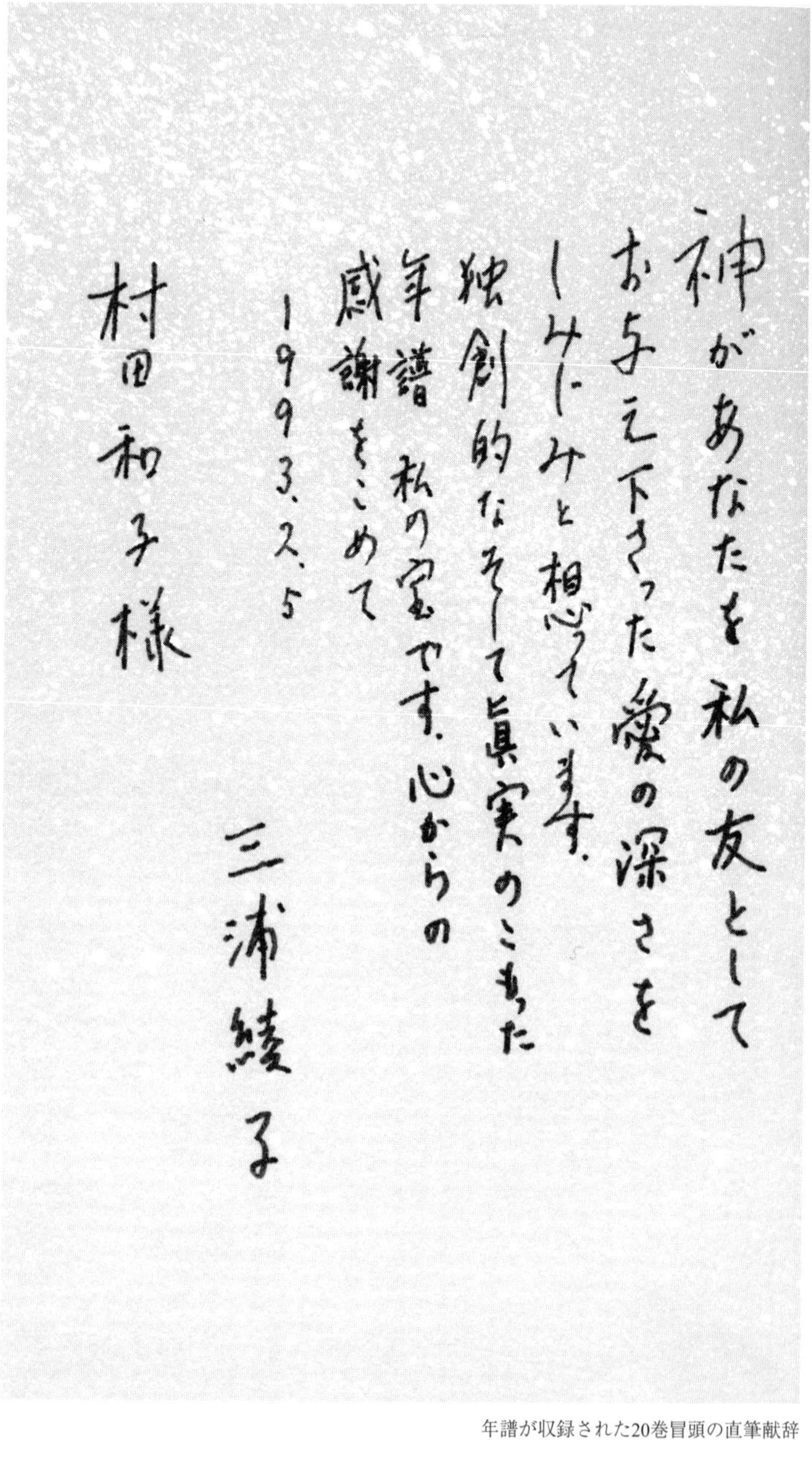

神があなたを私の友として
お与え下さった愛の深さを
しみじみと想っています。
独創的なそして真実のこもった
年譜 私の宝です。心からの
感謝をこめて
1993.2.5

三浦綾子

村田和子様

年譜が収録された20巻冒頭の直筆献辞

幼年時代

一九二二（大正十一）年

四月二十五日、堀田（三浦）綾子生まれる。

生家は北海道上川郡旭川区四条通十六丁目左二号（この年の八月一日、市制に移行。旭川は、札幌、函館、室蘭、釧路とともに市となる）にあり、その界隈は酒、味噌、醤油の醸造元の大店や石蔵が立ち並び、近所には大正七年に開設された旭川の私設市場の第一小売市場があり、果物屋、金魚屋、植木屋、飴屋等が露店を出し、下町情緒あふれるにぎやかな商業地区であった。地元の新聞社に勤める父鉄治と母キサとの間の第五子、次女として誕生した。そのとき父鉄治が数え年で三十三歳、母キサ二十九歳で、長男道夫十二歳を頭に次男菊夫十歳、三男都志夫七歳、長女百合子四歳と、鉄治の末妹スエ十三歳の七人家族に、新たに綾子が加わったのである。

当時、父方の祖父母はすでにこの世になく、母方の祖父は祖母エツとの間にできた一人娘のキサの誕生後間もなく、事情があって祖母と離婚させられたのち、焼尻島《やぎしり》に渡ったという。一方その後再婚した祖母は、堀田一家の近所に住んで、毎日のように子だくさんの堀田家に手伝いに来ていた。

――私は自分の生まれた朝が、なぜか雨雲の低く垂れこめた朝のような気がしてならない。まるで、自分の目でその朝の空を窓越しに見たかのように、暗い無気味な空が私の瞼に描かれている。誕生日のたびに、親たちはその日の思い出を私に語ってくれたものだ。

「綾子、お前の生まれた朝はね、向井病院が大火事でね」

父母や祖母から、幾度この話を聞かされたことか。幾度も聞かされているうちに、向井病院の火事の現場を見たかのように、赤い炎が噴き上がり、黒い煙が空に舞うさまを容易に想い描くようになった。――『草のうた』

綾子が誕生日ごとに聞かされたもう一つの話は、自分が仮死状態で生まれたということであった。臍の緒を首に巻き、泣くこともできず、ぐったりとして生まれた綾子を、手慣れた産婆は、逆さにして尻を叩き、蘇生させたという。

――私は思春期になった頃、この仮死の自分を思い出すたびに、(神は私の誕生をためらったのではないか)と、よく思ったものだった。そしてまた、(誕生したことがまるで罪であるかのように、私はいきなり尻を叩かれた。生まれるに値しなかったのであろうか)などと考えたものだ。――『草のうた』

母親に抱かれて寝た記憶がないという綾子の幼い頃の思い出の中には、必ず母方の祖母エツがいた。祖母は十五、六の時に祖父と恋愛結婚をし、一人娘のキサ(つまり綾子の母親)を産んで間もなく、何らかの事情で祖父と無理矢理に離婚させられたという。その後、北海道北西部羽幌《はぼろ》町の沖合いにある焼尻島に渡り、小商いをしていたといわれる祖父が、離婚して三十年近くを経たのち、娘キサの前にあらわれたのが、綾子誕生間もない、大正十一年の夏のことであった。綾子を抱いた祖父は綾子の母キサに、「この子を大事にしなさい。必ずお前の力になる子だ。この目にはその相がある」と言い残し、その足で今度は樺太に去り、そこで一生を終えたという。(『わたしの原点』)

一九二三(大正十二)年　一歳

九月一日、関東大震災起こる。

関東全域にわたり死者九万人、罹災者三百四十万人を出したといわれる大地震で、旭川市も医師会、青年団聯盟等を救護のため派遣。(『旭川市史』)

一九二四（大正十三）年　二歳

十一月九日、四男堀田鉄夫生まれる。

おおぜいの子どもたちや親戚の世話に明け暮れる母親にかわって、祖母エツは堀田家に一年の大半を手伝いに来ていた。添い寝をしながら、あるいは風呂に入りながら、祖母は綾子にたくさんのひと口話やおとぎ話を聞かせるのであった。綾子はのちに自分がユーモアのある人間であるといわれるようになったのは、祖母の語ったひと口話の影響であり、また、小説に興味を持つようになったのは、祖母に聞かされたおとぎ話のおかげだったのではないかと言う。（『おばあちゃんのひとくちばなし』）

一九二五（大正十四）年　三歳

生来虚弱体質であり腺病質であった綾子は、幼いとき、よく熱を出した。熱に浮かされ、毎夜のように見る夢やときおり見る幻覚におびやかされることの多かった綾子にとって、幼年時代は「無気味さの中にある時代」であり、「淋しさ、不安、恐怖の入りまじった中」にあるものであった。病が癒えると綾子は、部屋の窓から外を眺めるのが常で、のどには真綿を巻き、綿入れの袂に手を入れて、外を凝視している幼い綾子の姿がそこにいつもあった。（『草のうた』）

――妹のことを語ろうとする時、何故か寡黙で翳りのある彼女の顔が浮かんでくる。最も幼い時の姿でさえ独りぼっちである。

あれは、妹が三歳、私が六歳頃のことであったろうか。妹は可愛い着物姿で、茶の間の障子戸のガラスに寄って外を眺めている。「エコンボー、トドマツキタゾ」（エコン坊、友達来たゾ）と私を呼んだ。幼い妹は「ユリコ」と言えず「エコ」と私を呼んでいた。兄達の乱暴な言葉を真似て私を呼んだのである。

私は妹の側を擦り抜けて外に出たが、一寸ふり返ると、小さな妹は懐手のまま気難しげに私を見ている。私の後を追いもせず、一緒に遊んで欲しいとも言わない。薄い眉をよせて私を見ているだけである。「変な子」――六歳の私は殊に、理解出来ぬものを見たのであろう。――高坂百合子「妹のこと」。『三浦綾子作品集2』(朝日新聞社刊)月報

このころ、綾子は初めて人の死に出会う。それは遊び仲間だった〝弥っちゃん〟の兄であった。その兄が死ぬ前日に、当時折にふれ堀田家に手伝いに来ていた老婆が「カラスの啼き声がおかしい。人が死ぬのではないか」と言うのを聞き、死んだあとに老婆が再び「カラスの声が悪いと思ったら、やっぱり人が死んだね」と繰り返すのを聞いた綾子は、「言いがたい恐怖」に襲われる。それまでは鼠や犬や昆虫の死以外の死を経験したことのなかった綾子には老婆の語る「カラスの啼き声」という言葉が、あたかも「魔法使いの言葉」のように人間の死を語り、綾子の幼い魂に「この世には言い難く恐ろしいもののあること」を深く感じさせてしまう。そんなこともあってか、綾子にとってこのころの世界は「妙にしんと静まりかえった」ものであった。

生来体の弱かった綾子は、部屋の片隅でひっそりと本を読んでいることが好きで、このころにはもうかなり分厚い本を一冊手にしていたというが、その本の一節が幼い綾子に強烈な印象を与える。

――「テフテフサンハ、クライハヤシノナカニ、ヒラヒラト、ハイッテユキマシタ」

この文章が、私の心を不安にさせた。文字どおり心が震えるようであった。私の目に暗い林が見えた。そしてその中に、白い蝶がひらひらと舞って行く優美な姿が、はっきりと見えた。が、なぜこの一節が私を不安にさせたのであろう。この蝶が再び暗い林の中から出て来ることが出来るかどうか。私にはそれが気がかりでならなかったのだ。蝶が暗い林の中に入って行く姿は想像出来ても、その中から明るい光の下に出て来る姿は想像も出来なかったのだ。この蝶への不安を、

私はずいぶん長いこと抱えこんでいたような気がする。
――『草のうた』

一九二六（大正十五、昭和元）年　四歳

作家三浦綾子を知る者なら、彼女がスカーフや細長い布を身体に巻きつけて舞う姿を一度ならず見ているはずであるが、実はその原体験を彷彿させる出来事がこの当時起きる。

ある日の夕刻、母に連れられて行った銭湯でのことである。先に上がって身支度をすませた綾子は、そばにいた赤児を抱くのであるが、たちまちのうちに着物を汚物で汚されてしまう。母のキサは綾子を一人残し、家へ着物をとりに帰る。待てどくらせど母は来ない。待ち切れなくなった綾子の日に母の残していった三尺帯が入る。これで家に帰れると彼女は思う。

――私はその三尺帯を肩から斜めに体に巻きつけた。か細い子供の体である。幅広い三尺帯である。ゆったりと膝のあたりまで巻きつけることが出来た。……多分その姿は、珍妙であったにちがいない。……私はまだ明るい夕方の街に出た。銭湯のすぐそばで、半裸の男が道路に水を撒いていた。男は驚いて、二メートルほどの長い柄の柄杓を持ったまま、まじまじと私の姿をみつめた。私は広い道路の真ん中を、悠々と歩いて帰って行った。恥ずかしい気がした。が、一方、裸ではないのだという気持ちがあって、誇らしい思いもあったような気がする。つまり、三尺帯を巻きつけるとは、われながら名案と言いたいところだったのだろう。

家まで、あと半丁という所まで来た時、風呂敷包みを抱えて、私を迎えに来た姉に出会った。姉は私の奇妙な姿を見て、

「まあ！」

と、実に何ともいえない優しい笑顔を見せた。そして、ふだんより何倍も優しい語調で私を慰め、太い柳の木の下で、ぐるぐる巻きの帯を取り、風呂敷の中の浴衣を着せてくれた。私はこの時、初めて姉の姉らし

さに触れたのである。私がようやく、自分以外の人間を意識する年齢になっていたからであろうか。きょうだい愛をたっぷりと私は浴衣と共に着たのであった。

――『草のうた』

十二月二十五日、大正天皇崩御。年号が昭和に改まる。このとき、綾子は数え年五歳。天皇の存在を認識した初めての日を綾子は鮮明に記憶している。


――その夜は、家の中がひっそりとしていた。みんな足音さえしのばせて歩いているようだった。誰もが黙っていた。……ストーブがあたたかく燃えている。そのストーブ台の上を、私は炉箒で掃いていた。……が、ストーブ台の上を掃いている私の気持ちは、それまで味わったことのない気持ちであった。……五歳の子供に、厳粛という言葉は知る筈がない。が、その時私が感じたのは、まさに厳粛そのものであった。

「天皇がおかくれになった」


誰かがささやくように言った。

「天皇さまがおかくれになった」

また誰かが誰かに言った。幾度も幾度も「天皇さまがおかくれになった」という言葉が私の耳に聞こえた。

……（てんのうさまがおかくれになった）

「てんのうさま」もわからなければ、「おかくれになった」もわからない。何かは知らないが、「てんのうさま」という人がいるらしい。そしてその人は、とても偉い人らしい。……なぜなら、「さま」という言葉は誰もめったに使わない。「王さま」とか、「殿さま」とか、偉い人には皆、「さま」がつく。……だが、「おかくれになった」ということがわからない。要するにどこかに隠れたことには違いない。……私には、何となくてんのうさまは押入れに隠れたような気がしてならなかった。が、どこかがちがうような気もした。それは大人たちのかもし出す雰囲気でわかった。とにかく、偉い人の上に何かが起こった。私は炉箒を動かしながら、なぜか炉端をきれいに、きれいに掃き清めなければならぬと感じていた。私にとって、「天皇」の存在は突如こんな形で知らされたのだった。——『草のうた』

一九二七（昭和二）年　五歳

三月二十七日、五男堀田昭夫生まれる。

一九二八（昭和三）年　六歳

三月、一家の移転。

この年の三月、堀田家は四条通十六丁目左二号の生家から九条通十二丁目右七号へ転居した。にぎやかな商業地区にあった生家からわずか七、八百メートルに位置する新居は、一変して閑静な住宅街であった。

旧制旭川中学校、土木現業所、測候所、塀に囲まれた両役所の官舎、綾子が翌春から通うはずの大成尋常高等小学校などがすぐそばにあり、近所には、女学校、中学校、師範学校の教師、詩人、共産主義の活動家などが住んでいた。堀田一家の新居はそんな中の一棟二戸建ての家であった。この新居の隣の一戸に二年後、クリスチャン一家の前川家が引っ越して来ることになり、綾子と前川正の運命的とも言える出会いとなる。

引っ越し当時の綾子の一大関心事は、自宅のすぐそばの背の高い塀に囲まれた場所である。一町四方をぐるりと囲んで建ち、幼い綾子には巨大とも見えるコンクリートの塀の向こうには、いったい何があるのだろうと、間もなく六歳になろうとしている綾子は考える。現実とおとぎ話がまだ同居している年齢である。そうだ、あの塀の中には、お城があるに違いない。そしてお城の中には、美しい王女や王さまがいて——綾子の想像はふくらむ。見ると門のところには巡査も立っている。やっぱり城だ、と綾子は確信し、移転して幾日もの間その塀の中の様子をあれこれと夢みて楽しむ。

間もなくその夢は、「言うことを聞かないと、お前もあの監獄に入れるよ」と子どもを叱る近所の母親の言葉で破られる。見ると、その母親は綾子のお城を指さしているのだ。

綾子の〝お城〟は実は、一九一九（大正八）年に設置された旭川監獄（後年改め旭川刑務所）であったのだった。

この刑務所の塀のそばには、種々の雑草が生えていて、夏の盛りには子どもたちのかっこうの遊び場となった。ある日だれかが、

「ペンペン草をむしると、雨が降るよ」

と言うのを聞き、雨は大嫌いであった綾子であるのに何故か無性にその草を抜きたい衝動に駆られる。幼いころから、綾子はいわゆる迷信なるものに、言い知れぬ反発を感じていた。ある時、〝食事のすぐあとに横になると牛になる〟と言われ、綾子は突如、怒りを感ずる。自分はいつも食後寝ころぶが、牛になどなったことはない、と叫び、だまされてたまるかと怒る。

また、ある時、「赤い石を拾うと母さんが死ぬ」という言い伝えを聞き、なんとしても赤い石を拾ってみようと思う。それは、「あの言葉の脅しにも似た言い伝えへの反逆」であった。ついに決心して赤い石を拾ってみたが、母は死ななかった。かくして綾子は「赤い石の呪縛」から逃れたのだった。もっとも後年、そのことを思い出し、不意に自己嫌悪に駆られる綾子でもあった。

――あの年齢では、赤い石を恐れていたほうが子供らしいというものではないか。母が死ぬかもしれないことは、どんなことがあっても出来ない子供であったほうが、愛らしいのではないか。そう思ったのであった。――『草のうた』

この刑務所から道路を一本隔てて、旭川中学校（旭中）があり、そのグラウンドも綾子たちには、格好の遊び場所であった。一九〇三（明治三六）年に庁立上川中学校として開校、旭川中学校時代（旭中）を経て、現在は道立旭川東高等学校の男女共学になっているが、その当時は男子校の名門であった。六条通りから、北に二町四方にわたり広がる旭中の敷地の大半がグラウ

ンドで、昭和の初期、野球のスタルヒンが同九年に職業野球団（東京巨人軍、現在の読売ジャイアンツ）に入団するまで活躍したのも旭中でのことであった。このスタルヒンと三兄都志夫は親しく、よく家に遊びに来ていたという。当時、都志夫は旭中野球部のマネージャーをしていた。旭中生が使用していないときのグラウンドで、綾子ら近所の子どもたちはよく遊んだ。

この界隈と、さらに北に広がる地域との境界線に石狩川支流の牛朱別《うしゅべつ》川が流れていて、河原はうっそうとした草木に覆われた淋しい場所であった。この一帯は夜になるといっそう淋しく暗く、痴漢などがよく出没し、大人ですら一人歩きは危険であった。昼間は昼間で、刑務所から足に鎖をかけられた囚人が出入りするのを見たり、旭中生が校庭で軍事教練を行っており、実弾射撃演習をする光景や、牛朱別川の切かえ工事現場で労働する、その当時は、タコと呼ばれていた赤い腰巻の土工夫たちを見るなど、移転して来て以来、幼い綾子にとっては、衝撃的な経験がつづくのである。

「この淋しいところで育った年数が多いということが、わたしにとっては大きなことだった」（『愛に遠くあれど』）と綾子は語っている。

小学校時代

一九二九（昭和四）年　七歳

四月一日、旭川市立大成尋常高等小学校入学。担任は渡辺ミサオ教諭で、このあと六年間を通じて、綾子を受け持つことになる。入学式の日、母キサ手縫いのモスリンの着物と被布を着、母に手を引かれて登校。姉の百合子が前日席を確かめておいてくれたので、当日綾子は教室に入ると母の手を振りほどき、まっすぐ自分の席に進み着席する。事情を知らないキサは、その後幾度も「綾子は自分で自分の席を、すぐ見つけて坐ったのよ」と人々に自慢するのであったが、それを聞くたびに本当のことを言いそびれていた綾子の心はうしろめたい感情にさいなまれた。

——もともと、無口だった私は、姉から自分の席を聞いていたと、うまく説明出来なかった。なぜか姉も黙っていたので、私が事実を告げては、母に気の毒なような気もした。——『草のうた』

この後間もなく綾子は、再度このうしろめたさを経験する。授業中に宿題を調べていた教師から誤ってほめられるのであるが、例によって無口な綾子は状況の説明をしそびれ、それが〝自分は狡い人間だ〟と感じさせ、〝後味の悪さ〟が心に残る。この後味の悪さは、実に十七歳で小学校教師になるまでつづいたと言い、教師になってからもこの感情が教師のあるべき姿に示唆を与えることが多く、また作家になったあともその作品にしばしば導入されているところを見ると、根強く綾子の心に残った感情であったことがうかがえる。

己れがほめられることに、かくも繊細であった綾子は反面、他人がほめられることには非常に寛大であった。綾子は本来〝優れたものに対する憧れ〟が強く、〝優れたものの前には、一も二もなく脱帽する〟、そして、そこには嫉妬の感情などは、〝頭をもたげる余地〟もないのであった。この〝とことん感動してしまう〟性格は大人になっても変わることはなかった。

六月二十二日、三女堀田陽子生まれる。

一九三〇（昭和五）年　八歳

春、前川正との出会い。

小学校二年生となった綾子は、その後彼女の運命を大きく変えることになる前川正と出会う。

堀田一家の住む一棟二戸建ての片方に、前川一家が移転してくる。鉄道病院の薬剤師で無口でまじめそうな父親友吉、以前肋膜を患い、病弱ではあるが、聡明そうで物腰の上品な母親に、やや小生意気に見える長男の正、人なつっこいがどこかしら大人びたところのある美喜子、そしてまだよだれかけのとれていない進の五人家族であった。前川一家がクリスチャンであることは、間もなく綾子の知るところとなる。自分より二歳年下の美喜子とはすぐに仲よくなるが、二歳年上の同じ大成尋常小学校四年生で級長をつとめ、綾子のことなどは眼中にないかのような正には、（生意気な人）という印象があったにもかかわらず、綾子はなぜか〝心の中に親しみが湧いてくるのを、どうすることも出来なかった〟。

隣人としてわずかに一年過ごしただけであったこの前川正が、二十年近くたって結核で療養中の綾子の前に現れ、綾子をキリスト教に導き、その婚約者にまでなる存在であろうとは、当時のだれが想像しえたであろうか。これはまさに〝神の布石〟ともいうべきものであったと綾子は語る。（〝　〟内『わたしの原点』および『草のうた』より引用）

秋、火の玉と花電車の思い出。

前年旭川市に市内電車が一条通と四条通に開通し、翌年の五月には師団線が開通しており、その一周年記念行事ででもあろうか、その夜綾子は、家族と連れ立ち、花電車見物に出かけるのであるが、帰り道、昼間の遊び場所である測候所の敷地辺りでのことであった。

——突如、敷地と官舎の境に、異様な青い光がふわふわと、尾を引きながら流れているのを私は見た。家の軒ほどの高さだった。

（あっ！　火の玉だ！）

私はものも言えずに、火の玉をじっと目で追った。何かの本で見たことのある、あの火の玉の形であった。大人の頭よりも大きい火の玉を、私は声も立てずに見つめた。……家に入っても、私は火の玉のことを誰にも言わなかった。口に出すさえ恐ろしかったからかも知れない。……布団の中に入ったあとも、私は恐ろしくて眠るどころではなかった。「火の玉は人の魂だ」と聞いたこともあって、体が震えてならなかった。美しい花電車の思い出はこうして、火の玉を見た夜という形で、私の印象に残ることになった。——『草のうた』

冬、キリスト教との出会い。

クリスマスの夜、前川美喜子に誘われ、綾子は生まれて初めてキリスト教会に行く。教会のクリスマスプログラムに出演する美喜子や、おおぜいの信者を代表して祈りを捧げる美喜子の父友吉の姿を見て、綾子の心は尊敬の念で満ち、(前川家は、ただの家ではない)という畏敬の念を持つ。キリスト教作家三浦綾子が初めて、キリスト教にふれた記念すべき夜であった。

一九三一(昭和六)**年　九歳**

三月、前川正との別れ。

ようやく親しくなった前川一家が、わずか一年足らずで、隣家から五百メートルほど離れたところに引っ越すことになった。

――別れる時、美喜子は私に折紙を一束くれた。正は黙って私を見たまま、何も言わなかった。やはり私など眼中になかったのだろうか。私にしても、正にしても、お互いにゆきずりの者に過ぎなかった。馬車に家財道具を載せて、正の一家は遠ざかって行った。一年間、前川家の隣に住んだということが、私の人生を大きく変えることになるなどとは、想像も出来ぬ別れであった。――『草のうた』

三年生に進級した綾子は、入学以来初めての級長選挙を経験するが、不意に自分が級長になるような胸騒ぎを覚える。が、字はきたない、服装にも無頓着、むっつりとしてめったに口もきかない自分が級長になどなるわけがないと思いなおす。が、はたして予感どおり級長に選ばれた綾子に、兄の都志夫が言った。

――「何だ、堀田の家にも、お前みたいな出来そこないがいるんか」

と、ひやかした。中学三年生であった兄のこの言葉が、なぜか私にはあたたかくひびいた。

（もしかしたら、本当に出来そこないかも知れないわ）

そんな素直な気持ちになったのを覚えている。——『草のうた』

五月、父鉄治、暴漢に襲われる。


北海道の五月末はまだ桜がようやく過ぎるころであるのに、その日は真夏日のように暑い日であった。当時、地元紙の営業マンであった堀田鉄治のところに荒くれ立った男が二人酒気を帯びてやってくる。二人が路地で乱暴な打ち合わせをするのを聞いてしまった綾子は不安な気持ちで状況を見守るのであるが、やがて大声で争う男たちのただならぬ気配に家の中をのぞくと、二人の男に組み伏せられている父の姿が目に入る。

（父ちゃんが殺される！）

どう逃れたのか鉄治は、隣家の裏口に飛び込む。その父を二人の男が追う、と思うやいなや、隣家の玄関から裸足《はだし》で飛び出してくる父、そしてそれを追って二人の男。三人が表でにらみ合っている。それぞれの手にはいつの間にか出刃包丁が逆手に握られている。自分の目の前にある男たちの背に向かって、綾子は小石をぶつけようとする。が、手が動かない。身体もすくみきっている。折よく柔道部の猛者である三男の都志夫が帰ってき、一方長兄は、事が始まるやいなや交番に走っていたので、警官も駆けつけ、事は収まったのであるが、衝撃を受けて立ちすくんでいる綾子には、何がどうなったのか覚えがなかった。仕事が忙しく、ほとんど家にいたことがない父であれば、この事件があって、初めて、綾子は自分の父を父として切実に考えたという。


そしてこの事件を境に、綾子は無邪気に生きている自分のまわりの級友らと自分との差は、日ごろ感じていたものよりいっそう大きいものであると感じ、また、自分は不幸だ、あの人たちには悩みなどなくていいなというような、大人っぽい感情が芽生えたのであった。

夏、綾子日曜学校に通う。

級友に誘われて、クリスマスに行って以来行かなかった教会に綾子は通い始めることになる。

――学校が好きな私は、日曜日も休まずに何か学べることに喜びを感じた。が、何より私が教会に足を向けたのは、日曜日に家にいることがいやだったからである。雨の日曜日など、狭いわが家は男のきょうだいたちが取っ組み合ったりして、実に殺伐であった。……数え二つの妹陽子が、その男の子たちのドタバタ騒ぎの中で、よく踏みつぶされなかったものだと、今にして思う。とにかく私は日曜日のわが家は嫌いだった。

――『草のうた』

このような動機のせいもあったかどうか、綾子にとっては、日曜学校は〝光り眩い緑の芝生に遊んでいるような〟心地よさを持ったものではあったが、なぜか一年しか通っていない。

この夏、綾子の通う大成小学校は、生徒数が二千人をはるかに越えていたため、その三分の一が新設校に転校することになり、クラスの送別会を級長である綾子が中心になって準備することになった。

その送別会での忘れられない思い出は、綾子が自ら演じた「羽衣」の漁師のセリフである。羽衣を返してくれと哀願する天女に、舞うなら返すと漁師、羽衣がなくては舞えぬという天女に、「しかし、羽衣を返したら、舞を舞わずにそのまま天にお帰りになることでしょう」と疑う漁師、そこで、天女は「天人は嘘を申しません」と答える。それを聞いて赤面した漁師が「ああ恥ずかしいことを申しました」と羽衣を天女に返す、そのくだりである。

――私はその漁師の、「ああ恥ずかしいことを申しました」という言葉に、いたく心打たれた。私はそれまで、恥ずかしいということが、こんな内容を持っているものとは思わなかった。人の前でものを言うのが恥ずかしいと言う友がいる。麦飯の弁当を人に見られるのが恥ずかしいと言って、隠して食べる生徒がいる。私も麦飯を持って学校に行ったが、一度として恥ずかしいと思ったことはなかった。人の前で話をすることも、さほど恥ずかしくはなかった。そんな私には、可愛さはなかったと思う。恥ずかしがらない自分を、自分でも不思議に思うことが度々あった。――『草のうた』

その綾子が、今この漁師が言う「ああ恥ずかしいことを申しました」という言葉が、実によくわかったのだと言う。人間の世界の常で天女を疑った漁師は、「天人は嘘を申しません」という言葉に胸をつかれ、己れの醜さを知らされる。

一九三二（昭和七）年　十歳

春、綾子と読書。

三年生のころにはすでに「本きちがい」の異名を与えられていた綾子ではあったが、その読書事情は必ずしも恵まれたものではなかった。当時の堀田家の家庭環境は、文化的というものにはほど遠く、中学生の兄弟がいても机すらなく、卓袱台や出窓が机の代わりをし、綾子はもっぱら腹ばいになって宿題をしていた。学校の教科書以外の書物を買ってもらうなどということは絶無であり、本は借りて読むものと幼い頃から思っていた。借りられるものなら手当たり次第に読むわけであるから、いきおい年齢不相応の読み物も混入する。四年生になると、綾子はそれまで読んでいた少年少女雑誌の類を離れ、叔母スエの購読していた婦人雑誌や長兄道夫の読んでいた探偵小説雑誌等をひそかに読み始めていた。

読書と平行して映画にも強い関心を持っていた。二年生のときに生まれて初めて大スクリーンで映画を見て感動を書いた作文「学校の活動写真」が学校の月刊文集「芽生」に載ったが、それが綾子の文章が活字になった最初であった。三年生のときに見た劇映画「金色夜叉」がきっかけとなり、映画館に頻繁に足を運ぶようになる。本は買ってもらえなかったが、新聞社に勤める父の名刺で映画はタダで見られたからでもある。映画が綾子の本好きを助長させたことは否めない。

そんなある日、綾子は担任の渡辺教諭に呼び出される。

「堀田さん、あなたは大人の本を読んでいるそうですね。四年生では少し早すぎますから、六年生になってからお読みなさい」

そのころ叔母スエから借りて読んでいた菊池寛の小説「第二の接吻」のことを言っているらしい。しかし渡辺教諭の口調にはとがめるものはなく、むしろ面白がっているふうであった。慎むどころか、ますます大人びた小説に興味を持っていった綾子は、五年生のときには、初めての時代小説「ほととぎす鳴く頃」を書くまでになっていたが、それを渡辺教諭は、裁縫の時間を二時間つぶして生徒たちに読んで聞かせたという。この処女作は同教諭の手元にあったが、何度目かの引っ越しの際に紛失してしまったらしい。

キリスト教の日曜学校に通うのを一年ほどでやめていた綾子は、何かのきっかけでこのころ禅寺の日曜学校に行くことになった。〝清い朝日の射しこむような〟キリスト教会の日曜学校と、〝熱気あふれる陽気な〟禅寺のそれとは好対照をなしていた。綾子が特に心惹かれたのは、日曜ごとに教わる遊戯であった。綾子と踊りは生涯切っても切れない結びつきがあるように思われるが、幼いころからその芽は育まれていたのであろう。キリスト教会に通ったせいか、あるいは火の玉を見たりしたせいか、綾子はしきりに死を意識する子どもになっていた。

――ある夜、私は、人間はなぜ死ぬのだろうかと、極めて思いつめた気持ちで考えたことがある。死がどんなことかわからないながら、この世から自分が影も形もなくなるということが、何としても承服出来なかった。この初歩的な死への疑問、それはいまだに私の思いの中にあって、ずいぶんといつまでも幼いものの考え方をするものだと思うのだが、それはともかく、私は本当に死について、言い難い不安を子供心に感じたのだった。……いくら考えてもわからぬことを、私は繰り返し繰り返し考えつづけた。そして私なりに一つの結論を持ったのである。それは、

「人はみな死ぬかもしれない。しかし、綾子だけは絶対に死なない」

……今になって考えてみると、この結論は幼稚だが、宗教が言うところの「永遠の命」の本筋からそれほど外れてはいないような気がする。永遠の命に発展する宗教的希求が、小学三年生の私の胸に宿ったということでもあろうか。――『草のうた』

ところが四年生になって通い出した禅寺で、ある日綾子は強烈な体験をする。本堂の裏にまぎれ込んだ綾子はそこに、ずらりと並ぶ骨箱の山を見たのであった。ほこりにうす汚れた白布に包まれて骨箱の山はいっそう侘しいものに見えた。ひどくむなしい思いが綾子を襲った。

――（みんな死んだんだ。死んだ人ばかりだわ。もとは生きていたはずなのに）

……その後私は、日曜学校に行くたびに、この本堂の裏手にそっと足を踏み入れずにはいられなかった。この無気味さに、なぜか私は心惹かれたのである。

（人間は死ぬ、人間は死ぬ）

自分だけは決して死なないと、安心していた私の幼い心をゆさぶるものが、ここにはあった。……キリスト教会にはなかった、暗く澱んだ世界を、しかし私は全く避けようとはしなかった。日曜ごとに聞いた法話は忘れたが、この骨箱の山が私に与えた影響は、決して小さくはなかった。――『草のうた』

小学校四年生になって間もなく、父のすすめで綾子は、長兄の始めるという牛乳屋の手伝いをすることに

なる。牧場から仕入れた牛乳を高温殺菌し、水槽で冷やし、翌朝それを瓶に詰めて配達するのである。綾子は即座に自転車に乗る練習をし、大人用の自転車で配達を始める。

早朝五時に起き出して、まだ目覚めぬ通りを黙々と進む。しかし綾子にとっては、実に楽しい時間であった。だれにも話しかけられることもなく、だれとも話す必要もなく、一人心の中であれこれ考えながら歩くのは、至福のひとときと言ってもよいほどであった。綾子はこの牛乳配達を七年間、すなわち女学校卒業までつづけるのであるが、実に得がたい経験であったと語る。厳冬の朝など、零下二十五度にも六度にも下がる北海道の空気は、息のかかるものをすべて凍らせてしまうほど寒い。雪も降ることができぬほどに冷えた朝の雪道は、キュッ、キュッと音を立てる。

――空気も凍ったかと思うほどの、言いようもない静けさが寒さとともに身を包む。やがてまつ毛が白く凍りついてくる。瞬きをしながら、自分の足音を聞きながら、歩いて行く。あの静けさ、あの寒さが私に与えたものは何であったろう。私にはよくわからなかったが、あれは大人の言葉で言えば、哲学的な瞑想を誘《いざな》う精神的な世界であったと思う。しっかりと口を結んで、黙々と、まだ薄暗い朝の道を行く時、私はなぜか心が満たされていた。――『草のうた』

夏、父母の故郷苫前《とままえ》を訪ねる。

生まれて初めて汽車に乗る綾子は、姉の百合子と中学五年生の兄都志夫と連れ立ち、父母の生まれ故郷を訪れる。途中、見る風景にいちいち感動の声を連発する綾子であったが、特に突如、夏の日に輝く青い海原が目の前に現れたときは、「海だっ！　あれ！　あそこに海が見える！」と思わず立ち上がって叫ぶ。

父鉄治と母キサの故郷苫前は北海道北部の日本海に臨む、その当時で人口三千ほどの農漁村であった。初めて見る苫前の市街地は、低い山の上に村役場、小学校、寺社、医院、旅館、商店等と住宅が一かたまりに立ち並び、そのまわりには畑や原野が広がり、馬が野原で草を食む農村風景の山の手と、漁師たちの住む浜とに分かれていた。父方の祖父母はすでになく、ポンプ屋兼興行師の五十代の従兄堀田林平とその妹トク、そしてトクの息子で小学校五年生の浩と三人で一つ家に住んでいた。

綾子たちの父方の祖父堀田秀吉は、十六歳で行商人として佐渡から北海道に渡り、やがて苫前で大きな雑貨商を営むようになったという。村の相談役も務めたという実力者とかで、ある時、沖に並ぶ天売《てうり》、焼尻の二島を払い下げようという話があったが、管理が大変だと言って断ったという。それを聞いて以来綾子は、その二島には特別な思いを抱くようになる。

一方、祖母ワカは評判の美人であったらしいが、気性が激しく、〝仏さまのような祖父〟とは好対照をなしていたらしい。父鉄治の代に没落したとはいえ、未だ十分に昔日の祖父母の繁栄の跡をとどめている苫前村であった。それまでは家の仏壇の中の存在でしかなかった祖父母が、急に身近なものになったのもこのときであった。

十日余りの滞在のあと、乗合自動車で立ち去る綾子たちを浩が見送る。この浩が後日胸を悪くし、旭川の綾子たちの家から通院していたとき、十八歳の綾子は盲腸炎で二週間入院するが、浩は一日も欠かさず綾子を見舞う。その翌年浩は、故郷苫前で二十歳の若い命を終えた。

このころ、一家に突然移転の話が舞い込む。九条通十二丁目の仲通りから、わずか半町ほどの九条三号本通りに移っただけの話ではあるが、一棟二戸の三間しかない家から、小さいながらも一戸建てで、二畳の玄関取り次ぎの間、六畳間二つ、八畳間が二つに七畳の台所、そして湯殿と物置がコの字にめぐらされた廊下沿いに設けられ、見た目に広々とした、その近所でも目立つ一軒家であった。

一九三三（昭和八）年　十一歳

二月二十五日、六男堀田治夫生まれる。

「五年生の年は、私の一つの節目であった」という この年は、綾子にとって忘れえぬ出来事が多くあった。特筆すべきものの一つとして、新学期の級長選挙のことがある。担任教師の渡辺ミサオが投票用紙を配ろうとすると、「堀田さん」、「堀田さん」という声が、まるでクラス中が申し合わせたかのようにあちこちから湧き起こる。そうして無投票で綾子は級長になるのであるが、そのときの感激が、その後の綾子を大きな力で支えつづける。

――女学校に入ってからも、小学校の教師になってからも、心が弱った時に、何もかもいやになった時に、私はこの日の叫び声を思い出すのだった。純真な小学校の友だちが、損得なしに私を指名してくれたその気持ちを思うと、深い慰めを感ずるのだった。――『草のうた』

旭川に日清戦争の折に第七師団編成下命があったのは、一八九五（明治二八）年のことで、以来軍都旭川として知られるところとなるが、大正末期から昭和初期にかけての恐慌に見舞われ、日本帝国主義は、国家権力と結合、他国侵略の道をたどり始める。それは、満洲事変、日中戦争、太平洋戦争へと展開、国内は軍国主義一色に塗りつぶされていくが、第七師団を擁して軍都と呼ばれる旭川にも、その様相が色濃く反映してゆく。（『目で見る旭川の歩み』）

そんな世相の中で、牛乳配達をつづける綾子の配達先の一軒に、当時の美男俳優大日方伝によく似た五十嵐久弥なる人物の家があった。壁に「無政府主義！」、「無産党！」などのビラが貼りつけられたその家のまわりを、いつも刑事がうろうろしている。知的で柔和な顔をしているその人物が、その後思想犯として捕えられ、敗戦まで獄中にあったことはのちになって知ったことであった。小林多喜二が獄死したのも、この年二月二十日のことであった。

牛乳配達でもう一軒印象的な家があった。宿屋のように大きく、家の中には、女性の引き伸ばされた写真が並んでいる。綾子が見ていたのは、第七師団の旭川にあった二十数軒もの遊廓の一軒であり、遊女の数は百二十人を越えていたという。その当時、不幸な事情で売られてきた遊女を救わんと、敢然と立ち上がり娼婦解放に命がけで立ち向かっていた女性がいた。佐野文子というクリスチャンであった。

「人その友のために命を捨つる、これより大いなる愛はなし」というキリストの言葉を掲げ、四条通十一丁目にある当時文化住宅と呼ばれた自宅に逃げ込んでくる遊女をみずからも危険をおかし、逃亡させせつづけたという。のちにＮＨＫ会長となった旭川出身の前田義徳を育てたのも彼女であった。大きくなったらその佐野文子のようになりますね、と渡辺教諭から言われたのが、五年生の夏であった。

同じ年に、綾子は横罫のノート一冊を埋める前述の
『ほととぎす鳴く頃』を書いている。処女作品である。

禅寺で「生者必滅会者定離」という強烈な言葉を知った綾子は、この年、身近に人の死を経験する。一人は近所に住む長巳という名の若者で、もう一人は大成小学校の校長河田忠平であった。しかし、この二人の死は、かつて綾子が友だちの「弥っちゃん」の兄の死に感じたときほどのものではなかった。幼い日のその体験は、ごく身近に感じる死、死に対する本質的なものを感じさせるものだったが、それとはほど遠い死の経験であった。長巳の死は、綾子にとっては喜びと言ってもまちがいではない解放感の伴うものであった。というのも、綾子はこの若者に以前、性的いたずらをされそうになった、生々しい体験を持っていたからである。その体験は、綾子の幼い心に言いようのない恐怖と嫌悪感を与え、以来、彼の家の前を通るたびに、鳥肌の立つほど長巳に対する嫌悪感をいだきつづけていたからである。

一方、河田校長の死も、初めてその死の知らせを受

けたときに、クラス全員が声を上げて泣いたにもかかわらず、葬儀の当日は祭りにも似たにぎやかなもので、(誰も悲しまないものだなあ)との思いを綾子にいだかせるものであった。(『草のうた』)

五年生の後半になって女学校の受験勉強が始まるころ、綾子は、自分は女学校には行かず、女中になって働くのだと思い込んでいた。小さな新聞社の営業部長を務める父鉄治は、当時、中学生が三人、女学生が一人、そして綾子と、そのあとにつづく四人の、合計九人の子どもを養っていた。そんな状態の中で育った綾子が自分の家の貧しさを思うのは当然で、自分まではとても女学校には行けるはずもないと思い込んでいた。綾子は母が留守のときに、よく、茶箪笥の上の母のがま口をあけてみて、金が入っていれば安心し、からのときは淋しい思いで口を閉じたものであった。ただ、貧しいながらも、母キサの生涯の自慢は、いつも置きっぱなしにしていたがま口から一度たりとも、一銭の金すら紛失したことはない、わが家の子どもたちは正直だ、ということであったという。

こうした苦しい家計の堀田家であったが、女学校に行けないとの思い込みは綾子一人のものだったようで、やがて彼女も受験生の仲間になって勉強を始める。年も明け、厳冬の二月のある日、突然綾子は初潮を見る。「自分自身では大人になったという自覚はないのに、体だけは大人の仲間入りをしたことに、誇らしいような、不思議な思い」であった。(『草のうた』)

一九三四(昭和九)年　十二歳

春、奉安殿への疑問。

六年生の始業式の日、二階の教室の窓から外を眺める綾子は、眼下に奉安殿をとらえる。奉安殿は、第二次大戦の敗戦まで天皇、皇后の写真や教育勅語を納めてあった建物だ。綾子はふと考える。奉安殿の前は最敬礼をして通らねばならない。その奉安殿を教室から見おろすことは、許されるのであろうか。式場に天皇の写真が飾られると、咳払い一つしてはならず、指一本動かしてはならない。教育勅語が読み上げられている間は、いっせいに首《こうべ》を垂れ、上目使いをしてもならない。その奉安殿を、二階から見おろすことは、いかにも畏れ多い気がするのであった。が、綾子はこの疑問をなぜか自分一人の胸の中に納めておくことにした。

夏、綾子とスポーツ。

幼いころから虚弱体質であり、また二十代で結核発病以後、次々と難病にかかり病弱な綾子であったが、この当時は、いくらかは発育盛りの子どもらしかったことが、そのころのスポーツの主流でもあったドッジボールの練習光景にうかがえる。

――この練習が実に猛烈だった。指導は六年三組担当の吉田忠男先生であった。私を可愛がって「デブシャン」（注：シャンはドイツ語の schön ＝美しいという意味）というあだ名をつけてくれた先生であった。廊下で会うと、必ず抱きしめてくれたこの先生が、一旦練習となると鬼のようであった。選手の一人一人を屋内運動場の肋木の前に立たせる。私たちは、ランニング・シャツにブルマー一つつけて、恐る恐る肋木の前に立つ。旭川師範を出て三年目の吉田先生は、身心共にのっている。六年生の女の子たちを相手に、いささかの手心も加えない。渾身の力をこめて、火の玉のようなボールを打ちつけてくる。鳥肌の立つような恐ろしさだ。そのボールを外すと、

「そんなことでーっ、選手と言えるかーっ！」

とか、

「デブシャーン、何をやってるーっ！」

と怒声が飛ぶ。――『草のうた』

秋、「舌切雀」と綾子。

大成小学校では、十一月に毎年敬老会が開かれて、そのとき催される学芸会の劇が綾子にとって、最も心惹かれるものであった。古屋栄松という、童話の先生と呼ばれて人気のあった教師がその指導にあたった。中でもとりわけ綾子の印象に残ったのは「舌切雀」を

ミュージカル劇に仕立てたもので、その劇にすっかり心奪われた綾子は、台詞から歌詞、メロディーまで全部を暗記してしまう。

のちに教師になったとき、そっくりそのままを自分の教え子たちに再現させたり、また、何十年もののち「珍版　舌切り雀」として自ら台本を書き、クリスマスイベントを飾ったりもするほど、この劇に綾子は思い入れを抱く。

冬、叔母の結婚。

十二月二十五日、「ねえちゃん」とだれもが呼び、いちばん上の姉としてともに育った、父鉄治の末妹スエが二軒おいて隣の福田家に嫁ぐ。「ねえちゃん」は綾子より十二歳年上の、優しく、心のきれいな美人であった。明朗で、よく笑い、不器用な綾子の裁縫の宿題を、夜更けまで手伝ってくれた。きつい言葉を出すこともなく、叱られた記憶もなく、綾子にとっては大好きなねえちゃんであった。

そのスエの結婚は綾子にとってはうれしいものであった。相手の福田幸太郎は、綾子の同級生で日ごろから尊敬していた福田淳子の兄であったからである。淳子と親戚になれるという思いは綾子にとっては誇らしいことであった。しかし、その嫁入りの日に「長いこと、ほんとうにお世話になりました」と両手をついて深々と頭を下げ、雪の中を、ひと足ひと足、おぼつかなげに歩み去るスエを見ていて、綾子は突然思う。

――（ねえちゃん！）

角隠しをした「ねえちゃん」の姿は、すぐに福田家の玄関に入ってしまった。私は不意に淋しくなった。

（お嫁に行くって、ほんとうにうれしいことなんだろうか）

六年生の私は、その時そう思った。つい先ほどまで、単純に喜んでいた気持ちが、不意に萎えたのだ。私はあの時、人生の底を流れる哀しみ――といったようなものに、初めて触れたのかもしれなかった。「ねえちゃん」は舅姑《きゅうこ》、夫の妹三人、弟一人、そして自分たち夫婦の八人の大家族の中に、この日から生きていくこととなった。――『草のうた』

この年、綾子はもう一つの結婚に出会う。ある夜半、人の話し声で目覚めた綾子は、聞くともなしに大人たちの話を聞いてしまう。どうやら次兄の菊夫が、つきあっていた女性を妊娠させたという話らしい。おろおろした母の声が聞こえる。兄の声が聞こえ、女性の声が聞こえる。じっと耳をすます綾子の耳に、そこにいるはずの父の声が聞こえない。平生ワンマンで、立腹すると家中鳴り響くような怒声を発する父である。

その時代、結婚前の妊娠は、家の恥であり世間に顔向けのできぬ大事件である。とりわけ折り目正しい母キサは、その類のことは決して許さぬ人であった。父鉄治とて怒り心頭であろう。父の怒声を今か今かと待ち受ける綾子の耳に、意外な父の言葉が聞こえる。

――「よし、わかった。過ぎたことは仕方がない。もう帰れ。あんた、体を大事にしなさい」

意外な言葉だった。そしてその声音には、包みこむようなあたたかさがあった。

……兄は結婚し、何カ月の後に子供が生まれた。私がこの事件でショックを受けたのは、結婚をしないうちに赤ん坊が生まれたことではなかった。外から帰って来て、ストーブが真っ赤に燃えていなければ、がみがみと文句をいう父、子供が病気になると、心配のあまり母を責める父……父はむやみに叱る人という印象が、見事に覆されたことであった。……のちに父が、何かの時に言った。

「人を責める時は、必ず逃げ道を用意しておいてやりなさい」と。

そういえば、父は理詰めでものを言うことの嫌いな人だった。それ以来私は、父には何でも話の出来る娘となった。――『草のうた』

一九三五（昭和十）年　十三歳

三月、高等女学校受験。

当時旭川には、庁立高女と市立高女があった。「旭川教育史」によると、庁立上川高等女学校（庁立高女——現旭川西高）は一九〇七（明治四十）年に開校。初代校長明石孫太郎は、女学校としては異色ともいえる「質実剛健」を校訓として定め、「婦徳涵養」をその教育目標としてきびしい学窓生活を生徒に課したという。一九三五年には、本科六百名、補習科五十名の生徒数であった。

一方、一九二二（大正十）年組織変更を行い、区立（のち市立）北都高等女学校と改称し、一九三五年六月十三日に再び改称し、旭川市立高等女学校となった市立高女は、七条本通十六丁目に三三〇〇平方メートルの木造二階建の大校舎を構え、本科、実科、補習科合計千百名の定員を擁した。市立高女は、庁立高女と並んで上川地方女子中学校の双璧とうたわれ、志願者も男子の旭中と並んで、女子では最も多かったと言われる。一九四〇年には、本科はさらに二百名の増員を

見ることになる。

綾子のクラスからは、進学組が半々に分かれて庁立と市立を受験している。庁立高女は、全員筆記試験があったが、市立高女のほうは受験組と推薦組に分かれていて、市立高女を選び推薦組に入っていた綾子には、受験当日身体検査のみがあった。

身体検査を終えて学校に戻った綾子たち数人は、クラスに残っていた半分の就職組の生徒がただ自習をしているのを見、また担任の渡辺教諭も見当たらないので、帰宅してしまう。しかし綾子は、午後になって学校に呼び戻される。教室にはすでに他の身体検査組の級友たちがうなだれて集まっていた。入っていった綾子に、渡辺教諭は鋭い一瞥を浴びせた。小学校六年間の担任渡辺ミサオである。真面目で優しく、知性的で、ヒステリックな声を出したことのない彼女である。優れた教師であるが、どこかに初々しさを残した教師に学んだと感じ入っていた綾子にとって、〝渡辺先生が最も恐ろしかったのはこの時であった〟という。

――「堀田さん、どうしてさっさと先に帰ったのですか」

私たち生徒には生徒なりに、考えがあってのことだった。……だが先生の鋭い詰問を受けた時、私は、大人の言葉でいえば、「弁解すべきではない」と思った。自分たちの落ち度がわかったし、渡辺先生がこれほど怒っておられるのだから、黙って叱られるより仕方がないと思った。

「先生は、こんなに情けない思いをしたことはありませんでした。先生が受験生のことを思って、どんなに心配していたか、あなたがたにはわからなかったのですか。お友だちがまだ学校で勉強しているのに、よくも平気で帰ることが出来たものですね。自分たちは受験生だから、帰ってもいいのだなどと、思い上がったのでしょう。それが先生には情けないのです」

先生は泣いておられた。……先生の今叱った言葉は、どれもみな大切な言葉だと思った。そして実の話、おかしいようだが、私はこの時の渡辺先生が実に好きであった。真剣に叱ってくれている先生を、本当に先生らしいと思った。心の深いところで先生と触れ合ったような、そんな思いがした。……六年間のすべてのことを忘れても、この時の真剣そのものの厳しい叱責だけは、決して忘れてはならぬと私は思った。……卒業を前に、渡辺先生はよい餞《はなむけ》を私たちに贈ってくれたのである。――『草のうた』

女学校時代

四月、綾子は旭川市立高等女学校に入学した。

綾子が女学校に入学した昭和十年代の日本では、昭和六年の満洲事変以来、中国への武力侵略が本格化され、十二年の日中戦争、十三年のソ連との衝突による張鼓峰事件、十四年のノモンハン事件とつづき、日本は坂道を転がる勢いで軍国主義時代に突入してゆく。

一方、国内でも昭和十年に「天皇機関説」が美濃部達吉らにより提唱され問題となる中、翌十一年に二・二六事件が起き、世相はますます不安な様相を呈する。

国家総動員法が十三年に制定され、国民の生活は個人、社会双方のあらゆる面で政府の統制下に置かれ、その結果国民の自由と基本的権利は極度に制限されてゆく。合わせて国は、挙国一致、尽忠報国、堅忍不抜などのスローガンを掲げ、日本精神運動と献金国債応募、貯蓄奨励、物資愛護などの物的教化運動とがあいまった国民精神総動員により、全国民は戦争協力に駆り立てられてゆく。そんな社会情勢の中の綾子の女学校入学であった。

入学して間もなくのころ、綾子はすれ違いざまに、「市立《いちりつ》のボンクラ!」と中学生に嘲笑の言葉を浴びせられる。当時なぜか、庁立高女より成績の劣る者が市立高女に進学すると思う風潮があっての暴言であった。綾子によると、その年は同級生のうち首席から四番までの生徒は、市立を選んでいたのであり、決して庁立高女に学力で劣るものではなかったという。(三浦綾子氏は年譜制作にあたり、このことをぜひ明確に述べてほしいと筆者に希望した。それは「ともに市立に通った友人たちの名誉のため」であると言う)そしてその時以来彼女は一貫して、通う学校によって生徒の質を決めつける風潮に批判的でありつづけたのである。

このころはまだ大正デモクラシーによる自由思想が残っており、綾子の母校も明るく民主的で、自治会活動も活発であった。各クラスから選ばれた三名の委員の中に綾子も入っていて、物おじしない綾子は、次々といろいろな提案をしたり、旧態依然とした校則を変更させたりした。

「今度の一年にはすごいのが入ってきた」と、綾子のことが職員室で評判になった。綾子は、

「学年が進むにつれて、学校自治会で、これらを一つ一つ打ち破ることに喜びを感じて行った。……いいたいことを遠慮会釈なくいうので、好意を持って聞いてくれる人には問題はないが、時々物議をかもすこと

がある。……ある時の自治会で、わたしはついに幾人かの教師に白眼視されるに至った」(『石ころのうた』)と書いている。

当時、どの生徒の目から見ても怠惰であった教師のことを自治会に持ち出して糾弾する。居合わせた教師の一人が、

「堀田さん、毒も薬になることだって、あるんですよ」

と綾子を見すえて諫めるのに対し、即座に、

「毒か薬か見分けのつかない年齢のわたしたちには、薬を与えて下さい」

と応酬する。こののち綾子は幾月かの間、三、四人の教師から無視されるようになる。

「あんたのようなきかない生徒は、学校始まって以来初めてだ」と言われるのであった。しかし考えてみると、進歩的で自由な校風であったればこそ、あの封建的な時代に、そんな発言も許されたのではないか、と綾子は述懐する。


六月二十四日、妹陽子の死。

六歳の誕生日をわずか二日前に迎えていた妹陽子は、この日その短い命を終える。五月半ばに腸チフスの診断を受けて入院治療をつづけていたのであるが、それが誤診で、実は結核にかかっていたのであり、気がついたときには手遅れの状態であった。入院後、一日だけ帰宅し、再び病院に戻るときに陽子は、「わたし、また病院に行くの？　病院に行って死ぬんでない？」と、静かな声で言ったという。ハッとした家人が、「大丈夫。すぐよくなって帰ってくるよ」と慰めるが、「そうお」と、淋しげにうなずく陽子であった。二歳になるかならぬかで、すでに字を読み、このころまでには四年生程度の読み書きや算数のできる頭のよい子であったが、それでいて素直でおとなしく、母キサの自慢の子であったという。そんな陽子を失って家族の嘆きは大きく、とりわけただ一人の妹を失った綾子の喪失感は大きなものであった。

――陽子への惜別の情は、その後長くわたしの心の底にあり、その思いが後に『氷点』のヒロインに陽子という名をつけさせた。

わたしは、陽子にせめて一目でも会いたい思いのあまり、夜毎近くの刑務所や、中学校などの並ぶ真っくらな淋しい場所に行って、

「陽子ちゃん、出ておいで」

と大きな声で叫んだものだった。――『石ころのうた』

一九三六（昭和十一）年　十四歳

一月三日、七男堀田秀夫生まれる。

この年の秋、北海道において、陸軍特別大演習が行われることになり、それに伴う昭和天皇の行幸が発表され、綾子の通う市立高女には侍従が派遣されることになった。九月二十六日第七師団練兵場にて親閲、道北一帯の在郷軍人、中学校生徒、青年学校生徒、青年団員などがこれに参加、翌二十七日に石狩原野で大演習が行われた。このときの大演習は、ますます悪化しつつある日中関係と増大しつつあるソ連への危機感が反映されてのもので、大陸の地理風土に似ている北海道が選定され、満洲事変で大陸実戦を経験した旭川第七師団と弘前第八師団をもって編成したことは、近い将来のアジア大陸での戦争を明確に想定したものであった。そして、この想定は翌十二年の盧溝橋事件、十四年のノモンハン事件により現実となる。

この行幸と大演習は、「あらゆる形で動員、喚起された北海道道民、特に青少年に、強い緊迫感を与え、目前の戦時体制へスムーズに移行させる大きな契機」（『目で見る旭川の歩み』）となったのである。

天皇来道にあたり勅使が訪問するというので、市立高女は大騒ぎになった。実際の訪問日の何カ月も前から、この学校にとっての誇りと栄誉のために準備がなされる。なぜという疑問を抱く者はだれもいない。

――真夏、じりじりと照りつける太陽の下に、わたしたちは整列させられた。自転車に乗った男の教師が、

小旗を持って、整列しているわたしたちの前をゆっくり通って行く。

「頭《かしら》、右っ!」

の号令のもとに、白い服に黒いジャンパースカートをはいた女学生たちが、兵隊のように、さっと一斉に頭右をする。

「なおれ」

の号令で、その自転車の教師を目送する。一人でも、そのまなざしがそろわぬと、再び頭右のやりなおしである。無論帽子はかぶっていない。旭川の夏はしばしば三十二、三度にもなる。風のない暑さは、黙っていても汗をふき出させるほどだった。虚弱な生徒は、バタバタと倒れて行くが、このまことに簡単な、今考えると只一回の練習でよかりそうなことが、実に幾度も、そして何日もの間くり返された。

(一体何のためだろう)と疑う者もいなかった。天皇を沿道に迎え、勅使を自分の学校に迎えるためには当然のこととして、全くわたしたちは素直だった。

……わたしは、これらの練習を思い出す時、いつもなぜか、そのこととは無関係に、スポットをあてたように鮮やかに浮かんでくる自分の一つの姿がある。それは、級友たちがみんな帰った教室の中で、自分の席にすわって、机を見つめている自分の姿なのだ。

(わたしが死ぬのは、胃腸病か、発狂の末の自殺か、どちらかだ)

わたしは真剣にそう思っていた。そのことがなぜ、天皇奉迎の訓練と同時に思い出されるのか、わたしはふしぎでならないのだ。

……わたしは自分の中に、人と融和しない、ひどく孤独な性格を見るようになった。例えば、級友たちと川の中で机を洗っている時、わたしはふいに口をつぐみたくなったものだ。自分の語っている言葉も、相手の語っている言葉も、ひどく無意味に思われるのだ。そして突如として語るべき言葉を失うのだ。——『石ころのうた』

綾子の生まれつき研ぎすまされた神経は、何かがおかしいと感知していたに違いないと思わせる述懐ではあるが、それをもってすら、この「問題意識を持つ少女」をして「社会に目を開かせない〝暗黒〟がすでにあった」。思想弾圧は苛酷をきわめ、国策に協力しない者は「非国民」として白眼視された。そして世界の動きや日本の現状を正しく知らされることなく「お国のすることは正しい」と信ずることが大方の庶民のあり方であり、堀田綾子もまた、そうした一人であった。

（「　」内部分『時代とわたし』より引用）

皇国少女堀田綾子を彷彿とさせる作文が、このころ書かれている。歴史の教師に井伊大老について書くように指示され、時代劇が好きで、よく姉の百合子と映画館に通っていた綾子は、あるとき画面にクローズアップされて見た「尊皇」「攘夷」「討幕」という言葉をいつか使ってみたいものだと思っていたところだったので、このときとばかり一気に一晩で書き上げたものである。原稿用紙五枚ほどに「井伊大老について」とタイトルを打ち、難解な熟語や漢字が並ぶこの作文は学校内外で評判になる。作文の結びには、

――井伊大老はこの国難の多くを処理する為に生れ、成し終わつたが為に死んでいつた。

私は井伊大老を偲ぶ。彼の行為に無言の教訓があるのを感ずる。「これからは益々必要に迫まられるこの果断の二字、私達はこの心を持つて世の荒波を押切り、我が大日本帝国を発展せしめ、国威を世界に輝かさねばならぬのである」と。――『石ころのうた』

十四歳の少女らしく背伸びしたこの作文に、「大義親を滅す」という当時の思想に素直に染められている綾子の姿がここにはある。

一九三七（昭和十二）**年　十五歳**

女学校三年に進級して以来、綾子の交友関係で不愉快なことが繰り返し起こる。身に覚えのない中傷から

日ごろ敬愛していた友人が突然何日も口をきかなくなったり、善意が善意として通らない、奇妙な雰囲気があったりしたのである。元来生一本気な綾子は、しだいに学校をうとんずるようになり、休学を決意する。学業成績の落ちるのはつらいが、成績よりも大事なものがあると思ったからである。しかし、気ままに休学とはゆかない。一計を案じた綾子は、診断のむずかしいリウマチになることにする。リウマチなら小さいときからその気があったので、あながち嘘でもない。医者に行き、リウマチの診断書を難なく手中にし、以後三カ月の休学に入る。休学にあたり綾子がもう一つ考えたことは、家計の助けをするということであった。

当時新聞社の敏腕営業マンであった父鉄治の収入は多いときで三百円にもなったというが、大家族であったばかりでなく、夫婦ともに長子であったために両方の親類の面倒もみていたため、経済的に決して豊かではなかった。現に、女学校時代、綾子が自分で授業料を持参したのは、入学直後の四月一度きりで、あとは父親任せであったという。つまり、定められた期日に間に合わず、父鉄治がいつも工面しては届けていたのである。そんな事情も知って三カ月の休学は家計を助けるという、プラス面もあったのである。綾子は部屋に床をのべ、本を枕元にうずたかく積み上げ、読書三昧の日々を過ごした。

そんな綾子の姿を姉の百合子はこうとらえている。

――彼女は布団の上に仰むけに寝て、一日中本を読んでいた。時々、妹の部屋を覗くと、チラリと私を見上げるが、そのまま自分の世界に入ってしまう。私は妹の病気を案じながらも、彼女が休学しているのは、かならずしも病気のせいだけではないように思っていた。

寝ている妹の思索的な眼差しや、落ち着いた静かな雰囲気、鋭く人を寄せつけない寂しい表情の中に、それを感じていたのである。――高坂百合子「妹のこと」『三浦綾子作品集2』月報それほど多く読んだ本から、しかし、綾子は何かを確実につかみえたわけではなかった。その証拠に、人生に対する考え方も変わらず社会への目も開かれなかった。そして、学校はやめてもいいなと思ったりもした。大家族にありがちな喧騒の中にあって、生きていることに一人前に倦怠を感じていた。それゆえに、心の中に、自分の生活を、自分の手で破壊したい思いが忍び寄ってくるのを感じていた。

この空虚な気持ちは三学期になって学校に行き始めてももとに戻らず、綾子は遅刻、早退、欠席をつづけ、教師の叱責を受けるに至るが、授業中もぼんやりと窓外を眺めるだけで、淋しくうつろな日々が過ぎていった。そんな綾子を立ち直らせたのは、ある日ふと見かけた一人の白系ロシア人の少年であった。

生徒用玄関の柱にもたれた少年の手には、パンの入った大きな籠が下げられている。おずおずと立ってい る十六、七歳の少年の大きな青い目がひどく淋しげで、綾子は思わず足を止める。綾子が近寄ってゆくと、ニコッと笑い、透き通るように白い手でパンを渡す。交わされる言葉はない。その日から毎日のように、綾子は、弁当のかわりに少年からあんパンを買って食べる。そうこうしているうちに、いつしか、彼の姿が玄関から消えていき、同時に少年によって慰められた綾子の心からもあの空虚な淋しさが消えていて、再び快活さをとり戻していったのであった。

一九三八（昭和十三）年　十六歳

——昭和十三年四月のことだった。市立旭川高女に赴任した新卒の私は、二年の代数と四年の物理、専攻科の生物と四年の副担任を仰せつかった。初めての授業のある朝、職員室の私の机に二人の生徒が近づいて来て、その一人が「先生、四年三組の当番です。何か準備はありませんか」と。色は余り白くないが、血色のよい、髪はお河童の少し大柄の少女だった。教室は快適で、授業を進めてゆく裡に、私の視線はふと、向かって左側後方の生徒に注がれた。非常に姿勢よく、決してノートを取ることなく、わたしの一語一句に全身を耳にして聞き入り、質問には右手を真直に伸ばして挙げる少女の、幾分不敵な感じを与える個性の強さに、私は惹かれた。少女は朝の当番の生徒であった。三月ほど休学していたにも拘わらず、いつも明晰に答え、鋭い質問をした。――金田芳子「三浦綾子さんと私」『三浦綾子作品集4』月報

この女学校四年のときに綾子は初恋を経験している。当時の市立高女では陸軍病院への傷病兵慰問が盛んに行われていたが、綾子も友人に誘われて出かけてゆく。二十そこそこの兵士たちのほとんどが胸膜炎にかかっていた。中に一人他の兵士とは違った雰囲気を持つ若者がいて、綾子の目を惹く。泉安夫というその兵士は山形県酒田市の出身の大学生であった。何度か彼を見舞ううちに、綾子の心にほのかな想いが芽生える。

六月のある日、誘われて出た病院の庭で、綾子は理想の男性像はと問われる。〝少なくとも十歳は年上の、経済的に確立して、人格的に信頼できる男性〟と答える綾子に、五つ年上の泉は控えめではあるが、納得しようとしない。そうこうしているうちに、泉は故郷に帰還することになる。駅に見送る綾子をもの陰に呼び、

「迎えに来るまで、待っていてください。八年後に必ず迎えに来ます。あなたは待っていてくれますか」

という泉のあまりにも真剣な眼差しに綾子は、思わずうなずいてしまう。生まれて初めての結婚の申し込みであった。二人は握手もせずに別れる。ある随筆で、綾子はこう回想する。

――ある日、わたしは彼にいった。
「わたしの欠点をおっしゃって下さらない」
「あなたは完全無欠です。一〇〇点満点です」
彼のこの答えをきいた時、わたしはいままでの思いがくずれていくような淋しさを感じた。彼の愛してい

るのは、醜さや弱さだらけのわたしではなくて、彼のつくりあげた、ひとりの完全無欠な女学生のように思われたからである。やがて彼は、郷里の山形に帰っていった。そして、わたしとは握手ひとつかわさずに、清いままで、二年後に死んだ。彼は、わたしという人間に幻滅を感ずるひまもなく、世を去った。必ず迎えにくるといったまま……。――『生活の知恵「わたしの初恋」』

女学校卒業が迫っても綾子には何になるという意志の持ち合わせはなかった。あるとき出征兵の見送りに行って、そこに来ていた子どもたちが、「先生、先生」といってまつわりついている光景を見、「ああ、先生っていい職業だな」と思ったことが、教師になろうと決めたきっかけであった。そして、〝愛の関係につながれた仕事がしたい〟と思った。（『時代とわたし』）

少女時代の綾子の家庭は、決しておだやかなものではなかった。新聞社に勤務する父鉄治は、一方では、

風邪をひいたわが子の鼻汁を紙でふくのは痛かろうと、みずから口ですすりとるほどの子煩悩ぶりを発揮したりもするが、他方、何かにつけて火の玉のように激しく、烈火のごとく怒る短気な人であった。毎晩のように仕事先から酒を飲んでは帰り、酒乱気味でもあったので、大声でどなり、母キサに乱暴を働くのであった。ただし、子どもには決して手を上げなかったという。

この父に、綾子は不思議に叱責されたことがないという。綾子に対して父は、〝まるで、どこか恩のある人の子を預かっているみたい〟と人に言われるような接し方であったという。一方、そんな父に比して綾子の母キサは、十人の子どもを育てても、決して大声でどなったり叫んだりすることはなく、きれいにととのえた髪に、着物をきちんと着て、常に端然と落ち着いていた。にもかかわらず、子どもたちは一様にこの母に対して畏敬の念を抱いていた。侮りがたい気品のあった母であった。

子どもに付き添って、学校に来るなどというのはた

だ一度きりで、学業成績に関心を持つこともなく、むしろ子どもたちには冷たすぎるのではないかと思うほどだったが、他人に対しては、これ以上できないほど喜んで尽くした人であった。(『母のこと』)

しかし、綾子にとっては、この母よりむしろ父のほうが心の通じる存在であったという。父に似て、気性の激しい子どもが十人もそろって生活する中に、いろいろな問題の起きないわけはなく、その当時の綾子の家は必ずしも明るいものではなかった。綾子は自分の家の平和が回復されるものならば、〝自分は遺書を書いて死んでもいい〟とさえ思ったこともあったという。そんなこんなが綾子をして、教師になり愛の関係につながれた仕事がしたいと思わしめたのかもしれない。そして綾子は、卒業も間近の一月、教員資格をとる決意をする。

その前年までは、教職につくためには女学校を卒業後、補習科としてさらに一年間教育学、心理学、各科教授法を学ばねばならなかったのが、この年から、補習科に入らずとも、検定試験受験資格が認められた。綾子はわずか一カ月で一年間の学習を修めなければならなかった。綾子は猛勉強を始めた。勉強法はただひたすらに教科書を読むことであった。

元来綾子の勉強法は、読書でもするかのようにタンスにもたれて教科書を読んでいくだけである。家人のだれも、彼女がそうやって勉強しているとは思わなかったという。試験の当日、綾子は次のような三カ条の心得を持って試験に臨む。

一、決して合格しようとは思わないこと。

二、検定試験は、一題につき六十点以上をとればいいのだから、完璧な答えを書こうとして、一題のために時間を失わないこと。

三、教育、教授法、心理学など計算を要しない問題については、書くことは充分にあるが、時間不足で書き切れなかったように、書けるだけ書いて、なお尻切れトンボに終わること。

切羽詰まって考え出したこの「要領を本分とすべ

し」の受験法は、泥縄式であったと本人は言うが、したたかな合理性と、答案を読む側の心理の計算がきちんとされたものである。七課目の理科のうち化学を落とした以外は、すべて見事合格。また、落とした化学も六月の再試験で合格した。かくして、教師堀田綾子が誕生したのであった。

教師時代

〈神威、文珠校時代〉

一九三九（昭和十四）年　十七歳

市立高女卒業後間もない三月末、綾子は父鉄治に付き添われ、初赴任地である空知郡歌志内《うたしない》町に向かう。補修科卒業で一期上の山田克子、佐々木まさ、宮原冴子、松岡英子が同行者である。五人全員が同じ職場の歌志内神威《かもい》小学校に赴任するのである。

十六歳十一カ月、住み慣れた旭川の家を離れることに、いささかの淋しさも感じない、むしろうれしかったという。当時の堀田家は、必ずしも居心地のよいものではなかったためである。旭川から歌志内までは途中の乗り継ぎも入れてほぼ三時間の旅である。

――わたしは、車窓に見えてきた、自分の赴任する炭鉱の街に目を注いだ。山間《やまあい》にできたこの街は、一本の幹線道路が真ん中に走り、その道路から左右の山腹に幾本もの枝道が這い上っていた。

山腹には、俗にハーモニカ長屋といわれる一棟五戸ほどの長屋が、整然と段状に並んでいた。それは、わたしの想像していたよりも、ずっと豊かで活気のある街に見えた。……融雪季で、街にはまだ、うすぎたなく汚れた雪が残っていた。また、その街を流れている川は、汁粉のようにどろりと黒かった。洗炭をした水で、川が汚れているのだ。だが、街を蛇行する五メートル幅ほどの川には、ところどころ小さい木の橋がかかっていて、その欄干にもたれて汽車を見ている子供たちの姿などには、なかなか詩情があった。――『石ころのうた』

やがて窓外に木造の大きな校舎が見えてきた。日中戦争とともに急速に膨張を始めた炭鉱を象徴するかのように、継ぎ足された新校舎が古い校舎の後方に伸びている。綾子は、その校舎を眺めながら、「堀田は失敗も多いが、成功も多いだろう」と言った女学校時代の恩師谷地新六の言葉を思い出している。欠点の多い自分には、うってつけの餞の言葉であった。今、自分のこれから勤めんとする小学校を眼前にして、「失敗を恐れまい、という張りつめた喜びに満たされていた」綾子であった。

四月から神威小学校に出勤し始めて、まずその出勤時間の早いことに綾子は驚く。朝五時には、校長を筆頭に、何人かの教師が出勤し、うす暗がりの中で奉安殿の回りや校庭を掃き清め、文字どおり箒の目が立てられる。実際は六時半までに出勤すればよいのであるが、校長が五時には来ているのであればそうもいかない。そして、校長らによって立てられた箒の目を踏んで出勤する時のひけめは忘れられないという。

当時、教職は聖職とされていて、その〝聖職意識〟が、綾子をしてその早朝作業を「人を教える立場にある者の当然の自己鍛練」とは思わしめても、決して怪しませるものではなかった。清掃後六時半から三十分間は、各自が職員室で修養書を黙読、つづいての職員朝礼は勅語の唱和で始まり、教育歌斉唱ののち、当番教師の感話があり、校長の評で締めくくられる。この感話が、「教師たちの思想の動向を知る上に、そして統制する上に、必要欠くべからざるもの」であったことなど知る由もない綾子は、教師たちの感話に感心したりしている。

『道ありき』の中でも、「この職員朝礼の三十分は自分には面白いものであった」と述べている。職員朝礼につづく二千人余りの生徒朝礼は全く軍国調そのものであったが、一つ一つを真剣に行う生徒と指導する教師の姿に感動し、「学ぶとはこのように折り目正しく、真剣でなければならないものか」と感じ入ってしまう綾子であった。

この学校の在り方が、その当時の軍国主義の最先端を行くものであることに気づくすべもなかったのであった。それよりも綾子にとって最も大切なことは、ただひたすら、受け持たされた生徒を、いかに教えていくのかということであった。

代用教員（注：旧制小学校で、免許状を持たないで勤務した教員のこと）としての一年目、綾子は、三年女子組、三年男子組、そして一年男子組と三つのクラスを順に受け持つ。最初の三年女子組は、わずか三週間受け持っただけで、つづく三年男子組は七十名近い生徒で、実に生きがよく、綾子に、あるいは母親のように甘え、あるいは姉のようになつき、ともに遊んだ。何かにつけて骨の髄まで新米教師であった綾子は、受け持ちの男子生徒たちが、競い合うようにして自分に甘えるとき、今までになかった感覚に満たされる。

――わたしはたちまち生徒との生活に夢中になった。大声で叱ったり、どなったり、時には頰を殴ったり、立たせたりしながらも、生徒がかわいくてならなかった。……日本の国がどのような方向に歩みつつあるか、また自分の勤務する学校が、どのような教育方針を持っているかを、深く心にとめることもなく、毎日をただ、このように生徒に夢中になって暮らす稚《おさな》い教師は、一体彼らの何に役に立ったことだろう。――

『石ころのうた』

いわゆる十五年戦争の前半に「皇国少女」として教育を受け、成長して、その後半を今度は「天皇の赤子を育てる」立場に教師として立ち、教師になって間もないころに、先輩教師をして「教育愛の権化」とまで言わしめた綾子であれば、弱冠十七歳という年齢とあいまって、当時の日本の社会情勢および教育者として自分が置かれている立場にうとかったとしても、無理からぬことであったろう。現にまわりを見回せば、その年だけでも、綾子と似たり寄ったりの女教師がなんと十人もこの神威小学校に配属されていたという。

——天皇陛下のために死ぬのはとても光栄なことに思われ、天皇の赤子を育てていることが光栄でした。修身の教科書を開くときにはお辞儀をし、少しでもページがめくれているとアイロンをかけさせたりしてきました。——『時代とわたし』

こんな日々に生徒の一人を介して知り合った青年Eに、どんな目的で生徒を教えているのかと尋ねられれば、「もちろん、天皇の立派な赤子に育てるために教えています」と答え、「本気ですか。いや、無論本気なんでしょうね。だから日本はだめになる」と吐き出すように言うEの言葉に反発を感じ、やはり彼は以前から噂に聞いていたように、「危険思想」の持ち主であったかと納得し、自分の生徒もつまらぬ人間と交際していると思ってしまう綾子であった。

この青年Eは、歌志内時代を通して思わぬ時に出現しては、綾子に厳しい言葉を投げかけつづける。たとえば分教場転任後、綾子との間にこんな会話があった。

「しかし、何もわからないって、恐ろしいことですね」

「何もわからないって、わたしのこと？」

「多分ね。もっとも、あなただけじゃない。今の日本では、わからないものが、わかったような顔をして生きている。下手にわかると刑務所行きです」

そしてEは、読書はしているかと尋ねる。女学校時代まではあれほど読んだ本も、教師になって以来、忙しくて読書もほとんどできていないでいる綾子に、

「なあんだ。本も読まないんですか。本はお読みなさいよ。読書しない人間が、戦争を起こすんです」

Eのこの言葉は、ぐさりと綾子の胸を刺し「厳しいことを言う人だ」と思わせるが、その真意を理解する

まではゆかない。ある時、Eはこうつぶやく。

「世界の地図は、どんなふうに変わりますかね。スターリンも首相になったし」

Eが何の話をしているのか、綾子には皆目わからない。当時の綾子は、ほとんど新聞を見たことがなく、また、ラジオも持ち合わせていない。世界はおろか日本の動向にさえ関心を持っていなかった。自分の国が戦争をしていることは、むろん知ってはいたが、その日本のあり方は、全く正しいのだと信じ切っていた。そして若い綾子が、そのとき感じていたのは、青年Eとの間にかもし出される甘い雰囲気であり、綾子にとっては「これが青春だ」という思いなのであった。

同僚に山下孝吉という三十歳くらいの教師がいた。温厚な人柄で、常に笑みを絶やさない、話術にたけ、童話の先生として空知管内では知られている教師であった。授業もうまく、父兄の評判もよかった。この山下教諭が、校長に合わせて早朝出勤をつづける教師たちを尻目に、毎朝ただ一人、清掃の終わったころに、悠々と出勤してくる。なかなか勇気のいることであったが、山下の態度はきわめておだやかで、さりげないものではあった。しかし明らかに軍国主義に染まった校長や、当時の教育方針に反発しての行動である。

山下がクリスチャンであることを綾子が知るのは、彼がのちに隣町の学校に転勤したあとのことであった。この山下が受け持っていた一年の男子組を、秋から、綾子が引き継ぐことになったのである。

一九四〇（昭和十五）年　十八歳
教師生活一年目が終わった時点で、代用教員から訓導（注：旧制小学校の正規の教員のことで、現在の教諭にあたる）となった綾子は、四月、新一年生を受け持つことになる。
「教える技術も何もなかった。やみくもに生徒がかわいいという。ただそれだけで、体当たりのように生徒に教えていた」綾子は、反面「そのくせ、実に厳しいというだけの教師」であったという。同僚の一人T

教諭と綾子の仲があやしいと言いふらされ、それが原因だったらしく、翌年の四月、綾子は新設の分教場に転任することになった。

一九四一（昭和十六）年　十九歳

四月、神威小学校から文殊分教場に転任。

神威小学校から二キロほど離れた街つづきの文珠に新設された分教場は、三井炭鉱の所在地にあった。この文珠での生活はわずか四カ月であったが、綾子にとっては、一生この炭鉱町に住んでもいいいと思わせるほど、楽しいものであった。

新設されたばかりの分教場は、粗末きわまりないもので、炭鉱の長屋であったものを二教室に改造したものが三棟、都合六教室からなっていた。改造とは名ばかりで、つまりは教室としての最低の体裁を保ったものにすぎず、畳をとり払ったあとの三分板の床を生徒たちは、ガタガタと音を立てて歩き回るのであるが、穴に足を落とす子もいたりして危険なものであった。

幅の狭い教室には、机を四列並べることができず、三列に長く八十人の机が並べられていた。しかし、校長も教頭もおらず、五十年配の奈良という話のわかる教師以外は全員が女教師で、その席次のいちばん上が綾子であったというのだから、本校にはないのびやかな雰囲気で、実に楽しい日々であったという。

赴任当初は、始業時間を知らせるベルも鐘もないので、教師たちは各自の腕時計が頼りの授業進行である。興が乗れば、通常は四十分の授業が倍の長さになったりもする。しかし、二時間ぶっつづけに教えると、どの教科でも子どもたちの進歩が目ざましいこともわかる。生徒の体力や児童心理学もあったものではなく、「文部省の役人が知ったら、驚くような実態」の中での授業だったが、子どもたちは実に闊達にその授業を楽しんだのであった。ここで綾子は、しばしば子どもたちと私生活をともにした。

最初に住んだ宿舎は三井炭鉱の元鉱長宅で、二人の同僚と綾子の三人で住むには、贅沢なほど広々とした屋敷であった。気持ちのいい浴室があり、放課後帰宅するころには、生徒が来て、風呂をたいて待っており、その生徒たちと一緒に風呂に入るのである。ときには泊まりに来る子もいる。そんなときは、綾子は、子どもと一つ床に寝るのであった。

　遊び時間にもなると、子どもたちはわっと綾子の回りに集まり、奪い合うようにして綾子の手をとり、広々としたグラウンドに引っ張り出す。そうして、鬼ごっこや縄跳びに興ずるのである。祭りともなれば、きれいに着飾った子どもたちと、自らも着物を着て祭り見物をする。そんな日々を思い出すときに、

> ――わたしは実にどれほども見識を持たぬ教師であった。教師はかくあらねばならぬ、というものを何一つ持たずに、教壇に立っていたような気がする。きびしく生徒を叱りとばしては、ごめんね、とあやまる教師であった。生徒が病気で休んだと聞いては、驚いてすっとんで行く教師であった。――『石ころのうた』

　こう思うのも、あとになってからの反省で、当時の綾子は、広い家に客用と家人用二つの手洗いがあることを、訪れてきたE青年に告げて、

「便所が二つあれば、便所掃除も倍しなければならないでしょう。三人に便所が二つも要りませんよ」

と馬鹿にしたように言われ、反発するよりも、むしろなるほどと共感し、「わたしは、自分にとって、何が必要で何が不要かもわからぬほど、幼稚な人間だ」と思うのであった。

　この広い宿舎から、三人は突然移転させられ、今度は分教場のかたわらにある二間きりの狭い家に住むことになる。畳は新しく、壁もペンキが塗られてはいるが、水道はなく、外に井戸があり、水はそこから汲んでくる。便所も戸外である。

　そして、移転第一夜のことであった。床について間もなく、どうも身体がかゆい。南京虫である。翌朝までには、若い三人の身体は、至るところ南京虫に刺さ

れ、赤くはれ上がっている。ところが、それを聞いた生徒たちは、「南京虫にくわれて、どうしてそんなにはれるのさ」と笑うのであった。そのときに初めて綾子は、彼らの生活の一面に肌でふれた思いがする。

受け持ちの生徒のうち職員社宅に住む子は、わずか三人で、残る生徒の大半は、五人も六人もの家族で長屋住まい。南京虫にかまれるなどは、日常茶飯事なのである。が、ただの一度も彼らの口から生活環境の愚痴を聞いたことはない。綾子は反省する。「わたしはもっと早く、こんな実態があることに、教師として気づくべきであった」と。

炭鉱で重労働をしている鉱夫たちが、手足もゆっくり伸ばすことのできない、狭い長屋で南京虫に悩まされているのに、その鉱長は綾子がつい昨日まで住んでいた、あの広々とした家に悠々と生活していたのだと思い当たり、そんなことが許されてよいはずはない。そんなことも全く気づかずに鉱長宅で喜々として暮らしていた〝心ない教師〟であった。「今考えると、歯ぎしりしたいような、いい加減の生活意識しか、わたしは持っていなかった。いや、それがわたしだけではなかったことに、更に大きな問題がひそんでいたとわたしは思う」(『石ころのうた』)と、当時の自分を思い起こし、綾子は記している。

この南京虫事件のすぐあとに、青年Eと交わした綾子の会話が『石ころのうた』にあり、少し長いが、その当時の綾子を知る上で非常に大切に思うので引用しておく。

――「全くの話、ひもじいなんてこと、あなたは知らないでしょう」

「でも、わたし、小学校四年の時から、教師になるまで、牛乳配達をしたわ」

「それにしては生活の意識が低すぎる。人間はみな、同じ程度の経済生活をすべきだと思いませんか」

「思うわ」

「本当にそう思うのなら、どうして、この世に金持ちと貧乏人がいるか、不思議に思うんじゃないのかなあ」

「わたしはそんなこと思わないわ。貧乏人が、必ずしも金持ちより不幸とは思わないもの」

「話をずらしちゃいけないですよ。幸福感という主観の問題じゃない。ぼくは客観的に見ての、富の不均等についていっているんですよ」

「でも、わたしは、自分が金持ちの家に育つよりは幸せだったと思うわ。わたしは、あれを買いたい、これを買いたいと思わず生きていたもの」

「それは飢えるほどに貧しくなかったからですよ。もし、食べない日が三日もつづくような生活をしていたら、あなたは今のようなことをいわなかったろうけれどね」

「わたしは、でも、金持ちに生まれたかったとは思わないわ」

「どういうんだろう！　ひどいなあ。愚民もいいところだ。話にならない」


「仕方がないわ。わたしとあなたは人生観がちがうのよ」

「冗談じゃない。あなたは、人生観なんて持ってやしない」

「天皇陛下の役に立つ国民を育てるという、使命を持っているわ」

「そんなの人生観じゃない。いわば戦争のための国家の標語ですよ。標語と人生観はちがいますよ」

とにかくわたしは、教師として国のために精一杯仕事をしていればよいという、自負心があるだけであった。

しかし考えてみると、人間はただ精一杯に生きていればよいというものではない。いかなる目標に向かって、精一杯に生きるべきかを知らねばならないのだ。……自分はいま、人間としてどのような姿勢で、何を生徒に教えるべきかを、わたしは知らねばならなかったのだ。……わたしの立つべき立場を、わたしは当時、全く持っていなかった。ただひたすら、天皇のために、よい教師であろうという、当時としてはごく一般的な立場に立っていたのだった。

そんなわたしを、呆れたように見る彼の顔を見ていて、やはりこの人は危険思想の持ち主なのだと、わたしは思わずにはいられなかった。

（この人のいうことは、何の戦力にもならない）

わたしは、音もなく流れる大きな時流に巻きこまれている、芥《あくた》のような存在だった。せっかく、わたしの目を開こうとして近づいてきたEを、わたしは危険な人間としか判断できなかったのである。――『石ころのうた』

五月。このころ、旭川の母親キサのリウマチが悪化し、綾子は旭川に呼び戻される。旭川への転任を校長に申し入れるが、許されず、やむなく退職を決意、幸い父鉄治の小学校時代の恩師のはからいで、旭川市立啓明小学校校長横沢吉秋に紹介される。横沢は綾子に、

「転任を許さないという、あなたの学校の校長さんの気持ちはよくわかりますよ。惜しいんですよ、あなたが。他の学校にやりたくないんですよ。それだけに、またわたしも、あなたを欲しいという情熱が湧くんです」

という、綾子の耳には、「男女間に使われる言葉」に聞こえる奇異な言い方をした。

「わたしは、自由主義が一番いいと思っているんですがね。どうも時代が変わってきて、一体どうなるんでしょうか。軍国主義で人間を教育できるとは、到底思えないんですよ、わたしは」

横沢のこの言葉に、綾子は少なからぬ衝撃を受ける。国を挙げての戦時体制下で、「皇国民の錬成」が、教育の目標になっている。

それが、綾子の偽らざる感情で、横沢の剃刀のような鋭利さに魅力を感じつつも、こんな校長のもとに勤めなければならぬのかと、いささかたじろいで校長宅を辞したのであった。

八月二十五日。二学期の始業式がやってきた。綾子

にとっては辞任の式、分教場の生徒たちと別れる朝でもあった。綾子の退職を全く知らずに集まった生徒たちは、奈良教師の、

「このたび、堀田先生が、お家の都合で、この学校を辞められることになり……」

という言葉で一瞬しんと静まりかえる。別れの言葉を告げるために壇上に立った綾子の目に不安、あるいは緊張に満ちた子どもたちの顔が入ってくる。


――「みなさん……」

ひとことといっただけで、わたしは言葉がつまった。感受性の強い佐藤一一、古館八千代などの、半べそをかいている顔が目に入ったのだ。特に佐藤一一は、その大きな目に涙を一杯ため、目を見開くにいいだけ見開いて、睨みつけるようにわたしをみつめている。

わたしの唇は、ふるえるばかりで言葉にならない。ややしばらくして、ようやく、

「わたしは……」


といいかけたが、こらえていたものが一時にこみ上げてきて、一言もいえない。壇上にうつむいたまま、只立ちつくすわたしの耳に、すすり泣く生徒たちの声が聞こえた。ただ立っていてはいけない。何とか別れの挨拶をしなければならない。心はせくが、しかし何としても胸がいっぱいで言葉にならない。やむなくわたしは深々と礼をした。……わたしは万感をこめて頭を下げ、壇上から降りた。――『石ころのうた』

教室に行ってみると、生徒がみな、机の上に顔を伏せて泣いている。いや、一人だけ姿勢を正している子がいる。知恵遅れのA子であった。自分の名前を書くのがやっとで、十まで数えることもできないが、非常におとなしく、授業中も、聞いていても少しもわからないのに、両手をひざの上に置いて、きちんとすわっている。名前を呼ぶと、よたよたと綾子のところに来て、大きな頭を胸にこすりつける。呼ばれたことがうれしいのだ。そのいつも笑顔を絶やさぬ、あどけない

A子に綾子はどれほど慰められてきたことか。そのA子が今、すっくと姿勢を正し、両手の指を開いて顔にあて、滝のように流れる涙を、ぬぐうことも知らぬかのように流し、綾子を見つめたまま泣いている。

——それは、離別の悲しみという以上に、いいがたい痛みであった。教師が、学年の半ばに身を退くという、無責任を恥ずる痛みであった。受け持って、僅か四カ月で去って行くことへの良心の痛みであった。たとえ母がリューマチを病んでいたにせよ、とにかく自分の都合でわたしは生徒を打ち捨てて去るのである。それは、愛の関係を自ら断ち切って行くことでもあった。そこに、他の職場との責任のちがいがあるはずだった。——『石ころのうた』

〈啓明小学校時代〉

九月一日、旭川市立啓明小学校初出勤。

一九四一年九月から一九四六年三月までの四年六カ月、綾子が勤めた啓明小学校は、旭川市の東南にあり、校舎の屋上からは広々とした水田が四十キロ離れた大雪山の麓までつづいているのが見える。学校のまわりは、ライラック、いちょう、松、アカシアなどの木々が生い茂り、美しい自然に囲まれているのに、三分の二が鉄筋作りの校舎は、ガラスがうす汚れ、廊下はざらざらとして、あの掃除の行き届いていた神威小学校とは格段の差があった。

職員の様子もずいぶんと違っている。初出勤の日に全職員に紹介されて以後、いつまでたっても歓迎会をする様子もない。放課後の三時になれば、教師たちはさっさと帰ってゆく。職員室でも、職員は男女それぞれに分かれていて、ひどく冷たい空気に思われる。何事につけ意志の統一がはかられていた神威小学校とはずいぶん違っているのだ。

そして綾子が、最も驚いたのは、生徒たちの規律のなさである。軍隊ばりの方式であった神威小学校に比して、ここでは朝礼のベルも鳴らず、八時近くになると生徒がどこからともなく集まってきて、だらだらと並ぶ。

「これが校長の信奉する自由主義の現れかと思って、わたしは何とも情けない思いがした」（『石ころのうた』）

校長が職員に学校のあり方についての意見を求めたとき、ほかに提出者のいないのをよそに、綾子は便箋三十枚にわたって意見を述べるが、横沢校長は大いに気を悪くしたようで、ひどく不機嫌な顔を見せた。

歌志内では新米扱いの綾子であったが、旭川ではだれも新米として扱うことはなく、高等科の免状のない綾子に高等科を受け持たせ、ピアノも弾けぬのに、音楽を週七時間、最も苦手とする裁縫をも受け持たされる。姉の百合子に和裁を習い、また父の知り合いの洋裁の先生に、それぞれ手ほどきを受けつつの授業であった。しかし、水泳などは自分が泳げなくとも、クラス六十人が全員泳げるようになったのは、教えるということは、ときには教授上の技術の問題であって、技能の実力の問題ではないかもしれないと思わせる。

ところで、綾子の得意とするものにダンスがあった。

——先生の指導がはじまって驚いた。これまで教わった踊りとは違うのである。

……テンポも早く、その独創的な踊りはたちまち学芸会で人気をさらってしまったのである。だから先生に選ばれて指導をうけることは子ども心に誇らしかった。それだけに教え方は迫力があり、生徒の差別は全くないが、すこしでも技量が落ちていると、中心の主役からはずされてしまう、それが口惜しいから精一杯ついてゆく。

ある時先生はスカートにラクダ色の毛糸の靴下をはいていらした。手をあげ足をあげ、生徒と一緒に踊っているうちに片方の靴下が足首のところまでさがってしまっていたのである。「先生、靴下がさがっています」と言いかけて私は言葉をのみこんでしまった。

先生の真剣な様子を見ていると、そんな余計なことは言えなくなってしまったのである。火の気のない二月の屋内運動場は、氷室のように寒い。先生は片方素足のままで踊り続けていたのであった。――尾崎道子「三浦綾子先生と学芸会」『三浦綾子作品集3』月報

このダンス指導の最中に、一度床の穴に足をとられ転倒した綾子は、左足脱臼となり何日も欠勤する羽目に陥るが、出勤可能になった後は松葉杖でのダンス指導をつづける。折りしも秋の学芸会の時期であり、その姿を幾度か見ていた横沢校長は、全職員の前で「堀田先生の、松葉杖をついての陣頭指揮には敬意を表します」とねぎらった。綾子には、この言葉がねぎらい以上の意味を持つと感ぜられた。つまりあの提案の一件以来わだかまっていた綾子との間を氷解させようとする横沢校長の和解の言葉のように思われたのである。

ある日、職員室で校長と二人きりになったとき、横沢は綾子に、啓明小学校の初代校長である芦田氏について語る。芦田氏については、その評判は綾子もかねがね聞いていた。

――「芦田さんはね、人間は号令で動かせるものじゃないと、堅く信じている人ですよ。人間が人間を号令で動かすという、その姿勢がきらいなんです。同時に号令で威嚇されて動く人間になってもいけない。自主的に動くのが人間でなければならない、というわけです。それでブザーも鳴らさない」……「先生たちはですね、じっと生徒のうしろから見守っていればよい。それが本校の朝礼の在り方です」

ここで、わたしが、脳天を一撃された思いになればよかったのだ。そして、そのことでわたしは成長するはずだった。が、わたしはその言葉を受け入れることができなかった。

……不満気なわたしに、

「やっぱり軍国主義がいいですかかね」

「ええ、日本は戦っているんですから、生徒だって、

規律正しく躾けるべきだと思います」

「そうですかねえ。時代ですかねえ」

校長は考えこむまなざしになって、

「芦田さんの精神も、あなたにはもう、つまらぬものと映るんでしょうかねえ」

と言った。――『石ころのうた』

この芦田校長は啓明小学校の運動会で、父兄と生徒が昼食をともにするという習慣をやめさせてもいた。昔も今も運動会といえば、一年に一度のこととて、家族総出で応援し、みなで食べる昼のごちそうが楽しみなものである。芦田は、生徒が家族とともに食事することをやめさせただけでなく、生徒の弁当は握り飯のみとした。ごちそうを用意することができない貧しい家庭の子どもたちを思いやってのことであった。

十二月八日、日本海軍の真珠湾奇襲攻撃により、日本は太平洋戦争に突入する。

一九四二（昭和十七）年　二十歳

四月一日、綾子は新入学一年生の担任になった。これには、次のような経緯があった。

前年九月に赴任した際に受け持った高等科を引きつづき受け持ち、卒業生を出したらどうか、卒業生を受け持つと、ずっと生徒に忘れられないよ、という横沢校長に、

「わたしは自分のことは忘れられてもいいんです。毎日を火花を散らすような真剣さで生徒を教えたいだけなんです」

と言う綾子の希望がかなえられ、新一年生の担任になったのである。このクラスを綾子は結局、退職するまでの三年間受け持つこととなった。

夏、西中一郎との出会い。

この年の夏、夏休みを利用して、綾子は札幌の高等技芸学校に十日間の講習を受けに行き、手芸を学んだ。その間、母キサの叔母夫婦の家に寄宿し、のちに婚約者となる西中一郎と出会う。夫婦の姻戚にあたる一郎

は、この家に下宿し、市内の会社に通勤していた。狭い家の二階の一間に、綾子は一郎とその家に同居していた従祖父《おおおじ》の姉にあたる老婆と三人で寝起きするが、男兄弟の間にはさまれて寝ることに慣れていた綾子は、別段何の気にもとめずに過ごす。

綾子と同年齢の一郎は「美男でありすぎた」ために、異性として意識するにはあまりにも現実離れがしていて、最初から綾子にとっては自分の生活の圏外の存在であった。あちこち案内をしてもらったりするうちに、日増しに親しくなっていったが、恋愛めいた感情は起きない。ただ、明日は旭川に帰るという前の日に、公園でボートに乗せてくれた一郎の、オールを持つ姿が、見違えるように颯爽としていて、綾子をハッとさせる。

(この人は、こんな人だったのか)

平生の一郎はつつしみ深く、静かであった。しかし今目の前で、まくり上げたワイシャツからたくましい腕を出し、オールさばきもたくみな彼は、ひどく男性的であり、また、明るく開放的であった。オホーツク海に面した斜里育ちの一郎の、自信に満ちた表情が今まで見えて来たものとは違っている。

(ああ、わたしは、こんな素敵な人と今、二人でボートに乗っているのだ)

と綾子はふと思った。

札幌の帰りに、綾子は歌志内に立ち寄る。ちょうど一年前に離れた土地である。だれにも知らせてはいないのと、考えてみると八月の夏休み中なので、生徒にも会えないかもしれないと落胆しつつ、文殊の街に入っていく。が、ふと気がつくと、あちこちの家や木やごみ箱、井戸の陰から、ちょろちょろと姿を出してはまた隠れる子どもたちがいる。「それはまるで、時代劇の一こま」のようであったという。

「どうしたの?　みんな隠れていないで、出ておいで」

その綾子の一声を待っていたかのように、わっと皆が駆け寄ってきて、綾子に飛びつく。もう三年生になっている教え子の七割方が集まって来ていた。わずか一学期しか教えなかった子どもたちであるのに、期間の長短ではないなと綾子は実感する。感激の再会は、教え子谷地文子の歌で最高潮に達する。

当時綾子が生徒たちに教えた数多くの歌の中に「かきつばた」という歌がある。作詞作曲がだれのものか不明であるが、歌志内の学校のオルガンの上にのっていた歌集にあったものだという。

「広い池の中に咲いた一本のかきつばたは、夜になれば紫紺色の夢を見るだろう」という、メロディーも微妙で、決して小学校一年生に、その歌境のわかりようもないものであるが、綾子はどのクラスにもそれを教えたし、また生徒も不思議に好んだ歌だという。

――「ひーろーいお池の真ん中に……」

きれいなつやのある声だ。かつて学芸会で舌切り雀になり、舞台の上で一人歌った美しく透る声だ。みんなうっとり耳を傾けている。

「一本咲あいた　かーきつーばたあ」

ふいに文子は顔をおおった。と、激しくすすり上げた。みんなしんと静まってしまった。文子は立ったまま、しゃくり上げている。わたしの胸は熱くなった。

「ありがとう、文ちゃん」

文子は坐った。みんなうつむいている。文子の胸にある再会の感動が、他の者にも伝わった。

「じゃ、こんどは、先生が歌います」

わたしは立ち上がって、文子の歌ったかきつばたを歌い出した。すると、生徒たちがすぐにわたしに合わせて歌い出した。今泣いた文子も歌っている。みんなの心が一つになった。わたしは盛り上がる感動の中で、しみじみ来てよかった、本当によかった、教師になってよかったと思いながら、

「紫紺の夢を見るであろう」

と心をこめて歌っていた。――『石ころのうた』

八月の末に思いがけなく神威のE青年から手紙が届く。夕張の住所になっていた。綾子が歌志内を訪れた

と聞いての便りであった。

「お元気の御様子で何よりです。

ミッドウェーの海戦にあなたは何を思われましたか。

また、ガダルカナルの戦いをどう思っていられますか。

恐らく、あなたは何も思わずに生きているのでしょう」

こう書き始められた手紙は、E青年の人柄を彷彿とさせる真摯であり、また厳しいものであった。

――「今、こうして、ぼくがペンを走らせている時間にも、人が戦争で死んで行く。しかも無駄な戦争で死んで行く。そう思いつつ、焦燥を覚えるぼくらの口惜しさなど、あなたにはわかりますまい。

人間は、わかるべきことを、あまりにもわからなすぎる。そうした怠惰への怒りを、ぼくはあなたにぶつけたくなる。一体それはなぜだろう。なぜあなたに怒りを覚えるのだろう。……あなたはぼくにとって無縁の人だ。ちがう世界の人だ」


……わたしは二度、三度、Eの手紙を読み返した。何か強く心を惹かれる手紙だった。が、それは、女としての読み方であった。

(この人は、わたしを好きなのではないか)――『石ころのうた』

秋、手紙ノート。

この年の二学期ころには、すでにノートも簡単に入手できなくなっており、綾子は自費で受持の全生徒にノートを配布し、「手紙ノート」として、生徒の毎日を綴ることにした。子どもたちの学校における生活ぶりを親たちに知らせるためであった。三行でも五行でも、子どもの具体的な姿を親に知らせる目的であった。それに対して、親もまたいろいろなことを書いて返したりして、いわば綾子と親たちとの交換日記のようなものであった。

啓明小学校に初めて赴任し、受け持った高等一年の女子組に綾子が自分への希望を尋ねたときに、「絶対に、えこひいきをしないでください」と生徒全員が答えたという。そのときの綾子の答えは次のようなものであった。「わかりました。わたしはえこひいきはしません。そのかわり決して、わたしのところに物を持ってこないように。もし持ってきたら、それが三円のものなら、三円分しかかわいがりません。何も持ってこない人は、無限にかわいがります」

この言葉どおりに、綾子は授業でも全員が必ず指名されるような方式で行った。質問も三種類ほど難易度の違うものを用意して、勉強が遅れている生徒であっても指名されれば、必ず答えられるようにした。（この〝全員が〟という平等精神は、作家三浦綾子が七十歳の今日になっても変わらず、どのような場面でも、全員が何らかの形で参加できるように気配りをする）

一方、綾子は非常に厳しい教師で、叱るべきときには、生来の大きく、語調のきつい声で容赦なく叱ったので、「生徒たちはきっと震え上がったのではないか」と回想する。しかし、規則を守り、規律正しく生活することには厳しい指導はしても、授業中居眠りする子やトイレに立つ子は叱らなかった。子どもの体調に対しては非常に敏感で、理解が深かったからであろう。

しかし、この「手紙ノート」よりも、生徒の成績を上げる努力よりも、もっと大切なことが教師としてあったはずだと、のちになって綾子は悔やむ。

――わたしは教育が何であるかを、全く知らなかった。わたしは戦争はいけないと教えるべきであった。人間は神以外のものを恐れてはならないと教えるべきであった。……わたしは教えるべきことの大本もわからず、実につまらぬことを口やかましく教えてきた。

……わたしは生徒をかわいいと思い、きびしく躾けることを使命と思い、一人の生徒をも置きざりにしてはならぬと思い、自分は力の限りを出しきって働いていると思って、大いに楽しく毎日を過ごしていた。今にして思えば何と貧しく安易な自己満足であったろう。

――『石ころのうた』

一九四三（昭和十八）年　二十一歳

前年から受け持った二年生の図画で、綾子の気になることが一つあった。それは彼らが入学以来描いている題材が、一貫して変化がないことだった。いずれも飛行機であり、戦車の絵である。綾子はふと思った。（いつまでこの子たちは、戦争の絵を描きつづけるのだろう）と。画用紙はすでに入手困難で、ザラ紙と呼ばれるうす黒く粗悪な西洋紙に描かれている。

このころ、同僚に三十歳になる牧という男性教師がいて、綾子に好意を寄せているが、歌志内のE青年をどことなく思わせる人物で、綾子もなんとなく心惹かれていたが、この年の八月に南方に去っていく。「戦争では死にたくない」と言うのである。八月までの数カ月、牧にしばしば誘われ交際がつづくのだが、牧を好きだとは思いつつも、（本気でわたしを愛するならば、このまま去って行くはずはない）と冷静に考える綾子でもあった。日本を離れる際の、牧の一時の感傷ではないか、だとすればそれは愛と呼ぶべくもない。そう考える自分を冷たい人間とは思いつつ、「真実の愛だけを欲する貪欲な女」（『石ころのうた』）である綾子は、自制心を持って牧を見送るのだった。

牧が去って二カ月ほどして、今度は札幌で親しくなった西中一郎が訪ねてくる。海軍に入隊するという一郎が持参した握り飯のおいしさは強く印象に残るが、戦争に行けばもう二度と会えないかもしれない一郎との会話は、ほとんど記憶に残ってはいないという。

一九四四（昭和十九）年　二十二歳

この年現在の綾子の家族状況は、あらまし次のようなものであった。

父鉄治満五十四歳。旭川の無尽会社に勤務。母キサ五十歳。長兄道夫、数年間宣撫班として働いていた北支から前年に引き揚げ、羽田飛行場に勤務。次兄菊夫、陸軍大尉として中支従軍中陸軍大学合格、入学のため帰国するが、肺結核を発病。仙台陸軍病院に入院中。

三兄都志夫は前年五月に召集され、結婚後入隊。

　結局、旭川九条三号本通りの堀田家には姉百合子、綾子、四人の弟、それに次兄の妻が結核で死亡したため引きとったその遺児勲、入隊後三カ月で帰還した都志夫夫婦の、都合十一人が同居していたことになる。

　六月、大阪に住む父の妹が入院し、容態が思わしくないとのことで、綾子が一家を代表して見舞いに行く。綾子にとって初めての本州への旅である。途中、仙台の次兄菊夫を見舞ったあと、そのころ東京に住んでいた叔母スエの家に一泊するが、北海道とはくらべものにならない切迫した生活の中で、食事もろくにとっていないことを知り、驚く綾子であった。夕食時になっても、米もなく、空腹をまぎらすために横になっている叔母たちの様子に衝撃を受ける。金では物も食料も買えない時代になっていた。

　入院中の大阪の叔母の病室にも闇売りの老婆が来て、湯飲み茶碗一杯の鉄火味噌を、十円で売っているのを見て驚く。綾子の給料が五十五円のときである。当時の北海道でははかり知れない戦争の影響を目の当たりにした旅であった。

　ある日、学校の運動場に一枚のポスターが貼り出され、空を見上げている少年の写真が刷り込まれている、そのポスターには大きな字で「征け大空へ」と書かれていた。少年航空兵の募集の広告であった。戦火が激しくなるにつれ、成人男子は徴兵できるぎりぎりまで戦場に駆り出されており、残るは少年に頼るほかはなくなってのことであった。教師たちは、

「国のために飛行機に乗って、敵をやっつけることができる。以前は二十一にならねば兵隊に行けなかった。お前らはいい時代に生まれたのだ」

　などと説いていた。綾子もまた例外ではない。小学三年生の教え子たちに、そのポスターを指さして言ったものであった。

　――「大きくなったらね。あなたがたも、み国のために死ぬのよ」

……かわいい子に、戦争で死になさいと、何の矛盾も感じずに説く教師に、真の愛情があったであろうか。

――『石ころのうた』

夏、旭川市郊外にある愛国飛行場に通う。

戦争中に多く組織された団体の一つに女子青年団があり、義務教育修了後の独身女性により結成されていた。綾子ら小学校の教師はその指導員であり、飛行場の奉仕や指導にもあたっていた。敗色濃くなりつつある当時、奉仕の人員もますます不足してゆく中で、綾子自身も同僚の秦艶子と二人で飛行場の飯炊きに泊まり込みで行った。不得手な食事の支度も力仕事も慣れれば、二十代の独身者たちに囲まれての毎日は、けっこう楽しいものであった。

そこの主任教官Tはもの静かな性格で少し肺を病んでおり、時折軽い咳をしていた。彼と綾子とのいきさつは『石ころのうた』にくわしいが、やがてTは綾子に好意を示すようになり、一年後の一九四五年に結婚を申し込み、綾子は承諾することになる。

この年七月には、サイパン島守備隊が全滅し、十一月には東京大空襲があった。戦局はいよいよ日本に不利となってきたわけだが、北海道の住民にはさし迫った戦局の動きも実態も知らされてはおらず、日本が負けると思う者はいなかった。しかし、日常生活の逼迫した状態を冷静に観察すれば、そのころの日本の国力劣勢は明らかで、厳冬の旭川で生徒たちは長靴も満足にはけなくなっていた。上ばきも同様で、多くの生徒が靴下のまま歩く。あるとき綾子は、自分の上ばきを生徒に貸し、素足の子にソックスを貸して、靴下一枚で真冬の廊下を歩き、その冷たさに震え上がったという。それでも、そのような状態に自分たちを追い込んだ者はだれなのかという疑問さえ抱かなかったという。

食料不足も当然著しくなる中で、一つの慰めは、これより一年前から綾子が始めていた味噌汁の給食であったろうか。各々の生徒に家からひと握りの実と味噌少々を持参させ、教室のストーブの上にかけられた鉄の大鍋に全部ぶち込むのだ。さまざまな野菜入りの温かい味噌汁は実にうまい。この味噌汁つきの昼食を生徒たちは大喜びしたという。

一九四五（昭和二十）年　二十三歳

日本本土への爆撃が日を追って激しくなっていたこの年の春、まだ一度も空襲は受けていなかった旭川でも、いざというときの準備にとりかかり、綾子の勤務先啓明小学校にも高射砲中隊が駐屯することになり、にわかに戦争が身近なものになる。

同盟国イタリア、ドイツが相次いで降伏。にもかかわらず、日本に勝ち目はなく、敗戦は必至だと思う者は綾子のまわりにはだれもいなかった。綾子自身もまた、日本の国は、国が危ないときには必ず神風が吹くという昔からの妄信を信じて疑わぬ一人であった。

七月十五日、旭川市に米軍のグラマン戦闘機が来襲。国策パルプと松岡木材の両工場の一部が炎上した。旭川駅の貨車、および練兵場の飛行機が破壊されたと、

『旭川市史』に記されている。

この二、三日前の早朝に、空襲警報に備えて、常日ごろつけっ放しにしてあったラジオが鳴った。綾子は飛び起きて、二キロの道のりを学校まで自転車で急ぐ。綾子は、旭川が空襲されるときには、自分は学校にいなければならない。どうせ死ぬのなら職場で死にたいと決意していた。

学校に着き、当直の教師と挨拶を交わす間もなく、バリバリという機銃掃射の音がした。校庭に弾丸が撃ち込まれたのだった。あとで知ったことだが、この校庭には、弾薬箱が山と積まれており、幸いそれらには命中せず無事であった。旭川ではこの日と、七月十五日にB29の爆撃があっただけですんだ。

八月六日、広島に原子爆弾投下される。
八月八日、ソ連が北満、北鮮、樺太に攻撃開始。
八月九日、長崎に原爆投下される。
八月十五日、日本敗戦。

その日の朝、「正午に玉音放送がある」と聞き、「天

皇陛下のお声が聞ける。昨日死んだ人はかわいそうに。天皇のお声を聞けなくて」と綾子は喜び、その重大な放送は職場で聞こうと、学校に向かった。

　正午、放送は始まったが、雑音がひどく、途切れ途切れにしか聞こえない。天皇のカン高い声はさっぱり要領を得ないままに終わる。

「戦争は終わりましたね。日本は負けました」

　と静かに言う横沢校長の言葉に、綾子は耳を疑った。校長の悲痛な顔を見て、ようやく綾子は日本が負けたという事実を知った。その後、綾子は他の教師とともに、奉安殿の前に行って、ひれ伏した。自分たちの力が足らずに戦争は負けてしまった。それを陛下にお詫びする。そして陛下と、この悲嘆をともにするのだ。天皇がおいたわしいと思って、教師たちは床板に額をすりつけて泣いた。

「泣くだけ泣くと、わたしの胸はひどく空虚になった。（神風は吹きはしなかったじゃないか）」（『石ころのうた』）

うつろな思いで綾子は、茶の師匠の家を訪れ、茶を点ててもらう。この空虚さを埋めてくれるものがほしかったからだ。

――釜にたぎる湯の音が、わたしの心を深閑とさせた。わたしは先ほど激しく泣いていた自分が、他人のように思われた。限りなくむなしく、限りなく無力だった。

……（生きているって、一体何なのだろう）と思った。――『石ころのうた』

八月三十日、マッカーサー元帥率いる連合国軍による日本進駐が開始される。

ある日、進駐軍の命令で、教師たちは生徒たちが使用している教科書を墨でぬりつぶさせることになる。敗戦に対する教師たちの反応はまちまちで、教師であることに疑問を持ったり、生きる意欲を失っている者もあれば、早速に英語を学び始めたり、あるいは転職して実業家にならんとしている者もいた。そんな中での進駐軍の指令に、教師たちはさして騒ぎもしない。

――わたしは教室に入って、生徒たちの顔を見た。

「硯を出してください」

予め用意されていた硯を彼らは出した。水が配られ、生徒たちは一心に墨をすりはじめた。

（子供たちは、何をさせられるかを知らないのだ）

わたしは涙が溢れそうな思いであった。先ず修身の本を出させ、何頁の何行目から何行目まで消すようにと、わたしは指示した。生徒たちは素直に、いわれたとおり筆に墨を含ませてぬり消して行く。誰も何もいわない。なぜこんなことをするのかとは、誰も問わない。

……わたしは七年間、生徒に真剣に打ちこんできたはずだった。その真剣に教えてきたことが誤りだったとしたら、わたしはこの七年を無駄に過ごしてしまったのか。

いや、無駄ならよい。だが誤りだとしたら、わたしは生徒たちに、何といって謝るべきであろう。そう思うと、わたしは生徒の前に大きな顔をして、教師として立っていることが苦痛になった。

（何が正しいかもわからずに教えてきたとは……）

わたしは急速に自信を失っていった。

わたしは生徒たちに自習をさせたり、クラス会を開かせて歌わせたり、踊らせたり、劇をさせたりした。教えることなど、何もなかった。わたしは、洗濯だらいを教室に持ちこみ、洗濯をするようにさえなった。

――『石ころのうた』

こうした折、グライダー訓練所が閉鎖になり、帰郷することになった教官Tが綾子に結婚を申し込む。正式に婚約したわけではないが、綾子の両親の許しも得、二年後には迎えに来ると言い残してTは帰郷する。

その一方で、Tの帰郷後間もなく軍隊から帰還し、綾子を訪れた西中一郎にも結婚の申し込みを受け、綾子はそれも承諾してしまう。もともと、綾子は女は結婚して不幸になるだけだという結婚観しか持ち合わせず、今、敗戦により何もかも信ずることのできない虚無に陥っている綾子にとって、Tでも西中一郎でも、どちらも同じだという投げやりな気持ちであった。精魂こめて教え、教壇に倒れるなら本望、とまで思いつつ生きた七年間の教師生活は、敗戦により、教科書に墨をぬるという形で終止符を打たれたのであった。

――わたしの胸中に常に在るのは、わたしの指示のままに、従順に教科書に墨をぬっていた生徒たちの姿だった。その姿がわたしをやりきれない想いにさせた。

（乞食になりたい）

わたしは本気でそう思い、路傍にすわって、人に物を乞うている自分を想像した。

真実を教えるべき教師が、誤ったことを教えた罰は、乞食こそ最もふさわしい罰ではないか。――『石ころのうた』

敗戦から半年もたったころには、綾子の精神状態は最悪といってもよく、教えることにも全く無気力な状態に陥っていた。

一九四六（昭和二十一）年　二十四歳

三月、啓明小学校退職。

教壇に情熱を失ったら、ただちに退職する、と以前から決めていた綾子は、この年三月ついに退職する。退職にあたって彼女は、六十余名の生徒の一人一人に毎夜心をこめて手紙を書き、それを別れの当日に手渡した。朝礼で全校生徒に別れを告げる綾子は淡々としていた。かつての文珠分教場での別れとはほど遠いものであった。悲しみというよりも、言いがたい寂寥感に綾子は満たされていた。

「臆面もなく、まちがったことを真剣に教えてきた恥ずかしさ」が綾子をただただ、むなしくさせていた。そして、教室に戻り、うちひしがれている生徒たちを見たとき、なおいっそう「決して再び教師にはなるまい」と決意した綾子であった。

――退職したわたしは、それからしばらくの間、放心したように学校のまわりをうろうろとうろついた。それは別れた恋人を慕うような未練な姿だった。――『石ころのうた』

発病・虚無・別離

四月十三日、西中一郎との結納。

この日の朝、西中一郎の兄が結納を持ってくる。ところがあろうことか、めでたいはずのその席で綾子は生まれて初めて脳貧血を起こし、昏倒してしまう。昏々と眠って目が醒めたとき一郎の兄はすでにいなくなっており、床の間に飾られてある結納の水引を見たとき、綾子はとっさに、

（この婚約は、何ものかに罰せられている！）

と思った。

六月一日、肺浸潤が発見され、療養所に入る。

朝目覚めた綾子は、四十度近い熱に侵されていた。翌二日から通院するが微熱が残り、保健所で受診する。結果は肺浸潤との診断が下り、即刻彼女は療養所に入った。このとき医師は「三カ月ほどで治る」という意味のことを言ったが、これがこの後十三年間にも及ぶ綾子の闘病生活の始まりであった。

――（とうとうわたしも肺病になった）

内心、「ざまあみろ！」と自分を嘲笑したい気持ちだった。当時肺結核の宣言は、癌の宣告にも似たものであった。米も満足に配給されず、何の特効薬もない頃であった。が、わたしには悲しみも絶望もなかった。どこか、胸の中で、これで計算がきっちり合ったというような、割り切れた思いがあった。――『石ころのうた』

療養所に入って綾子がまずしたことは、Tに西中一郎との婚約の事実を告げ、背信の謝罪をする手紙を書くことで、二十日ほどしてTから、傷心の返事とともに綾子の幸せを願う言葉と薬が送られてき、綾子を何ともいえない気持ちにさせる。

十一月、療養所より帰宅する。衰弱が進み、用便に行くのも辛くなったので、人手のある自宅のほうが療養のためによいという理由からであった。

一九四七（昭和二十二）年　**二十五歳**

三月、T死亡の報をTの家族より受けとる。「何よりも大事にしていたあなた様からのお手紙は、全部棺の中に入れてやりました」と手紙には書かれていた。

――わたしは呆然とした。あまりにも早い死であった。不実なわたしの手紙と共に焼かれた彼を思ってわたしは打ちのめされた思いだった。わたしの背信を恨むこともなく死んで行ったそのやさしさに打ちのめされたのである。――『石ころのうた』

一九四八（昭和二十三）年　**二十六歳**

八月、再度結核療養所に入所する。自炊可能なほどに病状が回復したため、再び綾子は療養所に入所した。敗戦後三年たったこのころになると、日本の社会も復興のきざしを見せてきていた。しかしながら、社会のあちこちに戦争の傷あとは目立ち、世相は未だ虚脱状態を脱し切れてはいなかった。そんな折りに流行作家太宰治の情死心中が報じられ、綾子はうらやましいと思う。「みずから命を断つということは、真実な人間のすることに思えた」からである。真実とは何かを未だ見失っている綾子であった。かつての同僚たちが、軍国主義教育から、民主主義教育に鮮やかに転身していく姿を見て、

（要するに、生きるということは、押し流されることなのか）

（一体、何が信じられることなのだろうか）

それは綾子自身が、Tを裏切った己れを内部から鋭く問いつめる言葉でもあった。

――いつまた人を裏切るか、いつまた誤った思想を持つようになるか、わたしはびくびくし自分をみつめていたのだ。そのくせ、いや、その故にわたしは信ずべきものがほしかった。

「何もかも信じられない」

というわたしの言葉は、信じたいというねがいの現れでもあった。――『石ころのうた』

冬、Eからの手紙。

自分が何を一義として生きるべきか、わからなかったという療養所での日々のある日、所用で自宅に戻った綾子は、タンスの底に一通の手紙を見つける。それは、以前に歌志内で出会った青年Eからの手紙であった。七年前の一九四二年八月二十七日の日付であった（六五ページ参照）。

受けとった当時読んでいたはずのものであるのに、まるで初めて読んだかのような衝撃を綾子は覚える。

「無駄な戦争で死んでゆく」というEの言葉の真意が今初めて理解できたのだ。自分もまたその無駄な戦争に青春を捧げ、その結果得たものは、癒しがたい虚無感と肺結核であった。

――わたしはふいに、自分が路傍の小さな石ころのように思われた。いや、それはわたしだけではない。同時代に生きた多くの人の姿なのだ。石ころは踏まれ、蹴られて何の顧みられるところもない。如何に一心に生きているつもりでも、結局は路傍の石に過ぎない。わたしは、自分が蹴られて、溝《どぶ》の中に落ちた小さな石だと思った。――『石ころのうた』

十二月二十七日、結核療養所白雲荘に再度入所した綾子は、この秋に発足した上川支庁管内結核療養者の会「同生会」の書記を務め、月々千円の報酬を得て、療養生活費にあてていた。旭川市内および近郊の結核患者三百名の会員間の相互連絡、会誌原稿集め、編集および郵送、市役所を通じてのバター、栄養剤などの獲得、斡旋などが主な仕事であった。

書記の綾子の病室は、会の幹事や会員たちのたまり場となってにぎわい、綾子にはけっこう多忙な日々である。しかし、依然として究極の生きる目的を見いだせないままに、過ぎていく日々に、このままでは、忙しさにまぎれ、生活にごまかされ、ただ押し流された生き方の中で、精神的日雇いになるのではないかと恐れる綾子でもあった。そんなある日、

「前川です。しばらくでした」

と大きなマスクをかけた前川正が、綾子の部屋を訪れた。正もまた結核で同生会の幹事であるという。綾子より二つ年上の彼とは小学校二年生のときに一年間隣同士であったが、前川一家が引っ越して行ったあとは、ほとんど親しく口をきくこともなかった。

秀才の誉れ高い正が、旭中に首席で入学、卒業後は北海道大学の医学部に入学したことは、綾子も噂で聞いていた。

一九二〇（大正九）年六月三十日、前川友吉、秀子の長男として旭川に生まれた前川正は、小学校、中学校を通して、優等賞を受けた秀才で、一九三八年北海道帝国大学予科医類に入学し、四一年に医学部学生となるが、翌年三月より胸部疾患に罹り帰宅療養を行い、いったん全快の診断が下り復学したのが、戦後一九四六年の春であった。ところが、同年十二月末再発、以来一進一退の病状のまま療養をつづけ、一九四八年十二月に綾子を訪れたときには、二十八歳になっていた。

クリスチャン家庭に生まれ育ち、自らも敬虔な信者となっていた正は、療養所で荒れた生き方をしている綾子を、キリスト教に導くことにより救い出すことに全身全霊を捧げる。

再会した翌日十二月二十八日付の正からの綾子宛の葉書は、後、一九五四年に正が死去するまでの千通に

も及ぶ二人の間の往復書簡の第一信となる。

――○昭和二十三年十二月二十八日　旭川市九条十七丁目　正より旭川市十条十一丁目白雲荘綾子あてハガキ初便りなり。

静臥中をお邪魔致し、申し訳ありませんでした。原稿を書く方はなかなか出来ませんが、同生会の雑用等ありましたら、お手伝い致したく思っています。ご健康を祈りいます。また――『生命に刻まれし愛のかたみ』

発病以来、自分の将来を二カ年の単位を限度として生きていた当時の正は、常に死の予感につきまとわれており、その生命の残りのあらん限りを綾子に注ぎ込むかのようであった。正の日記にも、一九五〇年五月二十九日の日付で、

――ああ、私の夢、私の持っているささやかなものすべてを、〝綾ちゃん一人〟に注ぎ込むことだけが、私の関心なのです。そして、その与えられた（許された）期間はそう長いことではないように思えるので、傍見《わきみ》をする気にはなれないのです……綾ちゃん、綾ちゃんよ！――『生命に刻まれし愛のかたみ』

二人の愛の軌跡を描いて余すところのない、この往復書簡集『生命に刻まれし愛のかたみ』を評して、元朝日新聞記者の門馬義久氏は、〈この世に、このような青春があったのかと、身体のふるえるような感動を覚えた〉と三浦綾子に書き送っているが、綾子が常に求めていた〝真実の愛〟を読者はここに見いだすことができるであろう。

一九四九（昭和二十四）**年　二十七歳**

年が明け、二月二十三日付で綾子は第三信を正に送る。その前夜寝つかれぬままに、月に照らされた己れの細い手について想いめぐらしたことを書き綴ったも

のであったが、その「日記の中に書いておいてもいいものだった」ことを正に書き送った自分の正に対する甘えに気がつく綾子であり、一方、正もそれを境に綾子の心の動きに注目するようになる。

　ある日見舞いに訪れた正は、綾子が日ごろ、酒を飲んでいることを知り、「療養所に入っていてお酒を飲むなんて、そんな不まじめな療養態度ではいけない」と、いつものおだやかな正に似合わぬ断固とした言葉で綾子を非難する。それに対し、綾子は、

「正さん。だからわたし、クリスチャンって大きらいなのよ。何よ君子ぶって……」と、彼の忠告に耳を貸そうとしない。

　友人ならば、忠告は当然ではないかと言う正に、それほどの友とは思っていないと、綾子がうそぶくと、ではなぜあの手のことを書いたハガキを、友でもない自分に送るのかと正は迫るのだった。

「あれはあなたの悲しみが、滲み出ていると僕は思いました。あの葉書をもらった時から、二人は友だちになったのだと思っていた」と言い、さらに「綾ちゃんは誰にでもあんな葉書を書くのですか、僕だから書いてくれたと思っていました」と、言い残して、正は帰っていく。

　正の言葉は、異性の友人を何人も持っていて、その中に簡単に愛を打ち明けてくる者がいれば、自分も同様に答えたりしていた綾子の耳に痛いものであった。その後もしかし前川正は綾子を訪れるが、会うたびに、世のキリスト信者を罵る綾子であった。ケンカ腰は綾子の妙な癖で、「人と仲よくなりたいと思うときには、子どものように喧嘩を売る」もので、それを知ってか知らずか、正は無言で悪口を聞き、さりとて弁解もせず、次回もまたいつものように笑顔で本など持参してくるのであった。

四月、退院。

六月、自殺未遂、西中一郎との別れ。

　正との親交も、依然として綾子に生きる喜びを見いださせるまでには至らない。綾子は三年前に婚約し

て、そのままになっている西中一郎との婚約解消のため、斜里の街に向かう。自殺を決意しての旅であった。発つ前に会った正は、「自殺は罪かしら」と聞く綾子に、「自殺は他殺より罪だって言いますよ」と答える。そして西中一郎との婚約を決して破らぬように、一郎のようにいい人はいないのだからと繰り返し言う正であった。

結納金を返しに来た綾子を西中一郎とその家族は、驚いたが、無言であたたかく迎え、一郎の母のはからいで綾子は一郎と一郎の姉との三人で一晩川湯温泉で遊ぶ。温泉から一郎の家に戻った綾子は、旭川を発って以来の考えを実行に移そうと、夜中の十二時に家を出る。この世に何の役にも立たぬ自分は、今死ぬのも五年十年後に死ぬのも同じことだと考えた。前川正に言われた「自殺は他殺よりも罪ですよ」という言葉を思い出し、「自分のような人間には、最も罪のある死に方がふさわしいのだ」という気がしていた。

真っ暗闇に音を立てる斜里の海に足を一歩踏み入れようとしたその瞬間、綾子は背後から肩をしっかりとつかまえられた。西中一郎であった。

――彼は黙ってわたしに背を向け、わたしを背負った。不意に、わたしの体から死に神が離れたように、わたしは素直に彼の肩に手をかけていた。

……翌日、わたしはひとりで汽車に乗って、旭川に帰って来た。その朝彼は、涙に頬をぬらしていたが、何も言わなかった。だが、駅まで送ってくれた時の彼の顔は、むしろ明るくさえあった。またいつか会う人のように、わたしたちは手を振って別れた。――『道ありき』

旭川に戻り、斜里での自殺未遂を告白する綾子を、前川正は無言で見つめ、やがて淋しげに目をそらすのだった。自分の命があと何年ももたないことを知り、その命を綾子に託そうとしている彼が綾子に死を語られることに、「その場で彼自身が抹殺されたような淋しさ」を感じてのことであったが、そういう切実な正の気持ちをそのときの綾子は知る由もなかった。

六月、以前にも増して綾子の将来などを案ずる正の気持ちをよそに、綾子は相変わらず無気力な生き方をしていた。斜里で死に切れなかった自分を自嘲する気持ちもあった。正の訪問さえうとましく感じるようになっていた綾子が、正の目に異常に映らないわけはなかった。

ある日、正は綾子を旭川郊外にある春光台の丘に誘う。あまり訪れる人もいない六月の美しい緑の中に立ち、眼下に広がる旭川の街を眺めながら、この街の人も、他の街の人も、いや世界中の人がいつかは一人残らず死に絶える日を想像している綾子であった。

——「ここに来たら少しは楽しいでしょう」

と前川正が言った。

「どこにいても、わたしはわたしだわ」

ソッ気なくわたしは答えた。

「綾ちゃん、いったいあなたは生きていたいのですか、いたくないのですか」

彼の声が少しふるえていた。

「そんなこと、どっちだっていいじゃないの」

実際の話、わたしにとって、もう生きるということはどうでもよかった。むしろいつ死ぬかが問題であった。

「どっちだってよくはありません。綾ちゃんおねがいだから、もっとまじめに生きてください」

前川正は哀願した。

「正さん、またお説教なの。まじめっていったいどんなことなの？　何のためにまじめに生きなければならないの。戦争中、わたしは馬鹿みたいに大まじめに生きて来たわ。まじめに生きたその結果はどうだったの。……正さん、まじめに生きてわたしはただ傷ついただけじゃないの」

わたしの言葉に、彼はしばらく何も言わなかった。

……黙って向き合っている二人の前を、蟻が無心に動き回っていた。

（この蟻たちには目的がある）

わたしはふっと、淋しくなった。

「綾ちゃんの言うことは、よくわかるつもりです。しかし、だからと言って、綾ちゃんの今の生き方がいいとはぼくには思えませんね。今の綾ちゃんの生き方は、あまりに惨め過ぎますよ。自分をもっと大切にする生き方を見いださなくては……」

彼はそこまで言って声が途切れた。彼は泣いていたのだ。大粒の涙がハラハラと彼の目からこぼれた。わたしはそれを皮肉な目で眺めながら、煙草に火をつけた。

「綾ちゃん！　だめだ。あなたはそのままではまた死んでしまう！」

彼は叫ぶようにそう言った。深いため息が彼の口から洩れた。そして、何を思ったのか、彼は傍らにあった小石を拾いあげると、突然自分の足をゴツンゴツンとつづけざまに打った。

さすがに驚いたわたしは、それをとめようとすると、彼はわたしのその手をしっかりと握りしめて言った。

「綾ちゃん、ぼくは今まで、綾ちゃんが元気で生きつづけてくれるようにと、どんなに激しく祈って来たかわかりませんよ。綾ちゃんが生きるためにならば、自分の命もいらないと思ったほどでした。けれども信仰のうすいぼくには、あなたを救う力のないことを思い知らされたのです。だから、不甲斐ない自分を罰するために、こうして自分を打ちつけてやるのです」

わたしは言葉もなく、呆然と彼を見つめた。いつの間にかわたしは泣いていた。久し振りに流す、人間らしい涙であった。

（だまされたと思って、わたしはこの人の生きる方向について行ってみようか）

わたしはその時、彼のわたしへの愛が、全身をつらぬくのを感じた。

……自分を責めて、自分の身に石打つ姿の背後に、わたしはかつて知らなかった光を見たような気がした。

彼の背後にある不思議な光は何だろうと、わたしは思った。それは、あるいはキリスト教ではないかと思いながら、わたしを女としてではなく、人間として、人格として愛してくれたこの人の信ずるキリストを、わたしはわたしなりに尋ね求めたいと思った。――『道ありき』

前川正に従い、キリスト教の勉強を始めた綾子の道は、決して平坦なものではなかった。教会に集まる信者を見ても、素直に彼らの信仰のあり方を受け入れる気になれない。見かけだけの嘘のように思えた。手厳しく信者のあり方を批判する綾子に、正は旧約聖書の中の「伝道の書」を読むようにすすめる。

――「伝道者言《いわ》く。
空の空、空の空なる哉。都《すべ》て空なり。日の下に人の労して為《な》すところの諸《もろもろ》の動作《はたらき》は、その身に何の益かあらん。世は去り世は来たる。地は永久《とこしえ》に存つなり」

こう始まる「伝道の書」を読んで、綾子は度肝を抜かれる。何もかも空《くう》と書いてあるキリスト教を見直す思いであった。虚無も極限に達したときには、何かが開けるのだと書かれていると感じたからであり、終わりの「汝の若き日に、汝の造り主をおぼえよ」とある一句は、綾子の心を強くとらえ、以後まじめな求道生活になったという。

前川正との交わりの中で、アララギ会員であった正にすすめられ、綾子は短歌を詠み始める。アララギ初投稿の短歌、

夜半に帰りて着物も更《か》えず寝る吾を
　この頃父母は咎めずなりぬ

は、土屋文明選による初入選の歌でもある。「虚無的な人間が歌を作るというのは「無から有を作り出すこと」を意味し、綾子の内面で何かが大きく変化してきたことを示していた。

十二月、妖婦《ヴァンプ》と中傷される。

綾子と連れ立って教会に通う前川正に、周囲の親し

い人々から綾子についての中傷や忠告がなされる。中でも、ある日、正のもっとも親しい女友だちから、綾子は妖婦だという話を聞かされ、正はショックを受ける。それを正から聞かされ、綾子もまた荒涼とした心境になる。確かに男友だちは多い。しかし、自分が彼らに求めるものは、その肉体ではなく、ともに語れる相手としてであった。

この年十二月二十七日、奇しくも前川正と再会してちょうど一年目のこの日に、綾子は正にこう書き送っている。

——わたしは自分の娼婦性は肯定します。天性の娼婦だと自認します。

でもね、意識的に男性を誘惑しようとか、だまくらかして金をまきあげてやれということは、しませんでした。だってわたしの欲しいものは、そんなものではないのですもの。

わたしは、男性の、わたしへの愛の言葉を、幼子がおとぎ話を聞くような、熱心さと、まじめさと、興味とあこがれをもって聞いたのです。

……わたしの生への不安、何ものへともわからぬあこがれを少しでもわかってくれる人があったなら、……でも、そんな人は現れませんでした。一緒の世界で、力強くわたしを励ましながら、共に歩みつづける人を求めていたのですのに。……わたしは、ヴァンプというわたしへのレッテルを別に否定はいたしません。かくべつ美しくもなく、賢くもない、何の取り柄もない女が、いつも何人かの男性と交際していれば、そう言われても仕方がないんです。

でも、わたしの血の中に、ただ一滴の男の血も流れていないことを、ふしぎな哀しさで思います。

……うわさなんて、悪意と興味で語られるから、わたしのうわさもきっとひどいことでしょう。でも、わたしの本質的に持っている醜さは、語られていることよりも、もっと醜いんです。誰もそれは知らないんです。……ここでわたしは、ほんのぽっちり涙をこぼしました。

……わたしはこれから、この手紙を出しにポストへ行きます。そして、牛朱別川のゴミ捨て場に、カラスが群れている様を見に行きます。わたしは雪景色の中で、このゴミ捨て場を漁る黒いカラスの群れが好きなのです。――『道ありき』

一九五〇（昭和二十五）**年　二十八歳**

年が明けて間もなく、週一回受けていた気胸療法をその日も受けて部屋を出ようとし、突然目の前が暗くなった。いわゆる「ショック」と呼ばれる状態であり、その間わずか三十秒ほどであったが、綾子にとっては、待てしばしのない突如襲った臨終の経験で、その体験を通して、「死は何の相談もなく突如襲ってくるもの」だということを実感する。かつて死のうとして死ねなかった自分が、今、新たに生き始めた時に、死はいつ訪れるかわからず、そこに人間の意志では決められない、何か「自分の意志よりも更に強固な、大きな意志」の存在を感じたのであった。

この時期の綾子と正の往復書簡を読むと、自分の病状を憂慮し、綾子への深い愛を胸の奥深くに秘め、師弟の関係を保つことにより、心のバランスをとっているかに見え、しかもなお、男として揺れ動く前川正の苦悩と、一直線に真の愛の成就を望み、全情熱をかけて正との愛情を、美しく大きく育てることを生き甲斐としている綾子の強い気持ちが克明に綴られている。

――「綾ちゃんには、かなわないと思う」。……癪に障るのですが、「愛する点」で綾ちゃんに負けているようなのが、残念でならないのです。……本当に〝残念〟です。〝極《きわみ》まで愛す〟という聖書の句が、私の心に常に激しい鞭を加えるのです。

私の願いは、〝男女の愛〟を〝人格の愛〟に深化させること、それはつまり、キリスト教的に言えば、〝極《きわみ》まで愛する愛〟に少しでも近づけたいということなのです。――『生命に刻まれし愛のかたみ』

二月に前川正は札幌の北大病院に診断を受けに行き、そのとき、初恋の女性を見かけるが声もかけずに過ぎたことを綾子に報告する。帰旭した正に会い、綾子ははっきりと正を愛している自分に気づく。

――「綾ちゃん」

呼ばれて顔を上げると、彼の激しい目の色がわたしの前にあった。その目は、雄弁に彼の心を語っていた。「なぜ『秋』（注：正は初恋の女性を「秋」と呼んでいた）に言葉をかけなかったの」

わたしは彼の目の色に、激しく波立ちながらも言った。

「ぼくはね綾ちゃん。秋だけではなく、どの女性にも言葉はかけないんだ」

彼はそう言って、初めてわたしの手を取った。その日から、わたしたちは、友だちであることをやめた。

導かれつつ叱られつつ来し二年
　何時しか深く愛して居りぬ
吾が髪をくすべし匂ひ満てる部屋に
　ああ耐へ難く君想ひ居り――『道ありき』

綾子は生まれて初めて恋の歌を詠んだ。

五月一日、四月二十五日に誕生日を迎えて二十八歳になっていた綾子を前川正は春光台の丘に誘う。誕生日の祝いをくれるというのである。二人きりの静かな丘で、二人は初めて口づけを交わす。正の言う誕生日の祝いがそれであった。そして正は綾子と若草の上にひざまずいて祈る。

「父なる御神。わたしたちはご存じのとおり、共に病身の身でございます。しかし、この短い生涯を、真実に、真剣に生き通すことができますようにお守りください。どうか最後の日に至るまで、神とお互いとに真実であり得ますように、お導きください」

このときのことを詠んだ二人の歌がある。

相病めば何時迄続く幸ならむ
唇《くち》合はせつつ涙滾《こぼ》れき　綾子

笛のごとく鳴りゐる胸に汝《な》を抱けば
わが淋しさの極まりにけり　正

思いがけない正の接吻は、綾子を夢の中にいるような信じがたい幸せに浸したのであったが、自分の命の短さの予感から、極力綾子との恋愛関係を避けようと努力していた前川が、この思いがけない行為は、これに先立って書かれた正宛の綾子の手紙によるものであった。昭和二十五年四月十日午後六時、と記されているこの手紙の要旨は、およそ次のようなものである。

私は正さんと生涯おつきあいをしようと言った。しかしお互いに病人である場合、病人の生き方がある。人間は何も無理に結婚しなければならないものではない。結婚したくてもできない場合、無理に結婚を考えることはないのではないか。私にとってこの愛情を美しく大きく育てることが大切なのだ……

「どうぞ私を悲しませないでください。「私達」という複数で生涯を終えたいものです」(『生命に刻まれし愛のかたみ』)

という綾子の手紙に対し、正は、翌十一日午後四時半付の手紙の中で、二人のことについてさまざまに心の底を打ち明けている。以下はその手紙の要約である。

私が死んだら、その時綾ちゃんがどうするか？　ということが心配なのだ。私が死んでも綾ちゃんが確実に生きる歩みをやめず、そして私の信頼できる人に見守られて生きてゆくことを見きわめることのみを考え、自分の責任回避ではなく、「逃げ出」しているのでもない、とは言える。しかし、理性的なものと感情的なものとは、自分の内部で対立し混乱するのだ。決断力がほしいと思う……

「しかし、今日綾ちゃんから詳しいお手紙をいただきましたので、もう二度とこのことは申し上げません」

と正は言い、さらに体をもっともっと大切にするようにと訴え、誠実に交わることは困難だが、やり甲斐もある。「綾ちゃんに負けませんよ！」と、自らを励ましてもいる。

六月十一日、綾子と正は、北大病院で診断を受ける。「お互いのために、ひとつ北大病院に行って、二人の体を徹底的に診断してもらいましょう」

正の発案で二人は連れ立って札幌に行く。精一杯、ぶつかり合った交わりをしようと決意した正は、自分たちの病状に対して積極的に立ち向かっていた。このときの診断では、綾子は気胸をすれば治癒するめどが立つが、正の場合は手術もできず、マイシンの効果も期待できず、つまりは時がたてば死ぬというものであった。

一九五一（昭和二十六）年　二十九歳

十月、前年の夏の北大での診断では治癒に向かっているはずの綾子は、微熱がつづき、体重の減少も気になっていたが、医師は胸部のレントゲン写真では判断がつかず、いっそうやせていくのも気がかりで、正のすすめにより、旭川市内の沼崎病院に入院する。四カ月の入院後も、依然として微熱はつづき、体はやせている。背中の痛みに気がつき、カリエスではないかと医師に尋ねるが、「神経だ」ととり合ってくれない。綾子は次第に医師への不信感をつのらせる。

十二月、綾子の提案で、綾子たちの病室でクリスマスに牧師を招き、キリストの話を聞くことになった。招かれたのは、前川正が所属する教会の竹内厚牧師で、男性、子供の患者も参加して集会は大成功だった。そして、このことがきっかけで、翌年から定期集会を開くことになり、讃美歌の練習も始めた。

一九五二（昭和二十七）年　三十歳

二月、札幌医大病院に入院。

いつまでもつづく原因不明の微熱と体重の減少にま

すます脊椎カリエスの疑いを強め、札幌医大病院に転院の決意を固める。従来にも増して家族への負担を苦にする綾子に、前川正は「生きることは、ぼくたち人間の権利ではなくて、義務なのですよ」と励まし、また正から遠く離れることも心細く思う彼女に「もうぼくなどを頼りにして生きてはいけない時に来ているのですよ。人間は、人間を頼りにして生きている限り、ほんとうの生き方はできませんからね。神に頼ることに決心するのですね」と言う。

三月、西村久蔵氏の見舞いを受ける。

「旭川教会の求道者、堀田綾子さんが、札幌医大病院に入院しました。どうぞよろしくお願いいたします」

そう書かれた前川正の葉書を受けとった西村久蔵が、綾子の病床を訪れる。当時西村は札幌でも有数の北一条教会の長老を務め、かつ数百人の従業員をかかえる洋菓子、パン製造販売会社の社長でもあり、その毎日は多忙をきわめていた。そんな人間が、葉書一枚の依頼でやってくるわけがないと思っていた綾子は、氏の突然の来訪に驚いた。しかし、見舞いの菓子折を、

「先生、わたしは長い療養の身です。いつも人からお見舞いをもらうので、人から物をもらうのを、何とも思わなくなりました。人から物をもらうことに馴れると、人間がいやしくなります。どうかお見舞物などはくださらないようにお願いします」

と言って受けとろうともしない。西村は怒りもせず綾子に言う。

――「ハイハイわかりました。しかしね、堀田さん、あなたは太陽の光を受けるのに、こちらの角度から受けようか、あちらの角度から受けようかと、しゃちほこ張って生きているのですか」

私はその笑顔と、この言葉に、自分の愚かさをはっきりと知った。受けるということがどんなことか、私はそれまで知らなかったのだ。……療養生活が長びくにつれ、私は受ける一方の生活の中で心が歪んできて

いたのである。人の愛を受けるのに必要なのは、素直な感謝の心であった。――『愛の鬼才』

西村久蔵については『愛の鬼才』に詳しいが、この日から、翌年、久蔵が持病の心臓発作で急死するまでの一年四カ月の間、彼の綾子に対する親身な見舞いとキリスト者としての伝道がつづく。

五月、脊椎カリエスの診断が下る。

医大病院に移ってのちも、依然として綾子の熱は下がらず、やせていく原因もわからなかったが、以前の病院よりは医師たちも真摯な態度で調べてくれていた。四月に内科の鈴木という老医師が、綾子の胸に空洞を発見した。今までどこの病院でも発見されなかった空洞を、日ごろ「神様の耳」との評判をとっていた鈴木医師は、聴診器一本で見つけたのである。

だが、背中の痛みは増加する一方であるのに、依然としてレントゲン写真にはあらわれないから大丈夫と医師たちに言われつづける。ところが五月末になって

の再度の脊椎写真撮影で、ついにカリエスが発見され、ギプスベッドでの絶対安静が言い渡される。

――病室に帰ってからわたしは思った。

(自分の背骨が結核菌に蝕《むしば》まれているというのに、レントゲンにハッキリ写し出されなかったばかりに、こんなに足がフラフラになるまでわからなかった。このままもしわからずにいたとしたら、わたしの骨は全く腐ってしまって、死ぬよりほかになかったのではないだろうか)

そしてまた思った。魂の問題にしても、同じことが言えるのではないだろうかと。罪の意識がないばかりに、わたしは自分の心が蝕まれていることにも気がつかないのではないだろうか。腐れきっていることに気がつかないのではないだろうか。つくづく恐ろしいとわたしは思った。

わたしの心は定まった。一刻も早く洗礼を受けなければならないと、今度こそ切羽つまった思いになった。

――『道ありき』

七月五日、受洗。

堀田綾子の病床受洗は、札幌北一条教会の小野村林蔵牧師により執り行われた。立ち会い人は西村久蔵と札幌医大病院勤務の越智一江、山田両看護婦の三人であった。

――小野村牧師の痩せた手が私の頭に置かれた時、私は深い感動に涙が噴きこぼれた。銀の洗礼盤を持った西村先生の頰にも、大粒の涙が伝わるのを見た。その席で西村先生は、私のために祈ってくださった。その折りの言葉は嗚咽の中に幾度か途絶えた。

「この病床において……この姉妹を……神のご用にお用いください」

祈りの中のこの一言が、今も私の耳に残っている。病床においても、用いられるのだという喜びが、この一言によって湧いたのだ。癒されるにせよ、癒されないにせよ、病床が働き場であるならば、自分の生涯は充実したものになると、私の心は奮い立ったのである。西村先生の生き方にわずかでもふれた私は、キリスト者とは、すなわち、キリストの愛を伝える使命を持つ者であると、固く信ずるに至った。その信じた延長線上に、現在の小説を書く私の仕事もあることを思わずにはいられない。――『愛の鬼才』

十一月、前川正が、旭川から突然綾子の病室を訪れる。大きなトランクを手に下げていて、一週間ほど病室に泊めてくれと言う。現状のままでは悪化する一方の肺の手術を決心したのだという。成功するかどうかはわからない。一か八《ばち》かの手術ではあるが、もし成功すれば、復学も卒業も可能になり、この先何年も臥《ね》たままでいなければならない綾子のためにも、早く医者になって経済的にも支えたいというのだ。

正は手術の決意を家族にも告げずに来ていた。正の病状の進行を知り、暗澹たる気持ちの綾子は、手術は危険だと知りながらも正の悲痛な決意に黙ってうなずくだけであった。手術までのわずか九日間であったが、二人の交際の中でこの九日間だけが、正と綾子が同じ屋根の下で昼夜を共にした唯一の生活であった。

十二月十七日、正第一回目の手術。正はこのとき、肋骨を四本切除している。ギプスベッドに寝たきりの綾子には、歩いて数分のところにいる正の病室に行くこともできない。

一九五三（昭和二十八）年　三十一歳

一月、正第二回目の手術で肋骨をさらに四本切除。手術は無事終了。

三月、正は、術後の回復も順調で、退院することになり、旭川に引き上げる。

七月十二日、西村久蔵急死。

前年、初対面の折、札幌には親戚がいないという綾子に「私を親類と思って甘えてください」と言い、足しげく見舞いに訪れ、その言葉どおりに親身になって綾子の面倒をみてくれた西村久蔵が、この日急逝する。綾子にとって西村は、キリスト者として導き励ましてくれた恩人である。その豊かな愛を惜しみなく注いでくれた彼の突然の死は綾子には信じがたく、「あまりのことに、わたしはそこが病室であることも忘れて、子供のように大声で泣いた」。（『道ありき』）

十月、札幌医大病院を退院。自宅療養に入る。

前川正からは遠く離れ、西村久蔵もいなくなった札幌は、綾子にとってにわかに空虚なところとなり、旭川に帰り自宅療養をすることに決意、兄弟に付き添われ、ギプスベッドに寝たまま汽車に揺られての帰郷であった。

――しかし、わたしは惨めではなかった。

（わたしは、クリスチャンになって帰るんだもの！いまのわたしは生まれ変わったわたしなのだ。……正さん、今度こそわたしは、あなたと同じ神を信ずる綾子として、あなたの所へ帰って行くのよ）――『道ありき』

旭川に帰り、正も自分もやがて病も癒え、結婚し、家庭をつくるだろうと、綾子は自分の行く手に、そんなことを夢見ながら汽車に揺られていた。

一年八カ月ぶりで家に帰った綾子を、家族は部屋も寝具も真新しくととのえ、あたたかく迎える。帰宅した翌日、正が訪ねてくるが、顔色が冴えず、いぶかしげな綾子に、正は最近血痰が出ていることを告げる。血痰が出るということは、手術の失敗を意味するものだ。手術の失敗の事実に一人耐えているらしい正の心中を思い、涙ぐむ綾子に、「心配しなくても大丈夫」と快活に言う正であった。

十一月十六日、前川正最後の訪問。

この日正は綾子の病床を訪れ、手術で切除した己れの肋骨の一本を綾子に与える。

　切除せし己が肋骨を貰ひ来つ
　透きとほるやうに見ゆるもあはれ

と、正が術後歌に詠んだ肋骨である。

——血が黒くこびりつき、ガーゼに包まれているのをわたしは黙って眺めた。彼があの大手術を受けた動機のひとつには、前述のようにわたしのためということがあった。二度も苦しい手術をし、せっかくなおる希望に燃えていたのに、彼はいま血痰を出しているのだ。そう思っただけで、わたしはその肋骨を見ることさえ耐えがたかった。——『道ありき』

その日二人が何の話をしたのか、綾子には記憶がない。ただ帰りがけの正の様子ははっきりと覚えている。

——やがて彼は畳に手をついて、ていねいにお辞儀をした。「綾ちゃん、そろそろ寒くなりますからね。ぼくも少し安静にしますよ。今度はクリスマスに来ますからね。綾ちゃんも風邪をひかないように気をつけてくださいよ」と言った。そして立ち上がり、帰りかけてまた二言三言何か話をした。そして立ったままお辞儀をして、また何か話し、いく度もそんなことをくり返し、彼はとうとう笑い出した。「ぼく、きょうは何べんお辞儀をするのでしょうね。実はさっきから握手をして欲しかったんですけれど、それがなかなか言い出せなくって……」

そう言いながら彼は、そっとわたしの手を取った。満五年もつき合っていて、まだ握手することさえ遠慮勝ちな彼であった。彼はわたしの手を握ると、安心したように、もう一度「さようなら」と言って小腰を屈めた。そして部屋の障子をあけ、

「ああ、たくさん雪が降っていますよ。見せてあげましょうか」

彼は障子を開け放って、中庭に降りしきる雪を見せてくれた。

「寒いからもうしめましょうね」

手鏡に庭を映して、飽かずに眺めているわたしに、

彼はやさしくそう言い、静かに障子をしめて帰って行った。

その後、たまに葉書は来たが、どれも何か元気のない便りだった。わたしは心待ちに、彼が訪ねてくれると言ったクリスマスを待っていた。だが遂にそのクリスマスにも、彼は訪ねて来なかった。――『道ありき』

十二月、「アララギ」選歌盗作事件。
ベッドよりずり落ちさうな吾が蒲団を
直して帰り給ひしが最後となりぬ（堀田綾子）
ベッドよりずれたる吾れの掛け布団を
直し給ひき酔のまぎれか（坂本兎美）

「右は寸分の違いもありません、何か同一の先例があるのではないでしょうか……」

クリスマスの数日後に届いた「アララギ」一月号の選歌後記にこの年十一月号にのった綾子の歌について投書があり、選者の土屋文明も投書に同意、慨嘆した

とあり、綾子を激怒させる。それは亡き西村久蔵との最後の思い出を詠んだものであり、その歌に疑いをかけられたことに怒り、夜も眠られぬほどであった。

綾子にとって短歌は「叫び」であり、身のうちから自然に発せられるものであれば、考えたり、〝作る〟という行為の結果できるものではない。あの歌も恩師西村久蔵を失い、泣きながら詠んだ歌であった。

クリスマスにもついに顔を見せなかった正からも、自分も抗議文を書くので、決して歌をやめたりしないようにとの激励の葉書が届く。正の病状は、このころ悪化の一途をたどっていた。正には葉書一枚書くのもやっとのことであったことは、その葉書の字がいつもの正らしからぬ大きな乱れたものであったことからも容易に推察できた。事実、葉書を書いた直後に正は喀血したという。すでに絶対安静の状態で、便器を使って臥ているほど悪化していたのだが、そのことを綾子は知らされていなかった。

一九五四（昭和二十九）**年　三十二歳**

正から年明けに十六枚にも及ぶ、発行所宛の抗議文が届くが、人に自分を弁明してほしくない綾子は、自分自身で土屋文明に手紙を書く。もう一方の坂本兎美からも手紙を受けとった土屋文明は、前言を取り消し、「とにかく、今両君の直接の申し出によって、会員諸君が作歌に際し、真剣であり純潔であることを知り得たのは私としてむしろ愉快であった」と二人に書き送ったのであった。

四月二十五日、綾子三十二歳の誕生日。

この日三十二歳の誕生日を迎えた綾子のもとに、一月の抗議文以来絶えてなかった正の手紙が届く。そしてこれが正からの最後の手紙となった。

——祝御誕生
イツモ祈ッテマス　正
綾チャンエ
一九五四・四・二五

十一、十二月ト、ツバノ中ニ血ガ交ッテタ。一月六日初メテ本当ニヘモリ（喀血のこと）以来血痰。週一回ハヘモル。一〇〇CC～一〇CC。父、母、進ガ夜モネズニ、看テクレル。吸入デ痰ガ出ヤスイノデ、夜中三～四回モオコシ、母ニカケテモラウ。手術側ノ血管ニ一ツ弱イノガアルラシイ。大分ナレタ。スベテ筆談。

ソチラノオ母サンノ見舞アリガトウ。シカシ、玄関ニ母ガユクト心細イカラ、余リ心配シナイデクダサイ。手ガミモヨマズ母ニ要点ヲキクノミ。

又半年ハゴブサタスル。神サマニ祈ッテ下サイ。今日ハ、コチラ、マイシン、パス、往診デ出費多端。本モアゲラレズ。コレダケ書クノハ相当デアッタ。母ニオサエサセテ。

元気ニ。

読み終わったわたしは暗澹とした。鉛筆の文字は、几帳面な日頃の彼に似合わず、かなり乱れている。臥たままで、母上に紙をおさえてもらいながら、全心全

力を注ぎ出して書いた手紙なのだ。

わたしは未だかつて、こんな真実な命がけの誕生祝いをもらったことはなかった。悲しみの中にも、深い感動があった。わたしは、三度四度彼の手紙を読み返した。彼が身を削るようにして書いた手紙を、わたしもまた、全身全霊をこめて読みとろうとした。最後の「元気ニ」の一言に、わたしは多くの言葉を聞いたような気がした。……「元気ニ」の一言に、彼は万感の思いを託したのではないだろうか。

「元気に生きて行くんですよ。たとえどんなことがあっても」

そう彼は言いたかったのではないかと、わたしは思った。果たしてこの手紙は、単なる誕生祝いの手紙であろうか。それとも暗に別れを告げる手紙なのだろうかと、いくたびも読み返さずにはいられなかった。――『道ありき』

五月二日、前川正召天――午前一時十四分。

前日一日中気分が悪く、夜が更けても眠ることができないでいた綾子であったが、時計が十二時を打つと同時に、あたかもそれが合図ででもあるかのように、前川正の姿が次々と想い浮かんだ。それは自分がそう望むからではなく、いやおうなく目の前に見せられているような不思議な感じであった。時計を見るとすでに午前一時を回っていて、深い疲れを覚え、引きずりこまれるような眠りにおちていった。

　翌二日も、朝から気分が悪く不機嫌にしている綾子の部屋に父の鉄治が入って来る。

　――「綾子、実は前川さんのことを、お知らせするのだが……」

言いかけた父の言葉をひったくるようにして叫んだ。

「死んじゃったの？」

自分でも思いがけない大きな声であった。

……突如として、激しい怒りが噴き上げてきた。そうだ、それは正しく悲しみというより怒りであった。前川正ほどに、誠実に生き通した青年がまたとあろうか。この誠実な彼の若い生命を奪い去った者への、とめどない怒りがわたしを襲った。――『道ありき』

「わたしのしあわせは、前川正という人間が存在するということにあった」と言う綾子が、その自分にとって、なくてはならぬ人であった前川正の死を実感として受け止めたのは、その夜も更けてからであった。

　――夜も更けて、やっとわたしは、彼の死を現実として肌に感じとった。毎夜九時には、わたしは祈ることにしていた。そして必ず、前川正の病気が一日も早くなおるようにと、熱い祈りを捧げていた。しかし今夜から、彼の病気の快癒をもう祈ることはないのだと思うと、わたしは声をあげて泣かずにはいられなかった。

　堰を切った涙は、容易にとまらなかった。仰臥したままの姿勢で泣いているので、涙は耳に流れ、耳のうしろの髪をぬらした。ギプスベッドに縛られているわたしには、身もだえして泣くということすら許されなかった。悲しみのあまり、歩き回ることもできなかった。ただ顔を天井に向けたまま泣くだけであった。

……それから何日かの間、夜になるとわたしの耳元に、人の寝息が聞こえた。わたしは離れに一人寝ていたのである。人の寝息が聞こえるはずがない。だがその寝息は、実にハッキリと耳元で聞こえた。

（正さんの寝息だわ）

……その寝息は十日ほどつづいてぴたりとやんだ。死んで十日ほどわたしに添い寝をしてくれたのでもあろうか。――『道ありき』

前川正の訃報を聞き、友人たちが綾子の見舞いに駆けつけるが、だれの慰めの言葉も受けつけることができない綾子であった。自分とともにだれが涙を流しえようかという気持ちであった。綾子が、だれにも会わずに独り喪に服す決心をしてひと月がたったころ、前

川正の母が訪ねてきた。

二人は顔を見合わせるなり泣いた。この世にともに正の死を悼んで泣けるのは、この人だけだという思いであった。正の母が持参した遺品の中に、正の遺書があった。それはまだ、比較的病状の軽いうちにしたためられたものであった。

――「綾ちゃん

お互いに、精一杯の誠実な友情で交わって来れたことを、心から感謝します。

綾ちゃんは真の意味で私の最初の人であり、最後の人でした。

綾ちゃん、綾ちゃんは私が死んでも、生きることをやめることも、消極的になることもないと確かに約束してくださいましたよ。

万一、この約束に対し不誠実であれば、私の綾ちゃんは私の見込み違いだったわけです。そんな綾ちゃんではありませんね！

一度申したこと、繰り返すことは控えてましたが、決して私は綾ちゃんの最後の人であることを願わなかったこと、このことが今改めて申し述べたいことです。生きるということは苦しく、又、謎に満ちています。妙な約束に縛られて不自然な綾ちゃんになっては一番悲しいことです。

綾ちゃんのこと、私の口からは誰にも詳しく語ったことはありません。

頂いたお手紙の束、そして私の日記（綾ちゃんに関して書き触れてあるもの）、歌稿を差し上げます。これで私がどう思っていたか、又お互いの形に残る具体的な品は他人には全くないことになります。つまり、噂以外は他人に全く束縛される証拠がありません。つまり、完全に『白紙』になり、私から『自由』であるわけです。焼却された暁は、綾ちゃんが私へ申した言葉は、地上に痕をとどめぬわけ。何ものにも束縛されず自由です。

これが私の最後の贈り物

念のため早くから

一九五四・二・一二夕

正

綾子様」

何という深い配慮の遺言であろう。彼にとって、一番心配だったことは、彼の死後のわたしの生活だったのだ。――『道ありき』

正の死後、アララギの仲間が、一人、二人と歌作りをやめていった。正が死んだら、もう歌を作る気がしなくなった、というのである。しかし、綾子は違った。次々と彼への想いを歌に詠み、アララギその他に発表していった。

耳の中に流れし泪を拭ひつつ
　又新たなる泪溢れ来つ

吾が髪と君の遺骨を入れてある
　桐の小箱を抱きて眠りぬ

君の亡きあとを嘆きて生きてゐる
　吾の命も短かかるべし
君の写真に供へしみかんを下げて食ぶる
　かかる淋しさは想ひみざりき

前川正との家庭を夢見て、札幌から汽車に揺られて旭川に帰って、わずか半年のことである。再会してから五年、敗戦の虚無から綾子を救い出し、キリスト教に導き、再び生きる希望をもたらし、綾子にとっては、最愛の人であり、唯一の生きる希望であった正を、突然失った綾子の嘆きと喪失感は想像するにかたくない。

夢にさへ君は死にゐき君の亡骸《なきがら》を
　抱きしめてああ吾も死にゐき

評論家高野斗志美は、この歌に「三浦綾子における自我解体の状況」を見る。「恋人前川正の死と共に堀田綾子も死ぬ――一価値の統一原理をこわされ、生の根拠をうしない、解体と荒廃のなかを彷徨した戦中世代の自己破滅のすがた――戦後の世界に挫折した者の救済不能な精神の惨状を要約」するものであると説く。(「死と再生のロマン」季刊創造)

妻の如く想ふと吾を抱きくれし
　君よ君よ還り来よ天の国より

正を失った嘆きと悲しみの中に、初めて天国を思い、天国が慕わしく思われる綾子であった。三十五歳という若さで死ななければならなかった前川正の無念を思い、正の分まで自分が生きなくてはと決意しながら、ともすればくずおれそうになり、死にたいとも思う日々であった。

そんな綾子に見知らぬ人々から何通かの手紙が届く。正から送られてきていたキリスト教雑誌「さけび」を療養者に無料で送るということを全国の療養誌「保健同人」に正の死ぬ少し前に投書したのだが、それを読んだ人々からの手紙であった。これがきっかけになり、綾子と全国の療養者との文通が始まる。

綾子はこれを、神が彼女にあらかじめ用意しておいてくださった「仕事」だと思う。全国の療養者からは実にさまざまな手紙が寄せられた。そこには綾子よりはるかに悲惨な境涯を送っている人々がいた。

――（わたしのような者でも、人を喜ばせ、慰め、何かの役には立つことができるのだ）

この思いが、わたしの生きて行く支えとなった。前川正の死に、泣き悲しんでいるわたしを支えてくれたのは、実にこの人たちであった。――『道ありき』

新たなる生

一九五五（昭和三十）**年　三十三歳**

六月十八日、三浦光世、初めて綾子を訪問。

癒えぬまま果つるか癒えて孤独なる
老《おい》に耐へるか吾の未来は

前川正が死んで一年が過ぎたころ、この歌の心境であった綾子のもとを三浦光世が訪れる。

――この日がのちに、生涯忘れ得ぬ記念の日になろうとは夢にも思わず、一枚の葉書を背広のポケットに、私は勤務先の旭川営林署を出て、堀田綾子の家を訪ねて行った。……ポケットの葉書は、札幌の菅原豊という方からの葉書で、「どうか堀田綾子さんを見舞ってあげて下さい」と書かれてあった。――三浦光世「妻を語る」『三浦綾子全集第一巻』月報

この「妻を語る」によると、当時札幌で結核療養中の菅原豊氏はキリスト誌「いちじく」を発行しており、日本各地の結核療養者、牧師、死刑囚などのキリスト者の手紙や詩文などを編集、配布し、信仰の交流をはかっていた。その「いちじく」への旭川からの投稿は三浦光世の記憶では、その当時、三浦の他には堀田綾子だけだったという。

当時の「いちじく」誌の中に、上段の最初に堀田綾子の便りが印刷されていて、下段の最後に三浦光世の便りが載っているのがある。それには「同じ旭川市と申し乍ら、何処に居られるか存じませぬ堀田様、どうぞ一層の御活躍の程をお祈り致しております」と書かれている。それは光世があるとき「いちじく」誌上の綾子の文章に注目し、投稿したものだという。

この光世の便りを読んだ菅原豊は、その名から光世を女性とばかり思い込み、「女性は女性同士で励まし合うとよいであろう」と、光世に綾子の見舞いを依頼したのであった。

――私は離室の六畳間に案内された。そこが堀田綾子の病室であった。カラフルな装飾の何もない質素な部屋であった。クレゾールの匂いが先ず鼻をついたことを、今でも覚えている。六畳間の片側を占めて、木製のベッドがあり、その上に彼女は身を横たえていた。掛布団を胸まで掛けていたが、ギプスベッドが肩と首、そして頭の半分を覆っていた。その丸顔は痩せ衰えているふうにも見えなかった。が、むくみを帯びているようで青黒く、どこか不自然に見えた。澄んだ大きな瞳が美しく印象的であった。

……肺結核を発病して既に九年、更に脊椎カリエスを併発して三年、今は寝返り一つ打てないというのに、

「寝ているだけの病気です」

と、彼女は淡々として告げた。その声も澄んでいて、弱々しい響きはなかった。――三浦光世「妻を語る」1

一方、葉書を手にした母キサに三浦光世の来訪を告げられ、綾子は一瞬ハッとする。

(死刑囚の三浦さんが? どうして?)

綾子はその年の二月に「いちじく」にのった光世の手紙を記憶しており、それには、死刑囚の消息ばかりが書かれていたので、彼のことをてっきり死刑囚にちがいないと思っていた。ちなみに「いちじく」誌を光

世に紹介したのは、ある死刑囚であった。

――廊下を渡る静かな足音がして、白に近いグレーの背広姿の青年が、わたしの部屋に入って来た。一目見てわたしはドキリとした。何と亡き前川正によく似た人であろう。

初対面の挨拶をかわしているうちに、その静かな話しぶりまでが、実によく彼に似ているとわたしは思った。

（似ている、似ている）

と彼を見つめていた。

……清潔な表情だった。そして落ちついた静かな人だった。そのどれもが、あまりにも前川正に似ていると、わたしは何か夢をみているような気持ちだった。

――『道ありき』

好きな聖句を読んでほしいと願う綾子に、ヨハネによる福音書第十四章一節から三節を読んだあと、讃美歌も歌ってほしいと請われ、

「主よみもとに　近づかん
のぼる道は　十字架に
ありともなど　悲しむべき
主よみもとに　近づかん」

と歌った光世の声は、「讃美歌を歌うための声のように美しかった」と、『道ありき』に書いている。

この日の夜のうちに、綾子は光世に礼状をしたため、再度の来訪を待つ旨を書くが、光世からは何の返事もなく、また訪れても来ない。義理の見舞いであったか、と日がたつにつれ淋しく思っていた綾子であったが、ふと、あれはもしかしたら、人間ではなかったのかもしれない。前川正の死を嘆く自分を神が憐れみ、正に似た人に見舞わせたのかもしれないなどと思ったりもした。綾子がそんな妙な感覚にとらわれたとしても不思議のないほど、正と光世は似ていた。

七月三日、待ちに待った光世の二度目の訪問があったのは、月が変わって七月のこの日であった。そして

この日の訪問で、容姿が似ていると思っていた光世が、趣味や思想までも、正に似ていることがわかった。

この日、綾子は光世にアララギへの入会をすすめている。わずか二、三十分の短い訪問であったが、綾子は心を揺さぶられるような思いに浸った。が、綾子は光世が、正によく似ていることに「自分自身を警戒しなければならない」と思った。

八月二十四日、三度目の見舞いのこの日、帰りぎわに光世は、綾子のために祈る。


——「神様、わたしの命を堀田さんにあげてもよろしいですから、どうかなおしてあげてください」

わたしはこの祈りに、激しく感動した。この時まで、わたしのためにこのような祈りをしてくれた人は一人もいなかった。そしてまた、わたし自身も、人のために命をあげてもよいなどという祈りなど、未だかつてしたことがなかった。

……神を信じる者には、祈りは大きな仕事である。祈って、もしその祈り通りになったら……、自分の命をあげてもよいと祈り得るほどの愛と真実など、容易に持つことはできないものである。しかし、そのできがたい祈りを三浦は真実こめて祈ってくれたのである。しかも、たった三度しか会わないわたしのために、このような祈りを捧げてくれたのだ。わたしは感動し、感動のあまり思わず彼に手を伸べた。そのわたしの手を、彼はしっかりと握ってくれた。思ったより肉の厚い温かい手であった。彼にとって、これが異性との初めての握手であったことを、後になってわたしは聞かされた。——『道ありき』

これを機に二人は手紙を交わすようになり、また光世も月に二、三度は訪問するようになった。

十二月、秋の終わりごろから発熱し、病状の悪化した綾子は面会謝絶の状態のままクリスマスを迎える。その間、幾度か訪れた光世は、玄関先で綾子の母に病状を尋ね、見舞いの金と手紙をことづけて帰ったり、部屋に通されてもほんの短い時間、聖書を語り、讃美歌を歌い、短歌の話などをしたあと、祈って帰るというふうに、綾子の病状を気づかう見舞いの仕方であった。それが綾子には、物足りなくも淋しくも感ぜられるものではあった。しかし一方、光世が正に似ていることが、綾子の慰めになっているのも事実であり、綾子も慎重にならざるをえない。

面会謝絶のまま迎えたクリスマスは、一年前とは違い、なぜか心満たされないものとなった。前年のクリスマスは、寝たきりで、心から慕う西村久蔵も恋人前川正も失って、綾子にとっては絶望的状況であったにもかかわらず、キリストの慰めを得て、祈りと深い喜びに満ちたクリスマスであった。

――その去年のクリスマスを思いながら、わたしは今年もまた、たった一人のクリスマスを迎えようとしていた。

……だが、どうしたことかわたしの心は慰まなかった。わたしは、心の底でしきりに三浦光世を待っていた。去年のように、誰をも待たない、ただ神のみを待つクリスマスではなかった。

夕刻になって、三浦光世が訪ねてくれた。母が強いて病室に通したのでもあったろうか。思いがけなく彼の姿を見て、わたしは涙の出るほどうれしかった。彼は営林署の会計係で、クリスマスも教会に行けないほど忙しいと言い、

「使いかけの万年筆で失礼ですが」

と、わたしに万年筆をプレゼントしてくれた。買い物に街に出る暇さえなかったのだろう。彼はひとこと祈って、すぐにまた職場に戻って行った。――『道ありき』

綾子は光世にプレゼントされた万年筆を眺め、すかし、日記に文字を書く。光世が使いかけた万年筆をプレゼントされたことが何倍もうれしかった。そして、そのことで自分を軽薄でいやな女だと思う。これは完

全に、恋する者の想いではないか。いつも死んだ正と対話をしていたはずなのに、もう自分は他の男性に心ひかれているではないか……と。

一九五六（昭和三十一）年　三十四歳

年が明け、綾子の病状も次第に回復に向かい、見舞客や友人で、綾子の部屋もにぎやかになっていた。このころの綾子の心は激しく動揺していた。亡き正が自分の中で未だ大きな存在であることを自覚しつつ、時を追って三浦光世に傾いてゆく自分の心にとまどっていた。また病弱な己れが、健康で年下の光世を愛する資格も、また愛される資格もないのだという自戒のような気持ちもあった。そしてそのことが光世に本心を打ち明けることをためらわせた。この時期の彼女の揺れ動く心は、『道ありき』にくわしい。

そんな中で、次兄の嫂から送られてきた暖簾にヒントを得て、デザイン、製造、販売の事業を始めるが、これが大当たりし、当時資金として五男の昭夫が工面

してくれた三十五万円もすぐに返済することができた。両親にもちょっとした小遣いが渡せるようになった。そうすることにより、光世のことを忘れようと必死になっていた綾子でもあった。

だが、三月のある日、訪れてきた光世が、

「堀田さん、今度ぼくは転任になりました」

と言うのを聞き、自分でもわかるほど、さっと顔から血の去っていくのを感じた。綾子は、光世に対する自分の愛の強固なことを確認する思いであった。そして、前川正を、まだ深く愛している自分を考えるときに、正の遺言を思い出す。

「生きるということは苦しく、また、謎に満ちています」

自分は決して、綾子にとって最後の人であることを望んでいない、と遺言した正の言葉の持つ意味の重さを、このときになって綾子は初めて理解した。（正さんは、知っていてくれたのだ。そしてこの心の変わりやすいわたしのすべてを許してくれているのだ）

そう思ったとき、綾子は光世に対する自分の思いに素直に従おうと思うのであった。

六月、五十嵐健治の初訪問。

綾子の文通相手の一人に綾子を姉とも慕う、Sという死刑囚がいた。ある時、そのSからの葉書で、「五十嵐健治先生」という人物がこのたび北海道に行くので、綾子の見舞いを依頼したと言ってきた。その数日後、その当の五十嵐が札幌グランドホテル気付の便りで、旭川に綾子を訪ねてよいかと問い合わせてきた。

「昨日、千歳に飛行機で参りました。S兄のご紹介でお見舞いしたいと思いますが、お許しいただけるでしょうか」

綾子は、Sが「先生」と書いてある以上、牧師であろうと決めこんだ。(『夕あり朝あり』あとがき)

当時だれでも利用できるわけではなかった飛行機で着いたというからには、金持ちに違いない。金持ちの牧師になどは会いたくないと、病状が思わしくないという理由で、見舞いを断ってしまう。それに対して五十嵐は、「ではお寄りしませんが、くれぐれもお大事に」と言って帰っていった。

それ以後、五十嵐は「恩寵と真理」というキリスト誌を毎月欠かさずに送ってきたが、その間綾子は、一度の礼状も出さなかった。さすがに気がとがめて礼状を書いたのが一年後である。それに対し、五十嵐から「あんなものでも読みつづけてくださって、ありがとうございます」と、丁重な手紙が届いた。ここに及んでようやく綾子は自分の思い違いに気がつき、五十嵐との文通が始まる。また前後して送られてきたカレンダーから、彼が東洋一のクリーニング会社・白洋舎の社長であることも知る。

五十嵐の人柄と生涯については『夕あり朝あり』にくわしいが、彼は、亡き西村久蔵に勝るとも劣らぬキリスト者であり、綾子にとっては、まさしく神が与えたもうた信仰上の指導者となったのである。その五十嵐と初めて会ったのがこの年の六月のことであった。

まさに「神は、わたしから前川正を取り去った代わりに、三浦光世を見舞わせ、西村先生を天に召した代わりに、一人の信仰の導き手を与えてくださった」

(『道ありき』)のである。

七月、正との愛の記録と短歌のノートを光世に渡す。

綾子は、正との愛の記録と短歌を書き留めたノートを大事に持っていた。それを綾子は光世に渡す。その表紙には、

「わたしが死んだら、このノートを三浦光世さんにあげてください」と書かれてあった。


――その時はたしかに、わたしの死後にそのノートを見てもらうつもりだった。それがなぜか、ある日わたしはそのノートを三浦光世に手渡してしまった。彼はかすかに眉根を寄せてノートの表紙を見つめていたが、「わたしが死んだら」という文字を、ナイフできれいに削りとってしまった。

「必ずなおりますよ」

彼は叱るような口調でそう言い、そして静かに微笑した。――『道ありき』

前川正のことについては、光世はすでに綾子から多くを聞いていたが、彼は綾子から受けとったそのノートを早速読み、綾子の短歌と正の真摯な生き方に「改めて心揺さぶられる思い」がしたという。特にその中の一首、
妻の如く想ふと吾を抱きくれし
君よ君よ還り来よ天の国より
は、まさに絶唱であると感動する。

――この歌をそのノートに見た時、私は脳天を一撃された思いだった。これほどに哀切極まりない歌を私は知らなかった。これほどに美しくも切なる慕情を私は知らなかった。

……このノートをもらって間もなく、ある朝私は彼女の夢を見た。……私はありありと、彼女が息を引き取った夢を見た。はっとして私は床の上に起き上がっ

た。……私は呆然としてややしばらく床の上に坐っていた。絶望感が体の隅々にまで広がっていくようであった。

やがて私は、ひれ伏して神に祈り始めた。祈らずにはいられなかった。訴えずにはいられなかった。私は只ひたすら彼女を癒して欲しいと祈りつづけた。ひとつのことに、これほど切実に祈ったことはなかった。およそ一時間も祈りつづけたであろうか。私はかすかな声を聞いた。

「愛するか」

という声であった。私はその時、何かが胸に重苦しくつかえる思いがした。何かを問われている気がした。重大な決断を迫られているような気がした。――

(愛するか、とはどういうことなのか。彼女と共に生きていく覚悟があるのか、ということなのだろうか)

私は思い惑いながら、祈らずにはいられなかった。

「もし、結婚を前提に交際していくのが神のご意志であれば、どうかその愛を与えてください。私にはその愛がないのです」

ない袖はふれないという。またしても私は神に嘆願するより仕方がなかった。――「妻を語る」2、3
この日の夜、光世が綾子宛に書いた手紙を、七月十九日に綾子は受けとっている。夢と祈りのことが書かれた手紙は、「最愛なる綾子様」と結ばれてあった。その手紙を綾子は繰り返し読んだ。そして、ついに来たのだ、待っていたものが、と感ずる。彼女は「最愛」という文字の上に手を置いたまま、ふるえる心を押し静めようと思った。

大きな喜びを感じつつ、同時に綾子は、いつ癒えるかわからぬ病人である自分が、すでに三十歳を越えた光世をいつまでも待たせてよいものかと思う。そして仮に回復したとしても、はたして光世の子どもを生むことができるかどうかいぶかった。彼女は光世の歌を思い起こす。

独りにて果てむ願ひのたまゆらに
　父となりたき思ひかすめつ

十七歳のときに、腎臓結核で片腎となり、闘病生活を経験している光世は、自分の命はあまり長いものではないと思っていた。また聖書の中に「結婚すれば苦難を受けるであろう」という言葉を読んで胸に深く刻みこんであった光世が、以前から独身で一生を通すつもりでいたらしいことは、綾子も聞き知っていた。

しかし、この光世の歌に〝父親願望〟を見た気がする綾子は、「病身の自分には、あなたを不幸にすることしかできない。どうか、健康な人と結ばれてください」というような内容の手紙を実に十一枚にわたって書くのである。

――しかし私は、やはり弱い女であった。三浦光世の愛を、全く拒否するほどに理性的ではあり得なかった。いつの間にかわたしは、彼を決して誰にも手渡したくはなくなっていた。――『道ありき』

その後訪ねてきた光世に、綾子は「ヒロイックな気持ち」で自分との結婚を考えているのではないかと問う。彼ははっきり首を横に振り、「一時的な同情」などではないと答える。そして、綾子が治ったら結婚しよう、治らなければ自分は一生独身で通すと答えたのである。

光世の言葉に感動しつつ、綾子にはもう一つどうしても光世に告げなければならないことがあった。前川正のことを忘れることはできないという正直な気持ちである。綾子の枕元には、正の遺骨の入った桐箱が写真とともに並べられているのだ。

――わたしは、依然として彼のことは忘れられなかった。彼はわたしに背を向けて去って行った人ではなかった。死という船の甲板に立ったまま、わたしの方を見つめて手をふりながら、次第に遠ざかって行った人である。わたしもまた埠頭に立って、もう見えなくなった彼に向かって手をふりつづけている女である。

……そのわたしのそばに、いつの間にか寄り添って立っていたのが三浦光世だった。その顔も、信仰も思想も、前川正とあまりにもよく似た三浦光世だった。似ているということが、またしてもわたしをためらわせる。わたしは三浦光世を通して前川正を愛しつづけているのではないか。決してそうではないと思いながら、やはり割り切れぬ思いもあった。

三浦光世はそのわたしに言った。

「あなたが正さんのことを忘れないということが大事なのです。あの人のことを忘れてはいけません。あなたはあの人に導かれてクリスチャンになったのです。わたしたちは前川さんによって結ばれたのです。綾子さん、前川さんに喜んでもらえるような二人になりましょうね」――『道ありき』

前川正は綾子への手紙に、あるときこう書いている。

「綾チャンハ、天性優レタ徳ヲ持ッタ人達カラ愛サレルノデスネ。ソシテ綾チャンハ正確ニソレヲ見出シ認メル」(『生命に刻まれし愛のかたみ』)

一九五七(昭和三十二)**年　三十五歳**

三浦光世の愛と信仰に励まされ、綾子の病状は徐々に快方に向かい、この年には、歩いて光世を玄関に送ったり、坐って食事をすることもできるようになる。

「とうとう立てるようになりました」

そう言って、ギプスベッドを降り、畳の上に立って見せてくれた日の姿が、今も私の記憶に鮮やかである。

――「妻を語る」3

ところが秋になって、突然幻覚症状が自覚され精密検査も兼ねて、北大の精神科に入院することに決める。

一九五八(昭和三十三)**年　三十六歳**

七月、北大病院入院。突然あらわれた幻覚症状の診察と精密検査を受けるため、綾子は北海道大学病院にこの月入院する。彼女にとっては八度目の入院である。

検査の結果、脳波には異常がないことがわかり、また肺の空洞も完治していた。さらにカリエスも完全に治っていることが確認され、二カ月後に退院、旭川に戻った。この間、光世は絶えず励ましの手紙と入院費用の一端を送ってくれた。

一九五九（昭和三十四）**年　三十七歳**

正月、年始に訪れた光世が、

「来年の正月は、二人でこの家に年賀に来ましょう」

と言って帰った言葉を、綾子は両親に報告する。夕食時である。

「綾子がお嫁に？　相手は誰だ、人間か」

父鉄治の第一声は、決して冗談ではなかった。十三年もの間病気をしてきて、今もまだ寝たり起きたりの、しかも三十七歳にもなる娘が結婚と聞いて信じがたい心境でもあったろう。

話が真実だと知ったとき、父は目をしばたたいた。両親と綾子はそれぞれの思いの中で、箸をとることも忘れていた。（『道ありき』）
一月九日、三浦光世の兄健悦が正式に結婚の申し込みに来る。病弱な綾子との結婚を周囲の多くが危ぶむ中で、父を幼くして失った光世にとって父親代わりであった兄健悦は、「好きな者同士なら、連れ添って三日で死なれても、お互い本望だろう」と言ったという。
一月二十五日、婚約式。

降る雪が雨に霰《あられ》に変る街を
歩みぬ今日より君は婚約者　綾子

この歌にあるように、この日は朝から天気が目まぐるしく変わり、まるで二人の前途の多難さを象徴しているようであった。教会員一同とお互いの家族との前で、二人の婚約式がとり行われた。そして誓いの言葉とともに、二人は、指輪ではなく、聖書を交換した。

五月二十四日、結婚式。

刊行案内

No. 58

（本案内の価格表示は全て本体価格です
ご検討の際には税を加えてお考え下さい

ご注文はなるべくお近くの書店にお願い致しま
小社への直接ご注文の場合は、著者名・書名・
数および住所・氏名・電話番号をご明記の上、
体価格に税を加えてお送りください。
郵便振替　00130-4-653627 です。
（電話での宅配も承ります）
（年齢枠を超えて柔軟な感受性に訴える
「８歳から８０歳までの子どものための」
読み物にはタイトルに＊を添えました。ご検討
際に、お役立てください）
ISBN コードは 13 桁に対応しております。

総合図書目録

未知谷
Publisher Michitani

〒 101-0064　東京都千代田区神田猿楽町 2-5-9
Tel. 03-5281-3751　Fax. 03-5281-3752
http://www.michitani.com

リルケの往復書簡集二種完結

＊「詩人」「女性」からリルケ宛の手紙は本邦初訳

若き詩人への手紙

若き詩人F・X・カプスからの手紙11通を含む

ライナー・マリア・リルケ、フランツ・クサーファー・カプス著
／エーリッヒ・ウングラウプ編／安家達也訳

208頁 2000円
978-4-89642-664-9

若き女性への手紙

若き女性リザ・ハイゼからの手紙16通を含む

ライナー・マリア・リルケ、リザ・ハイゼ 著 ／ 安家達也 訳

176頁 2000円
978-4-89642-722-6

8歳から80歳までの

岩田道夫の世界

子どものためのメルヘン

岩田道夫作品集 ミクロコスモス ＊

フルカラー A4判並製 256頁 7273円
978-4-89642-685-4

「彼は天才だよ、作品が残る。生きた証も人柄も全てそこにある。
作家はそれでいいんだ。」（佐藤さとる氏による追悼の言葉）

波のない海＊

192頁 1900円
978-4-89642-651-9

長靴を穿いたテーブル＊

──走れテーブル！　全37篇＋ぷねうま画廊ペン画8頁添

200頁 2000円
978-4-89642-641-0

音楽の町のレとミとラ＊

ブーレの町でレとミとラが活躍するシュールな20篇。挿絵36点。

144頁 1500円
978-4-89642-632-8

ファおじさん物語 春と夏 ＊

978-4-89642-603-8 192頁 1800円

ファおじさん物語 秋と冬＊

978-4-89642-604-5 224頁 2000円

らあらあらあ 雲の教室 ＊

シュールなエスプリが冴える！　連作掌篇集　全45篇

廊下に出ている椅子は校長先生なの？　苦手なはずの英語しか喋れない？　空から成績の悪い答案で出来た紙飛行機が攻めてくる！　給食のおばさんの鼻歌がいろんな音に繋がって、教室では皆が「らあらあらあ」と笑い出し……

192頁 2000円
978-4-89642-611-3

ふくふくふくシリーズ　フルカラー64頁　各1000円

ふくふくふく **水たまり＊** 978-4-89642-595-6

ふくふくふく **影の散歩＊** 978-4-89642-596-3

ふくふくふく **不思議の犬＊** 978-4-89642-597-0

ふくふく　犬くん　きみは一体何なんだい？　ボクは　ほんとはきっと　風かなにかだと思うよ

イーム・ノームと森の仲間たち ＊

128頁 1500円　978-4-89642-584-0

イーム・ノームはすぐれた友だちのザザ・ラパンと恥ずかしがり屋のミーメ嬢、そして森の仲間たちと毎日楽しく暮らしています。イームはなにしろ忘れっぽいので　お話しできるのはここに書き記した９つの物語だけです。「友を愛し、善良であれ」という言葉を作者は大切にしていました。読者のみなさんもこの物語をきっと楽しんでくださることと思います。

式予定日の半月前に綾子は突然高熱を出し、寝ついてしまう。必要な品々もそろい、毎日続々と祝いが届けられ、案内状も出し終わった中で、熱はいっこうに下がらず、綾子も焦りを感じ始めるが、光世だけは、ただ一人平然として、

「必ず予定どおり結婚式を挙げられますよ。わたしたちを結び合わせてくださった神を信じましょう」

と確信に満ち、一度たりとも不安な様子は見せなかった。『道ありき』にそう記す綾子の言葉に対して光世は、「妻を語る」の中で次のように述べている。

――彼女の記述を見ると、私は土たん場に来ても微動だにしなかったことになるが、果たしてそれほどの確信があったかどうか。万一当日になって挙式不能となった時の影響は大きい。心配がなかったわけではない。おそらく私は、

〈必ずや待ち望め〉

〈明日のことを思い煩うな〉

〈確信には大いなる報いが伴っている〉

等々、聖書の言葉にしがみつく思いで自らを励ましていたにちがいない。――「妻を語る」4

式の前日に、綾子の熱はうそのように下がり、身体も、芯からほぐされ、疲労感もなくなっていた。光世の言葉どおりになり、綾子は、「今更のように自分の不信仰を恥じた」のだった。

式当日は朝から風も吹かず、雲一つない青空で旭川の五月にしては珍しく汗ばむほどの暖かさであった。

――タクシーに兄が同乗してくれて、堀田宅に新婦綾子を迎えに行った。父母きょうだいに見守られながら、彼女は座敷に私を待っていた。その彼女を見た途端、私は胸のとどろくのを覚えた。何と見事な花嫁姿であろう。純白のウエデングドレスに身を包んだ彼女は、正に輝くばかりの美しさであった。豊かな髪、個性的な黒い瞳がひときわ印象的であった。――「妻を

語る」5

式は、旭川六条教会において、司式を中嶋正昭牧師、介添人は同二条教会の竹内牧師夫妻でとり行われた。新郎三十五歳、新婦三十七歳のカップルである。

――「病める時も、健やかなる時も、汝を愛するか、また夫を愛するか」

司式の、中嶋牧師の言葉に、わたしたちは深くうなずいた。それは健康人がなすべき誓いではなかろうか。三浦光世は、かつて一度もわたしの健康な姿を見たことがなかった。……彼は病める時のわたしを深く愛して、足かけ五年わたしを待っていてくれたのである。深い感動が、わたしの心を謙虚にさせた。わたしは本当に彼のよき妻になろうと、幼子のような、きまじめな気持ちで、神の前に誓ったのである。――『道ありき』

式後、会費百円の紅茶とケーキだけのささやかな祝賀会で、前川正の母がテーブルスピーチに立つ。

――「綾子さんおめでとうございます。こんなに丈夫になられる日が来ようとは、夢にも思いませんでした。何と申し上げてよろしいやら、ただただ奇跡のようで……」

涙にふるえていた夫人の声は、そこで途切れた。わたしはハッとして顔を上げた。夫人は目にいっぱい涙をためて、唇をかみしめ、激しい感動にじっと耐えていられた。わたしは手にしていた花束にそっと顔を埋めた。幾度もお辞儀をして去って行った前川正の最後の姿が目に浮かんだ。……わたしは心の中で前川正に話しかけた。

(正さん、ありがとう。わたしは三浦さんと結婚しました)――『道ありき』

三浦光世、綾子夫婦の新居は、旭川市九条十四丁目

左九号にあり、弟昭夫が以前から借りていた物置を改造した家を譲ってもらったものだった。一間きりではあるが、格子戸の玄関、台所、便所のついた閑静なたずまいであった。

手を伸ばせば天井に届きたりきひと間なりき
　吾らが初めて住みし家なりき

と光世が詠んだ家で、二人は新婚初夜を迎えた。

――三浦とわたしは、洋ダンスと和ダンスと三浦の机が並んだ狭い九畳間に、二人で床を敷いた。そして、正座して、心からなる感謝の祈りを神に捧げたのであった。……

わたしは両手をついて、

「ふつつかな者ですけれど、どうぞよろしくおねがい致します」

と、厳粛な思いで挨拶した。そして二人は正座して祈った。……祈り終わった二人の目に、涙が溢れていた。やがて三浦は、

「疲れているだろうから、きょうは静かにお休みなさい」

と、やさしくいたわってくれた。そして、わたしに指一本ふれることなく、口づけもかわさずに、三浦は自分の床に入った。それはいかにも静かで、いかにも敬虔な夜であった。――『この土の器をも』

二人の結婚は多くの人に祝福されたが、中には歓迎しない者もいた。それは、綾子にあこがれを抱いていた以前の教え子であったり、綾子の健康状態での結婚生活を危ぶむ友人の医師であったりもした。そんな反対に、光世は、「二人の結婚は、十人の悲しみという言葉があるね」と言い、だからこそ二人だけ仲がよければよいというのではなく、自分たちの家庭が多くの人を受け入れ、また愛する家庭にしなければならないと綾子に言うのだった。二人が出会うきっかけになった菅原豊氏の祝いの言葉に、

「家庭もまた教会でなければなりません」

とあったのを肝に銘ずる二人であった。

結婚するまでに回復したとはいえ、綾子は、まだ安静時間を守らねばならない状態で、光世が留守の間は寝ていることが多かった。

ひる寝るを罪の如くに思ひつつ
臥す哀れさを嫁ぎて知りぬ
と歌に詠んだ綾子は、「これがつまり、妻というものの感情なのだ」と思い、あらためて十数年間にわたる療養の間の父母の恩を思うのであった。

夏、自宅前に教会案内の掲示板を立てる。

二人はともに、キリストの言葉を伝える家庭でありたいと願い、またそうすることにより自分たちの信仰を世間に明らかにすることになるとの思いで、当時としては少なくない金額であった三千円をかけて掲示板を立て、教会の集会案内、聖書の言葉を書き、貼り出した。

九月、旭川郊外の層雲峡に新婚旅行。

結婚して五カ月目、旭川市外の観光名所、層雲峡に二人は新婚旅行に出かけることになった。たまたま光世が層雲峡に出張することになったため、綾子がそこへ出向くという形での新婚旅行であった。

——上川《かみかわ》までの一時間余りの間、わたしは上川駅に出迎えに出ているであろう三浦を思って、涙ぐみさえしていた。

わたしの療養中、三浦は幾度層雲峡に出張したことだろう。彼はどこへ行くにも、わたしの写真を携え、(綾子、いまに一緒にここに来るんだよ)と、いつも語りかけてくれていたのである。

やがて汽車は、上川に着いた。三浦はわたしを見て、少しはにかんだ。そして急いで層雲峡行きのバスに案内してくれた。……

わたしと三浦は、上川から層雲峡までの四十分余りを、子供のようにしっかり手を握り合っていた。お互いの感動が、指先を通して、お互いの胸にくまなく伝わるものであるかのように、わたしは一瞬も彼の手を離すことができなかったのだ。――『この土の器をも』

十月、光世は発熱がつづき、病気休暇に入り、以後翌年六月まで療養生活を送る。

ここで三浦光世の経歴にふれておく。三浦光世は、一九二四（大正十三）年四月四日、三浦貞治、シゲヨの次男として東京市目黒に出生。光世には、父母の故郷北海道滝ノ上村で生まれた兄健悦、生後間もなく父方の伯父の養女になった姉富美子、そして東京生まれの妹誠子がいる。

妻と長男健悦を伴い上京した貞治は、専売公社や市電で働くが、光世が三歳半のとき肺結核に罹り、死期の近づいたことを察してか、故郷に骨を埋めようという思いからか、家族とともに滝ノ上に引き揚げる。そして、わずか三カ月後の一九二七（昭和二）年十一月二十三日に滝ノ上で死去した。

結婚後間もなくクリスチャンになったという貞治は、死期が近づいても「わたしはキリストと話をしているので淋しくはない」と妻シゲヨに語っていたという。

父の死後、母シゲヨは、健悦と誠子を同じ滝ノ上の開拓農民であった光世の父方の祖父三浦小三郎に、光世を自分の父宍戸吉太郎に預け、美容師となるべく修業に出る。開拓農として大正時代に滝ノ上に入植した宍戸吉太郎（吉太郎と小三郎はともに大正初期、福島県から入植していた）は、若いときから敬虔なクリスチャンで、旧約聖書に非常にくわしかった。彼は巧みな話術で聖書物語を語って聞かせるのが常であった。光世自身もまた、話術に長けていて、三浦夫妻が結婚後間もなく始め、現在に至るまでつづけられている、三浦家恒例の子供クリスマス（後述）のメインイベントの一つが、光世の語る紙芝居となっているが、おそらくこの祖父吉太郎の影響であろう。

宍戸家の生活は貧しくともキリスト者家庭の慰めに満たされていたという。

吾を引取り育てし貧しき農の家
聖書ありき聖画ありき聖歌がありき　光世

一方母のシゲヨは、札幌、帯広、小樽、大阪と渡り歩き、牧師の家に世話になったり、婦人宣教師の手伝いをするうちに、キリスト教信仰に目覚める。北海道に戻ってからは、小頓別に住む健悦と同居するようになり、その後、祖父吉太郎の死を機会に光世も彼らと同居することになるが、光世が母と別れ、再びいっしょに暮らすまでには、十年の歳月が流れていた。

滝ノ上村、滝西小学校、中頓別村小頓別小学校（母や兄と暮らすことになったため転校）を経て、同校高等科卒業（一九三九年）とともに、光世は小頓別丸通運送会社に就職、ついで翌年中頓別営林区署毛登別斫伐《しゃくばつ》事業所に検尺（注：伐り倒した材木の直径を輪尺で測り、材積を記録すること）補助員として採用され、さらに翌一九四一年には、同営林区本署に採用される。当時旭川国策パルプ勤務の兄健悦、母、妹と四人暮らしであった。ところが、この年の八月に腎臓結核を発病、北大病院で右腎摘出手術を受ける。彼は父親の貞治の結核菌に幼時に感染したためか、小学校入学前にリンパ腺結核に罹り、そのころからひょろひょろとした細身の少年だったようだ。

結局、一九四四（昭和十九）年に、旭川営林署に転勤し、一九六六年十二月に、作家活動で多忙になった綾子に協力するため退職するまで、主として経理関係の仕事に従事した。

光世は、手術後二年ごろから、腎臓結核の後遺症で膀胱結核が悪化、数年間夜も横たわることのできない激痛に見舞われる。ようやく入手できたストレプトマイシンで完治するが、彼の闘病中、ひたむきに祈る母シゲヨの姿を見て自からも一九四九年十一月十三日受洗、キリスト者の道に入る。

一九六〇（昭和三十五）年　三十八歳

九月、自宅の新築を計画する。

翌年の三月ごろまでに家を立ち退いてほしいと大家に言われ、二人は次の借家を探すが、綾子の提案で、光世の職場から住宅建築資金を借りて、家を建てることにする。綾子は新居のプランを練るのだが、肝心の土地代の調達ができない。そこで、新築した家で地代捻出のため雑貨屋をするという計画を綾子は考えた。

職場から借りられた金は六十万円。友人の紹介で建築を請け負うことになった鈴木新吉にそのことを言うと、鈴木は「ハッキリそう言ってくれると仕事がしやすい、それで立派に建ててあげます」と言ってくれた。のちに綾子がこの鈴木のことをモデルに書いたのが『岩に立つ』である。

ちょうどこのころ、「いちじく」の誌友で、のちに原子物理学者となった木村美和子が二人を訪問、新居の予定地に立って祈りを捧げてくれた。その内容は「どうかこの場所が伝道の場として用いられますように」というものだった。当時を回想して光世は、『氷点』『塩狩峠』がともにこの家で書かれたことを思えば、まさに木村美和子の祈りが神に聞かれたからに違いないと、「妻を語る」に書いている。

十月、光世と二人で光世の故郷滝ノ上町を訪ねた。

滝ノ上は北海道北部紋別市の西郊に隣接する山間の農村である。一九九二年現在、人口約四千四百人。芝桜の名所で、そのシーズンには最盛期の一カ月間に十八万余りの観光客が訪れるという。作家小檜山博、童話作家加藤多一の出身地としても知られる。

郷里の滝ノ上に光世が綾子をなかなか連れていこうとしなかったのには理由があった。

――むろん体が弱かったせいもあるが、わたしが異常なまでに食事衛生に神経質であるためであった。……手は幾度洗うか見当もつかないほどで、食器は毎日煮沸し、むろんふきんも必ず殺菌する。……リンゴの皮を剥く時、決して果肉に指をふれてはならない。箸を食卓にじかにおいてはならない。蝿が一匹でもいようものなら、大さわぎで追い回し、蝿のついたものは絶対食べない。魚は言うまでもなく、肉でも卵でも、何度でも臭いをかぐ。――『この土の器をも』

要するに滝ノ上の衛生状態のことを慮ってのことだったようだ。筆者の知る限りでは、この右に引用した綾子の衛生への潔癖さは、健在中は食器の煮沸以外はすべて変わらなかった。ところで、その綾子が、初めて訪れた滝ノ上で蠅のついたご飯も惣菜も平気で食べるのを見て、「綾子は愛のある奴だ」と何度も光世はほめた。

十二月二十二日、第一回子供クリスマス。

酒を飲まない光世が、会社の忘年会を欠席して浮いた会費の五百円で、近所の子供たちとクリスマスを祈ろうとの綾子の提案で、この日第一回子供クリスマスが夫妻の自宅で開かれた。この日訪れた子どもは十人、それが一九九二年の第三十二回子供クリスマスには百二十余人が参加した。二人は、どんなに体調の思わしくないときでも一度もこの催しを休んでいない。一九六〇年から数えて三十二年間である。

「氷点」入選

一九六一（昭和三十六）年　三十九歳

一月、雑誌「主婦の友」募集の〝婦人の書いた実話〟に、林田律子のペンネームで応募する。「太陽は再び没せず」のタイトルで、綾子の愛の記録であり、信仰の告白であった。

三月、旭川市六条十丁目の日本基督教団旭川六条教会牧師館に留守番として入る。当時この六条教会の牧師であった中嶋正昭牧師がアメリカに留学することになり、その後任が決定するまで二人が牧師館に入ることとなったのである。新築中の家ができるまで二人の住居にと、中嶋牧師の配慮であった。

この中嶋牧師が綾子に原稿を依頼する最初の人となった。牧師が留学する五カ月ほど前、中嶋牧師が綾子に原稿を依頼したのだ。「全然駄目です。どなたか他の方に頼んでください」としり込みする綾子に中嶋牧師は、「あなたは必ず書ける人ですよ、いいですね」

と言って、教会の月報「声」に一年間連載するように求めた。「暗き旅路に迷いしを」という題で、三カ月分提出したが、好評を得たにもかかわらず、あとは書かずじまいに終わった。子供の頃を別にすれば作家・三浦綾子の原稿が初めて人に読まれた作品となる。

六月一日、光世、盲腸炎で入院。翌日手術したが、最初の診断が誤診のため手術が遅れ、開腹したときには、盲腸が破裂しており、麻酔が効かなかった。術後の衰弱もひどく、さらに追い打ちをかけるかのように、点滴ミスによる高熱がつづいた。

光世の身を案じた綾子は、恐怖感すら覚え、彼にもしものことがあれば、医師も看護婦も一生恨み、憎みつづけずにはおかぬと激怒した。

——その時ふと、聖書の言葉が浮かんだ。

「吾らに罪を犯す者を、吾らが許すごとく、吾らの罪をも許し給え」

という祈りの言葉だった。毎日、わたしたちが祈る「主の祈り」の一節であった。ふだんは何の抵抗もなくとなえていたこの言葉が、いきなりわたしの前に立ちはだかったような気がした。

わたしはその時、自分がいかにいい加減な信者であるかを、思い知らされた。自分に許さねばならぬ相手のない時は、何の問題も感じない言葉だった。

今、三浦の苦しみを前にして、そしてあるいは死ぬかもしれないという恐怖の中で、許しという問題が、やっと自分自身の問題として迫ってきたのだった。これが、後に小説「氷点」を書く時の重大なヒントとなった。——『この土の器をも』

七月十五日、光世退院。東町三丁目（現豊岡二条四丁目）完成の新居に移転。

八月一日、雑貨店開業。

光世の入院中に鈴木新吉の手により完成された新居は、当時何百メートルもつづく青田の中に建てられた。ただし、百メートルほど離れたところにバスの停留所があった。その建坪十八坪の二階家の一階に、なけなしの十万円をはたいて綾子は店舗を作った。かねてから懸案の雑貨店を開店するつもりであった。が、手元に残った金は新築祝いの二万円のみである。光世の妹が十日の期限つきで借りてくれた三万と合わせて五万の資金で店内に必要な什器や商品の仕入れを賄わなければならず、まさに無から有を生み出す業であった。しかし、多くの人々の親切と信頼を得て、ようやくこの日、綾子は念願の雑貨店を開業することができた。

十一月、風邪で光世、綾子ともに寝込んだのをきっかけに、滝ノ上から光世の姉富美子の娘隆子が住み込みで手伝いに来ることとなった。そして彼女は、その後十二年間夫婦と同居することになる。

十二月十日、「主婦の友」応募作品、「太陽は再び没せず」入選通知。

年末までに返済しなくてはならない借金を苦にしていた綾子に、すばらしいプレゼントが届く。二月に応募した手記「太陽は再び没せず」の入選通知である。

賞金は二十万円。雑貨店の毎日の売り上げが二千円であったときに、貴重なお金であった。十二月二十日ごろに発売になった「主婦の友」の新年号に、綾子の手記が掲載されると、全国各地から手紙が寄せられ、それにつづく文通を通して受洗する人も出てきた。

――ともかく、わたしはこの手記で、大衆の読む雑誌に発表されることの大切さを、つくづくと感じた。クリスチャンは、外に向かって語りかけねばならない。わたしには才はないが、何とかして、再びこんな機会が与えられたいと、その時切実に思った。――『この土の器をも』

当時綾子は、教会で図書販売の係であり、雑貨店の客の依頼で書籍の販売もしていたので本の卸屋にも出入りしていたが、ある時、「書棚を見ながら、この書棚に自分の著書が並んだら、どんなにうれしいことかと、ふと思ったのを覚えている」。(『この土の器をも』)

——およそ編集者としての喜びと幸せは、立派な寄稿家とめぐりあって、その人に親炙する機会に恵まれることだと思う。その意味で私は、三浦綾子さんを知ったことを、何よりの幸せだと思っている。ことに、三浦さんは、私が編集に当たっていた「主婦の友」の愛読者の中から生まれた作家であるということで、一層その感が深い。

「主婦の友」は、昭和三十一年より毎年〝婦人の書いた実話〟を読者から募集し、その入選作は実話の持つ迫真性で、高い評判を呼んでいた。

やがて、これと募集の時期をずらして、別に実話のテーマをしぼり、〝愛の記録〟を募集することにした。第一回募集は昭和三十六年の六月だったが、これに先立つ一月に募集した〝婦人の書いた実話〟の中に、これぞ愛の記録というべき、極めつきの募集作品があった。絶望的な病床にありながら、信仰を共にすることによって深い愛に結ばれた体験記である。募集の種目は違っていたが、著者の諒解を得て、これを〝愛の記録〟入選にふりかえ、翌年の「主婦の友」新年号に掲載した。林田律子作「太陽は再び没せず」である。

発表後、読者の反響はすばらしく、感動の便りや著者との文通を求める手紙が殺到した。林田律子とは、一千万円懸賞小説にみごと入選、話題の作品『氷点』をもって一躍脚光をあびた三浦綾子さんの筆名であった。——佐藤憲「思い出の『ひつじが丘』」（三浦綾子作品集3月報）

一九六二（昭和三十七）年　四十歳

十二月、この月発売の雑誌「主婦の友」新年号に、綾子の「太陽は再び没せず」が「愛の記録」入選作として掲載される。

一九六三（昭和三十八）年　四十一歳

一月、朝日新聞一千万円懸賞小説募集。

「秀夫がね、綾ちゃんが来たら、ここを見せなさいって」と母のキサが、元旦の年始に訪れた綾子に折り畳んだ朝日新聞を渡した。一千万円懸賞小説募集の社告であった。既成作家の応募も可とあり、そのときは「私には無縁な話」だと、笑っただけであった。ところがその夜、寝つかれぬままに、綾子は昼間の社告を思い出す。もし自分が書くとすれば、いったいどんな小説を書くだろうと思いめぐらすうちに、ふと、かつて療養中に遠縁の者が殺された事件を思い出す。

「もし、自分の肉親が殺されたら?」

瞬間、「これだ!」と綾子は思う。翌朝、前夜考えたあらすじを光世に話すと、日ごろ何事につけても慎重な彼は反対するだろうと思っていたが、意外にもすぐ同意してくれた。

「なるほど、それはおもしろいストーリーだね。まあ、書いてごらん。ただし神に祈って、御旨《みむね》(神の意志)に叶うかどうか、よく考えてみなさい」

綾子はすぐに書き始めた。執筆は店じまいをしてからの夜十時ごろから午前一時、二時までであった。

――一日働いた上での執筆である。厳寒の夜はインクも凍る。万年筆を凍ったインクに突き立て突き立て書き進めた。……二階には火の気もなく、軒下から隙間風がしのびこむ、正に「氷点」を書くのにふさわしいお寒い家であった。――「妻を語る」15

当時の光世の日記によると、綾子が真っ先に書いたラストシーンのヒロイン陽子の遺書に「わたしの心は凍えてしまった」とあるのにヒントを得て、光世が提案したのが、「氷点」という題であった。

書き始めはしたが、綾子は小説作法を知らない。そのころ石川達三が、「一日三枚半の新聞小説は特別の技術を必要とし、素人には先ず無理である」と朝日新聞紙上で書いているのを読み、綾子は逆に刺激されたという。「盲蛇に怖じず、無理なことを、あえてやってみたいという意欲が湧いたのである」

ある日、古本屋で『創作方法』(河出書房)を求め、その中の丹羽文雄著「新聞小説作法」（全十六ページ）を見つけて繰り返し読んだのが、唯一の師であった。

――夫が役所から帰ると、書いた分ずつ読んでもらう。夫もアララギで歌を学んでいるから、なかなか手きびしい。

「まずいねえ」

の一言で、私の前夜の労作はくずかごに入れられ、また書き直さなければならなかった。

子供のいない私には、この作品が私たちの子供のように思えることがある。

十月十日《とつきとおか》ならぬ十二カ月子である。――「訴えたかった原罪」〈朝日新聞〉六四年7月11日付。

書き進むにつれてむずかしさを増す中で、はたして千枚も書き切ることができるだろうかと不安に思いつつ、同時に書きながら、罪の問題につきあたらずにはいられぬ綾子であった。

――この、罪の問題を、クリスチャンとして訴えねばならぬと思った。「訴えねばならぬ」というこの使命感がなければ、わたしはあのまま書き通すことはできなかったにちがいない。――『この土の器をも』

一方、毎日のように綾子のために祈っていた光世はある日いつものように、神の意志に叶うものなら入選をと祈っているうちに、「くどくどと祈るな」（マタイによる福音書六章七節）、「すべて祈りて願う事は、すでに得たりと信ぜよ。さらば得べし」（マルコによる福音書十一章二十四節）という聖句を聞いたように思い、厳しく叱責されたような気がした。そして（ああ、この小説は入選するのだ）と初めて実感し、「この小説は入選するぞ」と綾子に断言し、驚かすのだった。

十二月、懸賞小説締切日の十日前になって、綾子は三十八度の熱に倒れてしまう。三浦家の年中行事になっている子供クリスマスを延期しなければ〆切りに間に合わないという綾子に向かって、光世は、「神の喜びたまうことをして、落ちるような小説なら、書かなくてもよい」と言下に答える。そして、落選作品は返却しない規定であるからコピーをとる時間もいると言う綾子に、「綾子、入選するに決まっている原稿のコピーなど、どうして必要なんだ」と言い切るのだった。

未だに入選すると信じている光世に綾子は感服せざるをえなかった。彼女は光世のように、聖書の言葉を堅く信ずることはできなかったのだ。

十二月三十一日午前二時、ついに小説『氷点』は書き上がった。コピーは二百枚ほど、ついにとらずに終わった。二人は、神の前に、心からなる感謝を捧げ、もしこの作品をよしと見たまうならば、世に出してくださるようにと祈ったのだった。

一九六四（昭和三十九）**年　四十二歳**

六月十九日、一千万円懸賞小説第一次選考二十五編決定発表。

「大変だ、大変だ！」と新聞片手に飛び込んできた末弟秀夫が、綾子の書いた『氷点』が第一次選考をパスしたというニュースをもたらした。一月末に募集者が七百三十一編もあったと、朝日新聞社から聞いていたので、半分あきらめていた綾子も、原稿応募のことを知らなかった家族もともに驚き、喜んだ。

六月二十四日、朝日新聞本社から門馬義久記者が綾子を訪れた。門馬は『氷点』が最終選考に残ったことを告げ、「まあ、言ってみれば、確かにあの作品はあなたが書いたかどうか。盗作ではないかどうかを確かめるというはなはだ失礼な役目なんですよ」と笑いながら言った。奇しくもこの日は、『氷点』のヒロインの名をとった、夭折した妹陽子の命日でもあった。

――三浦綾子の名前を、誰も知らなかった。一体、誰なのか。ひょっとすると、既成作家が、マスコミのセンセーショナリズムをねらって筆名を使ったのかも知れない。あるいは、三浦綾子は本当にいるとしても、作品を書いたのは、別人かも知れない。なにしろ、作品が面白い。……朝日新聞社が、一千万円の懸賞募集をした小説の入選が決定されようとしていた。……手ちがいがあってはならない。作品が、はたして本当に本人が書いたのか、また、これほどのものを書きあげるのは、一体誰なのか。じっさいに会って、たしかめておく必要がある。学芸部の記者、門馬義久が、その任にあてられた。（彼は鎌倉でキリスト教の牧師もしていた）キリスト教と文芸について、特別の体験と見識を持つ彼は、一般の評価とはちがった厳しいものさしを持っていた。

小さな雑貨店できびきび働いている――屈託のない女性、それが三浦綾子であった。

（これは陽子だ）

と門馬義久は思った。

緊張しているのであろう。言葉を選び、静かだが、はっきりとした口調で語る三浦綾子の姿に、並々ならぬ苦難に耐えてきたものの輝きがあった。

『氷点』はこの人によって、はじめて書き得る。彼女の姿を見たものは誰であろうと、そのような思いにうたれるであろう。

門馬義久は、彼女がそれまでに書いた文章を借り受けた――同行した朝日新聞旭川支局長小林金太郎と、三浦綾子夫妻の小さな雑貨店「三浦商店」を辞す。

小林支局長とともに、停めてあった車に乗り込んだ彼は、バス通りへ出る道角に佇んで見送る三浦綾子が、しばし瞑目し、祈るのを見た。

「まいったぞ、これは」

と門馬義久は心底から思った。――水谷昭夫『燃える花なれど』

六月三十日、朝日新聞朝刊に第二次審査十編の発表があり、『氷点』もその中に含まれていた。

七月六日、一位入選内定の報が届く。

午後三時、朝日新聞旭川支局長小林からの電話で、一位入選に内定したと知らされる。綾子は喜んで役所にいる光世に電話をするが、光世は「ああ、そう、よかったね」と落ち着いた声で答えただけであった。

夕方、いつもどおりに帰宅した光世は綾子を二階に呼ぶ。

「感謝の祈りを捧げよう」

そう言って、彼はすぐに祈り始めた。それから静かに言った。

「綾子、神を畏れなければいけないよ。人間は有名になったり、少しでも金が入るようになると、そうでなかった時より、愚かになりやすいものだ。また、人にちやほやされると、これまた本当の馬鹿になるからね。これからの歩み方は大切だよ。

神は、わたしたちが偉いから使ってくださるのではないのだよ。聖書にあるとおり、われわれは土から作られた、土の器にすぎない。この土の器をも、神が用いようとしたまう時、必ず用いてくださる。自分が土の器であることを、今後決して忘れないように」と。

七月十日、朝日新聞朝刊紙上に入選発表。


——遂に七月十日の朝が来た。早朝六時、店の雨戸がガンガンと叩かれた。新聞配達の人が、朝日新聞を一抱え持って来てくれた。入選の記事がデカデカと出ていた。

今日くらいは休んでくれるかと思ったが、三浦はいつものように、弁当を持って勤めに出て行った。親、兄弟、親戚、友人、知人が祝いに駆けつけてくれ、新聞社や、雑誌社の人も訪ねて来る。祝いの電話がひっきりなしにかかる。遂に夜まで祝い客は絶えなかった。

夕七時、予定どおり第一回目の第二金曜家庭集会が、川谷先生の説教によって始められた。祝いに駆けつけた木工団地の少年たち、女学校時代の友人たち、近所の奥さんたち、親戚の人たちが先生の話を聞いてくださった。この、わが家にとって、大いなる祝いの日が、教会で定められた家庭集会の第一回目にあたっていたことを、わたしたち夫婦は意味ぶかく受けとった。

かくてわたしたち夫婦の、新しい歩みがここに始まったのであった。――『この土の器をも』

――朝日新聞は、無名の新人を発掘するために、明治末期からたびたび、懸賞小説の募集を行っています。大正八年、大阪朝日創刊四十周年の記念募集に当選したのが「地の果てまで」を書いた吉屋信子です。……懸賞金は二千円でした。

大正十二年には、一万五千号記念に当時無名の吉田百助が「大地は微笑む」を書いて、五千円の賞金を獲得、大正十五年の短編小説募集の当選作には石川達三、平林たい子の名も見えています。昭和になってからも、横山美智子（九年）が「緑の地平線」、大田洋子（十五年）「桜の国」が東京朝日五十周年記念に当選して一万円の賞金、というように女流作家が顔を出しています。

朝日の懸賞小説は、このようにしばしば日本文芸界にあたらしい波紋を投じてきました。――「朝日新聞と懸賞小説」〝お知らせ〟朝日新聞北海道支社（発行日不詳）

大田洋子の「桜の国」以来二十五年ぶりの朝日新聞懸賞小説に対する賞金の学芸部の原案は五百万円であったが、それに対して朝日の上層部が一千万円に値上げしたのだという。予算が削られることはあっても増額というのは珍しい。「一千万円と五百万円では、お金が二倍ということじゃなくて、土台、受ける響きがちがってくる。それに社のお祝いでもある」という説明であった（朝日新聞大阪本社創刊八十五年、東京本社七十五周年記念であった）。

――一千万円となると、社会的影響が大きいので、「ズシリとおなかにこたえるようなテーマ」でなければならない。……一九六三（昭和三十八）年正月元旦に社告を出した時の同業関係各社の反応は「ヤッタ、ヤッタ、朝日がヤッタ」だったという。……百編か二百編も集まれば上出来と当初思っていたのが、締切り日の十二月三十一日に近づくにつれ、三百、五百と続き、最終的には七百三十一編にもなっていたという。

――「『一千万円懸賞小説』が生まれるまで」〝お知らせ〟朝日新聞北海道支社（発行日不詳）

当時朝日の学芸部長であった扇谷正造はこう記す。

――最終作品三十篇を十日間の休みをとり、私はウンウンいいながら読みすすんだ。二十三篇か四篇目だったと思う。三浦さんの『氷点』を読んでいるうち、（うん、これだ）と思った。第一歯切れがいい。一回ずつまとまりがある。場所が北海道である。登場人物も異色である。何より文章がこなれている。そう思った時、涙がボタボタと原稿用紙の上にこぼれおちた。

――「入選作『氷点』前後」（作品集月報18）

「キサクな雑貨店の主婦……深夜書き続けて一年」という見出しの、門馬義久記者の書いた一千万円懸賞小説当選発表記事は、全国にどよめくような感動を引き起こし、各地の新聞に次々と投書が寄せられた。姫路市のある主婦は、自分もこの募集を見て一度はペンをとったが途中で挫折したと言い、さらに綾子の努力に教えられたと礼を言い、「平凡な主婦の三浦さんの笑顔が私の心の灯にも強いムチともなった」と結んでいる。また東京都に住む大学教授小泉一郎氏の投書は、多くの人々の意見を代表したような内容のものだった。入選発表直後の七月十七日、朝日新聞にのったものである。

――〝三浦さん　期待しています〟

旅から帰って数カ月ぶりに読んだ朝日新聞で『氷点』当選を知り、全く未知のあなたにお祝いの言葉をのべずにはいられなくなりました。

第一に、あなたが私たちのばくぜんとした予感とは逆に、職業作家でも半職業作家でもない。たいへん庶民的な職業に従っておられるキサクなご婦人であることをうかがって、大きな驚きとよろこびを覚えます。

第二に、あなたが長い闘病生活に打ち勝ったばかりでなく、生へのはげしい意欲を失わなかった方であることを実証されたことに深い敬意を表します。

第三に、「原罪」というキリスト教的主題に勇敢に取り組んだ作品を書かれたことに対して、キリスト者のはしくれとして心からの感謝と声援をおくります。

「原罪」というようなキリスト教的な西欧的な主題は、こうした理念をただ頭の中でだけしか理解し得ない一般の職業作家には到底、正しく取り扱えるものではありません。キリスト者として体と心の多くの苦しみを重ねてこられたに相違ない、あなたのような方によってのみ、作品の中で肉体化されるはずのものです。

私は「氷点」が本紙に発表される日を大きな期待をもって待つ者の一人です。この作品が、庶民的な作家として、この西欧的なものを日本の土壌の中にどのくらい根づかせることができるか、という大きな困難な実験への第一歩となりますように。


この年十二月から掲載された『氷点』がその後、日本全国に『氷点』ブームを巻き起こした事実、そしてその後の作家三浦綾子の歩みを見るときに、右の小泉氏の洞察力、慧眼には驚嘆すべきものがある。

七月十九日、二十一日の授賞式のため上京。

『氷点』入選授賞式は東京有楽町の朝日新聞東京本社講堂で行われた。職場を優先する夫三浦光世は同行せずに、母キサと弟秀夫に付き添われての授賞式であった。綾子の受賞の挨拶は、「一躍注目をあびた作家とはとても思えないほどおだやかで、けんそんしたもの、しかし三浦さんの人柄はにじみ出ているようだった」と、翌日の朝日新聞は報じた。

「こんなにほめられたのははじめてで、馬肉のかんづめに牛肉のレッテルをはられたようです」という言葉で話し出した綾子は、深い感謝の念をこめて、自分の両親、夫光世、光世の母、妹などのことを語った。

綾子の入選を聞き、父鉄治は、

「ともかく驚きました。……綾子の病気を治すため、土地も家も手放したが、元気な姿をみて、みじんも後悔しなかった。こんどの当選はなんといっても朝日のおかげ、綾子もよかったが、わたくしもそれ以上によかったと思っている」と喜んだ。〈朝日新聞〉7月13日付）

『氷点』の原稿を送って間もなく、急性肺炎で倒れた夫の光世の看護に泊まりがけで来ていた光世の母は、綾子の下着を繕いつつ、ふと目にした机の上の書きちらかしの原稿を見て、

「ねえ綾子さん、神さまは人それぞれに才能を与えてくださっておられます。綾子さんは女の仕事は下手だけれど、書くのが好きだから、その才能を大事に育てなさい」と言い、綾子の胸を熱くする。入選後ならともかく、しかも、あの状況で姑が嫁に言える言葉ではない。そこに綾子は、姑シゲヨの深い信仰を見た思いであった。（『姑の死に思う＝それでも明日は来る』）

七月〜八月、受賞記念講演（東京、関西、九州、北海道）。

朝日新聞社は、一千万円小説当選記念の文芸講演を企画、授賞式の日を皮切りに全国各地で開催されることになった。

――東京講演会は、二十一日午後一時から千代田区有楽町本社朝日講堂で行います。

まず当選者三浦綾子、二席の志田石高、山脇悌二郎、高木俊朗ら四氏の授賞式、およびあいさつがあり、続いて、臼井吉見「人間と文学」、吉屋信子「私が当選したころ」、今日出海「東西雑感」の三氏が講演を行います。――〈朝日新聞〉7月15日付

七月二十四日が大阪、二十七日が名古屋（このときは吉屋信子にかわり中山義秀が参加）、八月三日が北九州市。また旭川市（八月六日）、札幌市（同七日）の講演は、綾子のほか河盛好蔵「新聞小説論」、伊藤整「現代文学の問題」、白石凡「朝日新聞と懸賞小説」

がそれぞれ講演した。いずれも錚々たる顔ぶれである。

旭川の講演会で綾子は、伊藤整に初めて会うが、彼は綾子に賞金は大事にするようにと言ったあとで、

「わたしも最初は近親の者に金を貸したり、やったりしましたがね、それではたちまち、税金に追われることになりますよ。今では税金を払うために書いているようなものです」

と忠告する。この忠告が真実であることを綾子が痛切に思い知らされるのは、ずっと後のことである。伊藤整とはこれが最初で最後の出会いであるが、自分のようなかけ出しの後輩に、この折り彼が示してくれた親切と礼儀正しさ、謙遜さに深く心動かされた綾子であった。（『伊藤整先生のこと＝あさっての風』）

賞金一千万円の使い道は、税金に三百五十万円、教会に十分の一の献金、父母に家を建て、療養中の借金を倍額で返済するのにあてた。それやこれやで結局、最後に手元に残ったのは三十万円だったという。その中から、三浦光世が受けとったのは、セーター一枚に手袋一組であり、しかも、それも綾子が「ダマシたり、スカシたり、オドシたりして」やっと買ったものであったという。（『神と夫との共同生活＝あさっての風』）

八月、雑貨店閉店。

十二月から新聞に連載される予定の『氷点』の推敲のため、綾子は愛着はあったものの、多忙な雑貨店を閉める決意をする。

「よかったね。いっしょにこうしてご飯を食べられるものなあ」と家事を手伝ってくれている姪の隆子とともに喜ぶ夫光世の言葉に、それまでの三年間の忙しい生活の間の夫の気持ちを感じ、申し訳なく思った綾子であった。


この年、旭川北高で教鞭をとる高野斗志美教諭が、「戦後文学論――オレストの自由」で第四回新日本文学賞（評論の部）を受賞し、文芸評論家としての中央デビューを飾ったのであるが、二人の旭川市民が時を同じくして、しかも、旭川市としては初めての文学関係の受賞は市全体の大きな喜びとなった。さらにまた、

その後、三浦綾子、高野斗志美は、姉、弟と互いに呼び合うまでの親交を深めるようになるが、高野自身がそのライフワークとして三浦綾子論をとり上げるに至っていることを考え合わせると、偶然の一致というにはあまりにも不思議な二人の同時期の受賞であった。

ちなみに高野の受賞祝賀会は八月五日に、旭川団体連絡協議会主催で、また綾子の祝賀会は同二十日に市の主催でそれぞれとり行われた。

十二月九日、『氷点』連載開始。

『氷点』がようやく朝日新聞紙上に登場した。挿絵は福田豊四郎。明治三十七年に秋田に生まれ、京都市立絵画専門学校を卒業し、土田麦僊《つちだばくせん》、川端龍子《りゅうし》などに学んだ日本画壇（新制作協会会員）の重鎮であった。連載直前、旭川を取材のため訪れた福田は、綾子に、

「人間は牙《きば》を持たなければいけませんよ。いいですか。あなたはクリスチャンとしての節を決して曲げてはいけませんよ。もし節を曲げたら、私は直ちにさし絵をやめますよ」と、衿《えり》を正さずにはいられない厳しい語調で言ったという。（「福田豊四郎先生のこと」〈朝日新聞〉七〇年9月30日付）

一九六五（昭和四十）年　四十三歳

――小説の連載以来、多くの方達にお便りをいただいた。そのすべては、激励とおほめの言葉である。反響は最初、ものを書く方々から多かった。生まれてはじめて書いた小説ということで、過分の讃辞を下さったのだろうが私はうれしかった。……

一番感動したのは、盲人のために「氷点」の点訳を奉仕していられる七名の方のお便りである。

遠くは、オランダやアメリカからも便りがあって、「ザ・フリージングポイント」はいつドイツ語や、英語で出版されるかとたずねてきた。

朝日のような大新聞に、自分の小説がのるというのは嬉《うれ》しいだろうと人に言われる。しかし、意外に嬉しさ、誇らしさはない。と言って単なる羞恥《しゅうち》でもない。もっと何か「そらおそろしい」心持ちなのだ。小説を

読まれるというのは、読者と何か「かかわり」を持つことである。例えばその「かかわり」を時間に限定して考えてみよう。朝日の読者人口五百何十万人のうち百万人が私の小説を読むとする。一人一日三分として、一回延べ五年半余、三百回として何と、延べ約千七百十年間という時間が費やされることになるのだ。

　時間とは何か。それは人の命でもある。私は人の命を自分の小説のために、これだけ費やさせる資格があるだろうか。前述の「そらおそろしい」という心持は、決して根拠のないことではない。何か罪深い思いがする。――『氷点・私・このごろ』

　右の随筆でも言っているように、この時期綾子は、『氷点』の推敲、夏から連載の月刊誌の原稿準備、その間をぬっての短い原稿書きに忙しい。合わせて各地への講演などと、日を追って作家としての生活基盤をととのえてゆく。

　五月、キリスト教伝道講演会。22日「人間の行きつくところ」札幌市真駒内明星幼稚園、23日「幸福とは」同前。

　六月、講演。4日「キリスト教と文学」北海道大学。17日「『氷点』読書座談会」旭川市立図書館主催、三愛会館。

　七月、主婦の友社主催〝お母さまのための講演会〟「愛としあわせ」（12日苫小牧市王子娯楽場、13日旭川市公会堂）。

　九月十六日、当年度旭川市文化賞受賞。

　十一月、『氷点』を朝日新聞社より刊行。

　中旬、関西各地で講演。神戸（国際会館）、京都（同志社大学）、大阪（岡本教会他）。

　十二月、講演。「キリスト教入信等の自己の軌跡について」札幌市月寒教会。「愛と人生について」同、YMCA十周年記念。

一九六六（昭和四十一）年　四十四歳

　新聞連載中から大きな反響を呼んでいた『氷点』が

連載終了と同時に出版されたのが合図であったかのように、〝氷点旋風〟が日本列島に巻き起こり、新聞、文学雑誌、キリスト教機関誌、一般雑誌などで、『氷点』は論ぜられ、また版を重ねていった。さらに、ラジオ、テレビ、映画でドラマ化され、新派によって舞台化された。地元旭川では、菓子「氷点」が売り出されたりもした。「週刊朝日」4月8日号の「氷点特集記事」から、主だった項目と数字を挙げてみよう。

本については、連載終了の翌日、異例の速さで朝日新聞社から発売され、初版五万部、当初目標八万部だったが、テレビドラマ開始までに十八万部、四月現在で四十五万部（十七版）と軽く目標をクリアした。さらにこの年の末までに実に七十一万部が売れ（「週刊読書人」六六年12月26日号）、朝日新聞社出版局の単行本としては最高の売れ行きを示した。さらに、この数字は、それまでの戦後文芸作品の最高記録、一九五七年刊の原田康子著『挽歌』の七十万部（東販出版科学研究所調べ）を破るものであった。

テレビ化になると、一月二十三日にＮＥＴ（現在のテレビ朝日）制作全国六局で放映したテレビドラマ「氷点」（新珠三千代、芦田伸介、内藤洋子主演）は、第一回から視聴率二二・六％をあげている。第九回が関東地区で三七％（ビデオリサーチ）、同日の「氷点」のテレビ占拠率はなんと六六・六％で、最終回は当時人気絶頂だったＮＨＫの「おはなはん」を抜いて四二％の視聴率をあげた。

ラジオでは、他に先がけて前年十一月からこの年二月末にかけて、ニッポン放送が、百二回にわたり、岩崎加根子、仲谷昇のコンビで放送。放送中担当デスクに聴取者からひっきりなしに電話がかかり、この種の放送では非常に高い二・四％という聴取率であった。

映画のほうは、山本薩夫監督、若尾文子、安田道代の主演で大映が制作した「氷点」は、興行収入見込みが、三億二千万円で、大映の当時の看板映画〝座頭市シリーズ〟に匹敵する。旭川では当時の人口の約一割に当たる二万五千人が前売り券を買った。

新派による舞台公演は、予約申し込みが一万人で、前代未聞のことと、宣伝担当者が驚いたという。

しかし、これらの大ヒットに釈然としない面持ちなのは原作者の三浦綾子自身であった。「こんなにたくさんの方に読んでいただいたのはうれしいんですけれど、今は失敗作だと思っています。私の筆の力が足りなくて、私が本当にいいたかった、キリスト教の原罪ということが十分にわかってもらえなかったんですから……」と「週刊朝日」は、彼女の言葉を伝えている。

その意味では、この懸賞小説の選者の一人で、『氷点』を最高作に推した評論家臼井《うすい》吉見《よしみ》も、「このようにうっすらと通俗的な形では、原罪の何であるかを読者に伝えるのはむずかしい」と言っている。まだ懸賞小説の先輩吉屋信子も「キリスト教のない日本では、原罪の問題までいくのはムリ」と同情し、クリスチャンの評論家佐古《さこ》純一郎は、「週刊読書人」と「月刊キリスト」で、「『氷点』の出現は、決して偶然の文学的事件ではない。その背後には、不信と孤独のなかで飢え渇いている現代人が、真実の愛を求めている」から共感を呼んだと語り、『氷点』の文壇に対する「ひとつの挑戦を感じた」（〈朝日新聞〉六五年11月26日付）と書いた評論家江藤淳も、「このプロット（筋）にはまま子いじめと、〝自分は何者で、どこに属しているのか？〟という二つの永遠の主題がかくされている。ひがみを否定する視点を提供しているのもさわやかで、この小説が愛読されるのも不思議はない」と、『氷点』の人気を分析した。（以上、〈週刊朝日〉の特集記事〝「氷点」ブームの沸点をさぐる〟を参考に——編者）

『氷点』の爆発的人気の陰にマスコミの力が働いていたことは確かな事実で、綾子自身も、インタビューに答えて、本がこれほど売れた陰には、新聞社の信用と、行き届いた広告があったからであり、またテレビ化についても、綾子は、「よく練られた企画と、すぐれた起用で評判になったのだと思います」（〈カトリック新聞〉4月24日付）と語っている。

「しかし、『氷点』ブームは、マスコミがつくった虚像ではない。ブームになる条件がそなわっていなければ、いくらマスコミがさわいだところで、ブームは生まれないからだ」と、評論家尾崎秀樹は明言する。（「視聴覚時代の懸賞小説」〈朝日ジャーナル〉六七年2月26日。以下、同文より抜粋引用）

尾崎によると、「流行の素因」には二つあって、「作品自体が持つ内容的な問題」と「社会心理的な側面」があり、『氷点』はその双方を兼ね備えている。『氷点』の主題である〝原罪〟が、倫理的な厳しさで問いつめられているのではなく、糖衣に包まれて提起され、その宗教的な雰囲気が、日本古来の宗教的風土と癒着したかたちで、心情的に理解され、ムード化されたところに、『氷点』が圧倒的な人気を呼んだ理由があると、指摘した。さらに尾崎は、『氷点』を正統的な大衆小説（家庭小説）の典型として位置づけ、そうであるための条件――かつて加藤武雄によって説かれ、菊池寛も新聞小説執筆上の必須条件として挙げた――「道徳性」「情緒性」「救い」の三つが、たくみにオブラートに包まれ、かつ今日的な姿で呈示されており、それを無名の主婦作家が無意識に行いえた事実を、驚きをもってふり返ることになる、と述べた。

合わせて、三浦綾子が『現代の英雄』でも「スーパーマン」でもなく、「雑貨屋のおかみさん」という平凡な主婦であり、それが読者の信頼と共感を呼ぶ最大の条件であるとした。したがって、一千万円懸賞で一躍スターの座に押し上げられたことも、大衆読者との共感を断つ阻害条件とはならず、むしろ大衆の代弁者としての位置を保つ結果をもたらしたのであり、この「幸運な主婦への関心と、おなじ仲間意識――願望と連帯――とが、二つながらに共存しているところに『氷点』ブームを支える大衆レベルでの秘密があった」と、鮮やかに分析した。

三月、講演。

18日「演題不詳」東京品川キリスト教会。19日「『氷点』の人物について」朝日新聞社（キリスト教文芸講演会・佐古純一郎、椎名麟三と）。26日「『氷点』

をめぐる女の生き方」福岡市電気ホール（「朝日現代女性の会」の発会式にて）。

小説「塩狩峠」連載開始。

五月、随筆「妻の茶の間から」連載開始。

八月二十八～二十九日、第十一回宗谷婦人大会のため「人生雑感」と題して、北海道豊富町、豊富中学校で講演。

九月三十日、山形県民会館で講演、「人生について」。

十月一日、山形市六日町教会で講演、「信仰雑感」。

十一月、自伝「道ありき」連載開始。

TBSテレビ「愛の自画像」主題歌「ナナカマドの並木路」発売（作詞・三浦綾子、作編曲・吉田正、歌・珊瑚一、日本ビクター。なおB面「淋しかない」の作詞も三浦綾子であった）。

二十八日、NHKラジオ連続ドラマ「塩狩峠」放送開始。二週連続であった。

十二月十日、小説『ひつじが丘』刊行。

作家活動本格化

一九六七（昭和四十二）年　四十五歳

一月九日、TBS＝HBCテレビドラマ「愛の自画像」放送開始。これは、入選第一作「ひつじが丘」のドラマ化であった（長尾広生脚色）。

三月、自伝「草のうた」連載開始。

四月、小説「積木の箱」連載開始。

十月、講演。

3日「幸福について」福島市労働福祉会館。4日「愛について」川俣市貿易会館。

十月三十日、『愛すること　信ずること』刊行。

一九六八（昭和四十三）年　四十六歳

四月一日、NET（現テレビ朝日）制作「積木の箱」放映開始（十三回連続）。

五月二十五日、『積木の箱』刊行。新聞小説第二作

目『積木の箱』が単行本として刊行されるやいなやベストセラーとなり、テレビ、映画化もされた。この作品の執筆の動機は、『氷点』発表後に、丹羽文雄に「自分のよく知っている世界を書くことが第一ですよ。場所にしても、人物にしても」と忠告を受けたことにあると、綾子自身が新聞のインタビューに答えている。（「教育の悩みを主題に」〈朝日新聞〉六七年4月13日付）

その経緯は次のようなことだった。

『氷点』入選後間もなく、「オール讀物」の依頼で書いた「井戸」は、綾子にとって初めての短篇である。この原稿依頼が来たときに、綾子は五十枚で一つの話を書くということに困惑してしまうが、おりよく旭川を講演のために訪れた丹羽文雄に、短篇小説の書き方をアドバイスしてもらうことができた。丹羽は、「ヤマだけを書きなさい。そして自分の問題を書きなさい」と、助言したという。

「井戸」の発表後、東京新聞に評がのった。好意的なものであった。評者は浅見淵《ふかし》であった。当時の綾子は浅見と面識がないが、東京新聞の記者からは、作者におもねらない浅見の書評は信用性が高いと教えられた。ほどなく浅見に礼状を書いたが、その返事に、

「『井戸』は『氷点』以上のよい作品です。今後とも期待しています」

とあって、綾子を喜ばせた。この浅見と一度だけ凍原社主催の座談会で綾子は会う。

「書いていれば、人はいろいろなことを言いますよー、まあ、気にすることないですよ」と浅見は言い、鋭いまなざしの中にも温かく豊かな包容力を感じたという。（「浅見淵先生のこと」）

「積木の箱」の主人公の職業である教師という仕事に対する綾子の思いは深い。

——神が、もし何でも望むことを与えてやると言われたなら、私は再び小学校教師になることを望むだろう。私が小学校教師であったのは、あの戦時中の昭和十四年から、敗戦の翌年の三月までの七年間であった。

……戦争中の教師であったこと、満十七歳になるかならぬかの若さで教師になったこと、教育の何たるかも弁《わきま》えずに、無知なままに教師になったこと、そして、愛の何たるかも知らずに教師となったことの故に、私は、もう一度教師をやり直してみたいのだ。——『生徒たちを前に＝白き冬日』

自分のよく知っている世界を描く。教師として子どもたちと深くかかわった綾子が、新聞小説の第二作目として、『積木の箱』を書いたのは、こうした事情からだったのである。

六月〜十月にかけて東京、東北、北海道各地で講演がつづく。今日ではどのような演題で講演をしたのか詳らかでないものも多いが、作家としてスタートした綾子がいかに精力的に各地を回り、多くの人々に語りかけていたかがわかる。以下、列挙してみよう。

六月、3日「愛するということ」主婦の友社。6日「なくてはならぬもの」宮古市。25日「題不詳」札幌光塩大学。

七月、7日「ふたつの愛」室蘭市知利別教会。21日「親のありかた」北海道上川町。25日「文学と宗教」旭川市北日本大学。31日「題不詳」札幌市。

八月、8日「題不詳」定山渓以下、「題不詳」の講演を18日砂川市、19日帯広市、20日音更町、28〜29日札幌市の教誨師大会で行っている。つづいて30日「私の小説の中から」苫前町・留萌地方教育研究大会。

九月、19日旭川日大付属女子高校、28日留萌市、29日富良野市でそれぞれ「題不詳」の講演。

十月、6日「題不詳」札幌月寒教会。13日「私を変えた愛」仙台市宮城学院同窓会。14日「私と小説」仙台市宮城学院女子文学会。

九月、『塩狩峠』刊行（二十五日）。大映映画「積木の箱」公開（若尾文子、緒形拳主演）。

十一月、東京、関西方面に講演旅行。

2日「私と小説・キリストと共に歩む」青山学院大学。3日「何をみつめて生きるべきか」大阪市梅花短大。「愛するということ」神戸市岡本教会。4日「私を変えた愛」明石市上の丸教会。5日「愛と幸福について」神戸市鈴蘭台伝道所。「なくてはならぬもの」神戸市丸山教会。6日「なぜ小説を書くか」同志社大学。「人間であるということ」大阪市正雀伝道所。

一九六九（昭和四十四）**年　四十七歳**

一月三十一日、『道ありき』刊行。
四月五日、深川市の婦人会で講演、「題不詳」。
四月三十日、父鉄治死去。

――父が死んだ時、私は八人のきょうだいのうちで、誰よりも激しく泣いた。泣いても泣いても止まることのない涙だった。そして、その後三年間というもの、毎夜のように父の夢を見た。……

幼子《おさなご》を撫づる如くに吾が頭《つむり》を
　撫でて病室を出でて行く父

昭和三十年の歌だから、私は三十三歳だった。ギプスベッドに寝たっきりの私は、六畳間の離室を病室として、自宅療養をしていた。父はその私を毎日見舞ってくれた。そしてその日、父は私に言った。

「綾子、弱く産んで、すまなかったなあ」

父はそう言って、私の頭を撫でてくれた。それはどんな言葉よりも私の心に沁みる深い父の愛の言葉だった。結核になったのは、親のせいではない。私の不注意のせいなのだ。だが親である父は、弱く産んですまなかったと、しみじみと詫びたのだ。生涯忘れ得ぬ言葉である。……

父と娘の愛情は、心理学的に簡単に分類することはできても、それをとどめることはできない。今朝も私は「父さん、生きていたのね」と、その膝にすがって、自分の手で確かめている夢を見た。――『父の影＝白き冬日』

六月二十九日、札幌市岩見沢教会で講演、「題不詳」。
七月〜九月、東北、北海道各地で講演。

七月、3日「題不詳」札幌市札幌教会。5日「愛のもたらすもの」花巻市花巻教会。6日「私と小説」釜石市鈴子教会。7日「愛のもたらすもの」遠野市遠野教会。20日「小説と私」深川市労働福祉会館。31日「北海道と文学」札幌市・全国ナース指導者会。

八月、3日「病める魂」札幌市カトリック看護学院。7日「自由ということ」旭川市ライオンズクラブ。9日「人生ということ」旭川市。10日「私と小説」北海道中富良野町。22日「私を変えた愛」札幌市真駒内教会。23日「愛すること　信ずること」札幌市ナザレン教会。24日「人間を生かす愛」札幌市ルーテル教会。27日「人生随想」美瑛町美瑛高校。29日「学ぶこと生きること」名寄市名寄高校。

八月、自伝「わが結婚の記」連載開始。

九月、6日「人間の生き方」留辺蘂《るべしべ》町。7日「私を変えた愛」北見市北見教会。8日「なくてはならぬもの」置戸町。17日「題不詳」札幌市中の島小学校。18日「絶望から希望へ」札幌市発寒教会。

九月一日、長野政雄遺徳顕彰碑除幕式に出席（和寒町塩狩駅）。

――『塩狩峠』の主人公永野信夫のモデル長野政雄が、明治四十二年二月二十八日に、塩狩峠を逆走する列車を止めるために、自らの身を投じ、転覆事故を未然に防ぎ死亡したことは、埋もれていた北海道の歴史的事実であったが、三浦綾子の小説『塩狩峠』によって初めて明らかにされ、この碑に刻まれた「長野政雄殉職の地」の言葉により、初めて殉職として認められた。――「北の舞台」〈朝日新聞〉七九年2月24日朝刊

九月～十一月、四国、奈良、北陸、東京各地で講演。

この年、綾子は七月から十一月までほとんど休む間もなく日本全国を講演旅行している。体力、気力とも限界に近かったはずだが、一日のうちに二度異なる場所での講演を行うなど、闘病生活を十七年も送った人間とは思えないハードスケジュールをこなしていた。

九月、20日「小説と私」今治市明徳女子短大。21日「現代人の生きる道」今治教会・教会創立二十周年記念講演。22日「愛のもたらすもの」松山市松山教会。23日「愛のもたらすもの」「人生随想」西条市西条栄光教会。24日「愛のもたらすもの」徳島市鴨島教会。25日「人間性の回復」高松市高松教会。27日「人間、この不自由なるもの」奈良市奈良教会。28日「この悪しき者をも」奈良市・信徒大会。29日「私を変えた愛」奈良市・キリスト教連合。30日「人間、この不自由なるもの」大和高田市聖公会。「なくてはならぬもの」四條畷《しじょうなわて》市。

十月、1日「私を変えた愛」近江八幡市近江八幡教会。2日「絶望より希望へ」近江八幡市サナトリウム。4日「小説と私」金沢市栗ケ崎内灘伝道所。「私を変えた愛」金沢市長町教会。18日「私を変えた愛」北海道上士幌町上士幌教会。

十月二十五日、『病めるときも』刊行。

十一月、16日「愛すること信ずること」東京洗足教会。17日「人間、この不自由なるもの」東京女子学院。23日「題不詳」横浜市上星川教会。25日「人間、この不自由なるもの」新潟市敬和学園。

豊岡二条四丁目の家から、同町内のわずかに離れたところに家屋を新築移転（終《つい》の住まい）。旧住居はＯＭＦ宣教団に献じた。

十二月、北海道放送制作日曜劇場「羽音」放映。

一九七〇（昭和四十五）**年　四十八歳**

四月一日、ＨＢＣテレビ「三浦綾子の今日のひとこと」放送開始（毎週火、木、四月一日〜六月末日まで）。

この番組は、わずか五分の番組であったが、綾子が、人間はいかに生きるべきかを語ったものである。番組が完了したときに、一通の手紙が来る。毎日、楽しみに聞いていた息子が淋しがっている。二十四歳になる、生まれつき脳性小児マヒで一度も立ち上がったことのない息子を持つ母親からであった。

「お会いしたいと申しておりますが、しょせん夢でしょうね」という控えめな言葉に動かされ、綾子は光世と連れ立って、その青年を訪れる。動けないと聞いてはいても、それなりの二十四歳の青年を想像していた綾子は、十二、三歳ぐらいの身長で発育が止まってしまい、赤子のように仰向けに寝ている青年の姿に胸を突かれる思いをする。手もマヒし、口をきくにも、「ウ、レ、シ、イ」と、全身をよじるようにしなければならない。だが彼は三年前にキリスト教と出会い、母子ともに受洗した今は、苛酷な宿命を嘆いてはいなかった。

——その赤子のようなやわらかい手を握りながら、わたしも三浦も、涙があふれてならなかったが、彼はすでに、自分を悲しむべき人間だとは思っていなかった。——『悲しみを知る幸い＝あさっての風』

そして綾子が帰るときに青年は「カ、ラ、ダ、ヲ、ダ、イ、ジ、ニ、シ、テ、ネ」と一生懸命に不自由な口を開いて、体の弱い二人を案じてくれたという。

七日、関西テレビ制作「裁きの家」放送開始（十三回連続）。

五月十二日、「続氷点」連載開始。

三十日、北海道興部町で講演（教育委員会主催、題不詳）。『続氷点』執筆の動機を綾子は、連載終了後に「朝日出版通信」に書いているが（後述）、執筆前に正編『氷点』にまさる続編を書ける自信はまったくなかったという。

にもかかわらず書いた理由はいくつかある。まず、読者からの要望が数多くなったこと。また六歳で死んだ三女陽子の面影を『氷点』のヒロインに見たためか、前年病死した父鉄治がその後を知りたがったこと。だが決定的な理由は、『氷点』の連載直後に、陽子が死なないのなら、自分が死ぬと言って、ある女子高校生が自殺したというショッキングな事実である。「おとななんて勝手だ。死のうとする陽子を生き返らせた」と、その少女は怒ったという。そしてその父親と教師

から綾子のもとに、手紙と写真が届けられた。（今でも綾子の書斎の壁にはその少女の写真が貼られている）

――あの小説は読者を死に誘うものでは断じてない。だが現実に一人の少女が死んだ。……万一、第二の少女があらわれないでもない。

わたしは、陽子をどうしても生かさねばならなかった理由を『続』に書こうと決意した。こうして『続』は、「人間の罪とゆるしをテーマに書きはじめられたのである。――「『続氷点』を終わって」

『続氷点』の最後に、「燃える流氷」を陽子が見る鮮烈な場面がある。その描写を書くにいたったのには、次のような事情があった。

その年の四月四日、三浦夫妻は網走を訪れる。かねて見たいと願い、その日の朝網走に電話で問い合わせると、ちょうど流氷が来ていると告げられたからだ。

――宿の前の海がわずかに公園の池ほどにのぞいているだけで、あとは沖までぎっしりひしめく流氷の原のつづくのを見たのだった。

「ミコ（注：光世のことを綾子はそう呼ぶことが多い。たまたまこの日は光世の誕生日であった）。すばらしい誕生日のプレゼントね」

わたしはそう言い、宿の窓から二時間されざれとした流氷の原を眺めていた。その時、突如、わたしたちは目の前に天から落ちる血のしたたりのような、氷原が真紅に滲み、そしてめらめらと燃える不思議を見たのである。一日早くても、一日遅くても見ることができなかったであろう。土地の人でさえ、見た人ははなはだ少ないという。この燃える流氷を、わたしたちは見た。――『祈ってください（その二）＝生きること思うこと』

『続氷点』におけるこの場面について、評論家山本俊樹はこう書いている。

――かつて陽子は自分の心の中に心を凍らす氷点があることを知って自ら死のうと決心した。燃える流氷とは極めて暗示的である。それは自然のただ中の風景であって、内からではなく外から来て、氷点以下に下がった冷たい心を暖め、燃やしたのである。それはほとんど人の想像を絶する風景であった。

陽子はこの時燃える流氷をとおして生ける神の実在に触れたのである。また心の目にキリストが十字架上で人の罪をあがなうために流した赤い血潮が見えたのである。

……この経験をとおして陽子は……キリストの十字架上の死が自分のためであったことに気づかされた。そこにふしぎな安らかさがあった。

陽子は変ることができたのである。『氷点』で陽子は自分の罪性に気づいたが……『続氷点』の最後で、陽子は自分の罪が真にゆるされる体験を得て、もう一度あるべき本来の自分を取り戻すことができたのである。……

陽子の経験は、時に回心（心の方向転換）と呼ばれる。三浦氏の全著作が著者自身の回心体験に根ざしていることはあらためて指摘する必要がないほどである。その点で私自身は『続氷点』は三浦氏の全小説群の要の位置を占める重要な作品であると考える。――『三浦綾子全集第四巻解説』

六月九日、講演。「永遠の生命の始まるところ」札幌市、神愛園開園式祝辞。

八月八日、講演。「題不詳」北海道寿都町、教育委員会主催。

九月七日、講演。「信仰に入った頃の私」旭川市、ホレンコ友の会。

十月三十日、講演。「題不詳」大阪市、大阪近畿キリスト教婦人ランチョン。

この講演の際に、喉の調子が悪く診察を受け、「講演に招いておいて悪いですが、講演はつとめてなさらないことですね。声帯の裏に悪質な浸潤があります」という診断を受ける。この喉の不調はつづき、翌々年の秋には血痰が出るほどになった。前癌状態の疑いで専門医の診察を受けることになり、このころはほとんど筆談であった。

十二月、随筆「光あるうちに」連載開始。

一九七一（昭和四十六）**年　四十九歳**

一月四日、ＴＢＳ制作「氷点」放送開始（五十回連続）。

三月、「石ころのうた」連載開始。

五月、二十五日『続氷点』刊行。「アシュラム〝壷〟欄に随筆を連載開始。

五日、講演。「現代に生きる」武蔵野市吉祥寺カトリック教会。

六月、「帰りこぬ風」連載開始。

七月、講演。14日「題不詳」網走市高等看護学院。25日「愛と自由」北海道遠軽市遠軽教会。

八月末～九月、旭川市内で講演。いずれも題不詳。29日近文国立療養所。9・4旭西農協婦人部。5日聖母幼稚園。

このころ血小板減少症（紫斑病ともいい、作家宮本百合子はこの病気が原因で死んだ）の診断が下される。

九月末～十月、西日本各地へ講演旅行。

九月、26日「小説と私」北九州市門司教会。28日「題不詳」北九州市北九州キリスト連合会。30日「愛すること信ずること」今治市今治教会。

十月、2日「題不詳」広島市広島女子学院。4日「愛するということ」芦屋市芦屋浜教会。

五日、ＮＥＴ制作「続氷点」放送開始（十三回連続）。島田陽子、二谷英明、南田洋子、近藤正臣出演。

十一月七日夜、訪れた母のところに弟昭夫の交通事故の一報が入る。雨の夜の直線道路の横断歩道で暴走車にはねられ、三日後の十日に死亡したのだった。

綾子が療養中、のれんの制作販売を始め、結婚後も二年間つづくが、当初から資金調達や販売を引き受けて協力してくれたのが昭夫であった。綾子が療養中、兄弟の中でいちばん世話になったのがこの弟であった。

七十八歳の母に昭夫の重体を告げるのは辛かったと、綾子は当時のことを回想する。


――夜半、知らせを受けた親戚が次々と病院に集まった。

母は顔をおおって、声をたてずに静かに静かに泣いていた。

加害者も顔を出した。わたしは母が加害者と顔を合わせるのを恐れた。わが子を、その不注意によってひいた加害者である。母が憎いと思わぬわけがない。――「母の心」〈アシュラム〉七二年7月31日。


が、一夜まんじりともせず病院の廊下で過ごしたのち、母キサは一人離れてすわる加害者のところに歩んで行き、声をかける。

「あなた、ご飯をおあがりになりましたか」と聞いたのだという。「立場を変えて、加害者の身にもなってごらん。ひかれた昭夫もかわいそうだけれども、ひいた加害者もかわいそうだよ」と、しみじみキサは言ったという。「今、わが子が死ぬか生きるかの瀬戸際に、よくぞかく言い得た」と、「わが母ながら、天晴れ」であると綾子は思った。

十二月、随筆「旭川だより」連載開始。


一九七二（昭和四十七）**年　五十歳**
一月、小説「残像」の連載開始。

六月、講演。20日「題不詳」函館市函館遺愛高校。21日「題不詳」函館ホリタＫＫ。

八月三日、講演。「人間　この不自由なもの」旭川市豊岡教会。

九月八日、『塩狩峠』のモデル、長野政雄の追悼式に出席。


――「長野さん、あなたの死は一粒の麦のようにたくましく、いのちより重い愛の尊さをわたしたちの胸に刻んでくれました」――旭川出身の作家三浦綾子さんの小説の舞台として有名な塩狩峠の近くにある長野政雄遺徳顕彰碑の前で、八日午後、殉職の国鉄マンをしのぶ追悼式が、おごそかにとり行われた。――〈北海道新聞〉9月9日付

十七日、講演。「なぜ悩むのか」札幌市発寒教会。

十月十一日、講演。「題不詳」弘前市東奥義塾大学。

十一月初旬、初の歴史小説『細川ガラシャ夫人』取材のため、大阪、京都、丹後半島の味土野《みとの》を訪れる。

十二月、「細川ガラシャ夫人」連載開始。

一九七三（昭和四十八）年　五十一歳

三月十三日、映画「塩狩峠」の北海道ロケ始まる。

「三十分程度の映画ではなく、映画館にかけられる立派な映画にしてくださるなら、原作料はいりませんよ」初めて、「塩狩峠」映画化の交渉に行ったワールド・ワイド映画の長島清は、原作者三浦綾子の言葉に耳を疑った。「『塩狩峠』は、他の小説と違って、長野さんという殉職したクリスチャンのモデルがいるのですから、興味本位のものでなく、立派な伝道映画に作られるなら、原作料に相当するお金を宣伝費に回して、多くの人々に観てもらってください」

こうした綾子からの条件は、映画化を企画するビリー・グラハム伝道協会の本部を経て、協会の映画部門、ワールド・ワイド映画で検討された。（〝映画「塩狩峠」のできるまで〟「決断の時」七五年5月号）

十三日、中村登監督、主演の中野誠也らのスタッフ、俳優など総勢五十人のロケ隊が千歳に到着、翌十四日を皮切りに二十一日まで、旭川、塩狩、夕張で撮影が進められた。

――風邪をおして、旭川ロケ、大夕張ロケへとスタッフの慰問にかけまわった原作者の三浦綾子さん、「この作品は伝道のために書いた作品です。脚本もい

いですね。一人でも多くの人のために伝道に用いてほしい。それに、これは世界で上映されると聞いてますから日本人に対する理解がこの作品で深まってくれればと願っています」――〈クリスチャン新聞〉4月1日付

四月十二日、『愛に遠くあれど』刊行。

同月、「細川ガラシャ夫人」再度の取材のため、関西、九州（熊本、長崎）へ旅行。

二十日、講演。「題不詳」旭川市旭川女子商業高校。

五月二日、『生命に刻まれし愛のかたみ』刊行。二十五日、綾子初の文庫本『塩狩峠』新潮社から刊行。

九月十七日、NMC制作「裁きの家」放送開始（四十回連続）。

十月一日、CBC制作「残像」放送開始（六十五回連続）。

十一月十日、『共に歩めば』刊行。

十二月十五日、『死の彼方までも』刊行。同日、ワールド・ワイド映画製作「塩狩峠」が松竹系で全国公開された。

十一月九日、午後一時から東京築地の松竹本社で映画「塩狩峠」の試写会実施、藤井国鉄総裁も出席した。試写が終わったとき、藤井総裁はそっとめがねをはずし、目頭をぬぐって次のような感想をもらしたという。

「あの映画は純粋ですな、純粋すぎるほど純粋です。しかし、今の日本をあのような映画で浄化してほしいと思いますね」

松竹の首脳陣も「あのような純粋な映画があたれば、それだけ、日本映画のレベルも上がるんです。ぜひ成功させたいですね」と語った。〈クリスチャン新聞〉11月25日付

また公開を前に札幌を訪れた監督の中村登は、

「撮影が終わるまで、いつ公開されるのかわからなかったんですが、試写をしたら、俄然会社が意気込んでしまって……今、石油不足と騒がれたりして、世の中、先が見えた感じ。得たものは人間精神の荒廃。それを問い直さなければならない時期が来たと思うんで

す。それだけに、こういった作品をつくれて本当によかった」

と語った。ちなみに製作費は掛け値なしに一億円をオーバーした。〈北海道新聞〉12月1日付

綾子は次のように述べている。

——観客のすすり泣く声の中に映画は終わった。私もまた、自分が原作者であることも忘れて、泣きながら見終えた。これほどに、監督、カメラマン、俳優、その他制作関係者一同の真実と熱情のこめられた映画があるだろうか。

ここには、乗客全員を救わんとして、塩狩峠にその若き命を捧げたモデル長野政雄氏の真実と、関係者一人一人の真実が、見事に、結合されている。——映画『塩狩峠』パンフレット掲載「原作者の言葉」

三浦綾子研究で知られる関西《かんせい》学院教授の水谷昭夫氏は、作家三浦綾子の初期の十年間の作品と活動を分類し、それが「はからずも、三浦綾子が、この時期に自らの文業の基本的な形をきずきあげたことをはっきりと物語っている」と論じている。

水谷氏によると、三浦綾子の文業の領域は、長篇、短篇、エッセイと講演の四つであり、初期十年間に三浦綾子は、十五の長篇（『氷点』～『細川ガラシャ夫人』）、中短篇小説集を二篇（『病めるときも』、『死の彼方までも』）、三冊のエッセイ集（『愛すること　信ずること』、『生きること　思うこと』、『あさっての風』）に加えて、毎月、もしくは月に二ないし三篇のエッセイを書いている（これはエッセイ集にして、二、三冊の分量に匹敵する）。そして、一九六四年七月、受賞記念講演以降の全国各地への講演は数限りがない、と水谷氏は指摘する。

——この四つの領域——その全体が三浦綾子の世界であることを理解しておかねばならない。彼女はその一つ一つを誠実に、おごらず、たかぶらず、また多く

の文芸講演に見られるシニカルな謙譲という恰好もとらず、ひたすら、一つのことを訴え続けていくのである。

聖書を読んでみませんか――

このおびただしい講演やエッセイの中にあるのは、かつて、もはや、子供たちの前に顔を出せぬと絶望した誠実な教師が、死の床からふたたび甦って、語り出した姿である。いまや力あふれることば以外のものはそこにない――

「教師の資格とは『自分も生徒も人間の尊さにおいて同じであり、学んでいかなければならないという点においても同じだということを知っていることではないか』」（『孤独のとなり』）と言う。また「喜ぶ者と共に喜び、泣く者と共に泣け」という聖書の言葉を体得している者のみがほんとうの教師だ、とも言う。これは三浦文芸の、著者と読者との関係を言いあてた言葉である。――『燃える花なれど』

一九七四（昭和四十九）年　五十二歳

前年の十二月十五日から、十一日間上映された「塩狩峠」の全国観客動員数は、約十三万人だった。そのうち、教会関係のチケット入場者は四万五千人、したがって残りの七〇パーセントが一般入場者ということになる。配給元の松竹でも、予想以上に一般の客があったという結論を得ている。さらに、「塩狩峠」は、ロスアンゼルスでも公開された。

――松竹のグレート・ヒットと好評される、カラー名作品「塩狩峠」が当市の松竹国際劇場で公開された。……

試写会に招待を受けた時、私の友人が「ハンカチを数枚用意して行きたまえ」と注意してくれた。……

事実ほど大きな力は世にないが、この小説映画の特長は、まさにここにある。……二、三世の若人までが、ついに言葉のギャップを超えてしまって「ワンダフル、ファンタスティック！」と連発するに至るあの信夫の犠牲の死は、聖書が説く不滅の真理「神は愛なり」を地で行こうとする信徒の全生涯に訴えるリアルでなくてなんであろう。老人も青年も、日本人も白人もみな一様に、この名映画から根源のアッピールとチャレンジを迫られる理由がここにあるからではないだろうか。それは事実が裏付ける真理だからである。

私はあれからも、ずっと愛に問われている。これからも、末ながく問われつづけていくような気がする。

——小見正博「愛に問われて」〈羅府新報〉第二二一七号、日付不詳

四月三十日、『石ころのうた』刊行。

八月四日、ＳＴＶ（札幌テレビ）の「おはよう草柳大蔵です」にゲスト出演。

九月十六日、ＮＨＫ制作「自我の構図」放送開始（10月11日まで二十回連続、大空真弓主演）。

——「天人峡温泉」の名勝、羽衣の滝が有名な東川町天人峡温泉への観光客が秋ごろからどっと増えている。先に放映されたＮＨＫ銀河ドラマ「自我の構図」の主要な舞台になったためで、地元関係者は、来春以降本州からの観光客も大幅に増える、と期待している。

——〈北海道新聞〉10月22日付

不動の人気作家・三浦綾子

一九七五（昭和五十）**年　五十三歳**

一月、「石の森」連載開始。

六月、「広き迷路」連載開始。

七月、講演。「題不詳」旭川市、旭川地区保護司大会。

八月一日、『細川ガラシャ夫人』刊行。

——新聞の一千万円懸賞小説に当選した三浦綾子の『氷点』がたちまちベストセラーとなり、茶の間の

人気を独占したのは十年前のこと。その後『ひつじが丘』や『道ありき』三部作などクリーン・ヒットを放っているのを見ても、「主婦の友」を基盤とする三浦の人気の根強さがわかる。今度生まれて初めての歴史小説『細川ガラシャ夫人』を書いたが、「小説宝石」十月号に、その苦心のほどを打ち明けていて、ほほえましい。——「話題の本」〈東京新聞〉9月8日付

——主婦の友誌に、二年半にわたって連載した「細川ガラシャ夫人」が終わって、わたしは今ほっとしている。

ガラシャ夫人は明智光秀の娘玉子で、ガラシャは洗礼名「恩寵」の意。だが、こんなことさえ、書く半年前まで実は知らなかった。生まれて初めての歴史小説とはいえ、恥ずかしい話であった。

どんな資料を集めればいいのか、集まった資料をどこから手をつけていいのか、見当もつかない。永井路子先生の「朱なる十字架」も参考文献の一つに使わせていただいたのだが、その中で玉子の姉たちの名「倫」「菊」を、てっきり本名と思って、その通り書いた。書いてしまってから永井先生にそのことを申し上げると、

「あなた、あれはわたしがつけた名前ですよ。昔の女は名前などほとんど残っていませんのよ」

とのこと。わたしは吾ながら何もわからぬことに驚き呆れ、笑ってしまった。……

わたしにとっては初めての歴史小説であったので、時代考証の誤りがないよう、毎号樋口清之先生にチェックしていただいた。……幸いわたしの小説は、二、三度考証の過ちを指摘されただけですんだ。——〈小説宝石〉10月号

——作者と作中人物の共鳴というのであろうか。三浦が愛と信仰への情熱をそそげばそそぐほど作中のガラシャは時を超えて、愛と信仰の持つ深い意味を現代に生きる女性に問いかけてくる。——「話題の本」〈東

京新聞〉9月8日付

七月五日、音の三浦綾子作品集完成。旭川市内のボランティア・グループ「アカシア会」による綾子の既刊作品二十二点の朗読テープが完成、この日旭川盲人センター点字図書館に寄贈された。

——一作家の全作品を収録したという点だけでも注目に値するこの「音の文庫」を、一層ユニークなものにしているのが各作品の巻頭に添えられた三浦さん本人の言葉。ほんの数分の短いものとはいえ、創作の意図などを作家自身が語りかけてくれるのだから、読書の世界をとかく制約されがちな目の不自由な人々にとっては貴重な〝付録〟だ。——〈北海道新聞〉旭川版、7月30日付

八月十二日、講演。「小説と登場人物」旭川市旭川市民文化会館大ホール（三省堂旭川店開店記念文化講演会。他の講師と演題＝渡辺淳一「文学と映像」、松本清張「歴史と推理」）。

九月、このころ、『塩狩峠』の英訳本が発売された（イギリス、海外宣教交友会、七四年秋翻訳完了）。

旭川に在任中、伝道のかたわら、『塩狩峠』の英訳に着手したウィリアム・フェニホフ夫妻のあとを受け、英国海外宣教交友会が前年秋に完成した『塩狩峠』の英訳本が日本でも、「世の光書店」により発売された。

三浦文学の海外への紹介については、北海道新聞旭川版が次のように伝えている。

「三浦さんの作品は『氷点』のフィンランド語訳、『道ありき』の英語版が出版されているほか、海賊版ながら中国語訳、韓国語訳が出回るなど、続々外国語版が登場、話題を呼んでいる」（9月27日付夕刊）

二十一、二十二日、『泥流地帯』取材のため上富良野町、十勝岳を訪れる。

十勝岳大爆発は、一九二六年五月二十四日に起こっているが、ちょうどこの年、一九七五年は爆発五十年

目にあたり、また五月二十四日は、奇しくも綾子、光世の結婚記念日にあたる。かねてからこの大噴火をテーマに小説を書くつもりであった綾子は、光世とともに現地に取材したのであった。

　この爆発は、前夜来の豪雨の中で起こった。夕方、轟音とともに火柱が上がり、黒煙を伴った泥流が中央火口丘の西半斜面から噴出。途中、巨木を根こそぎにしながら、二十数キロ離れた平野部までわずか二、三十分で達し、人命百四十四人と住宅百五十戸、田畑八百ヘクタールをのみつくすという上富良野町では未曾有の惨事となったのである。

　――そもそもこの度遭難の英霊の多くは、本村草分けの移住者にして、本村開拓の当初より、自ら木を伐り、地を耕し、萱葺小屋に筵を敷き、宵衣旰食《しょういかんしょく》夜を日についで激働に服し、辛酸の限りを尽くし、孜々《しし》として倦《う》まざること、まさに三十年……いまやようやく……美田穣園を……造成して、農村建設の第一段に成功し、各々恒産を擁して、常に自治の向上発展に努力し、永住の基礎を確立するに至りたるも、俄然泥流の襲うところに殉じて、身は悲壮の最期を遂げ、三十年間建設したる身上、また一朝にして荒廃に帰す……。――

『続泥流地帯』

　右に引用された当時の上富良野村長吉田貞次郎の告別の辞に、綾子は夫光世の家族を重ねている。

　――三浦光世、即ちわたしの夫は、わたしを世に送り出してくれた強烈な梃子であり、協力者である。彼もまたキリスト者で、常にわたしの精神的指導者でもある。

　この春出版した『泥流地帯』は三浦の周辺から生まれた。三浦の父は、三浦が四歳の時に死んだ。三浦の母は、三人の子供を親たちに預けて、髪結い修業のために農村を離れた。

　三浦の兄は器用で、自分で茶ダンスや本箱をつくるほどだが、これが『泥流地帯』の主人公一家の拓一なる人物となって、あらわれている。

　また三浦を育ててくれた祖父は、家伝薬を作って、医師に遠い地域の人たちに重宝がられた。旧約聖書に詳しく、三浦はその旧約聖書の物語を、おとぎ話に聞いて育った。祖母も心がやさしかった。

　三浦から聞いていたそうした家庭が、『泥流地帯』の一家を作り上げた。

　この一家を、北海道の中央にある、十勝岳の山麓にある村に移して書いた『泥流地帯』は、わたし自身、いままでの作品の中で、最も好きな作品である。それは三浦一家を通して知った、開拓農への深い関心があったからかも知れない。――「わたしの原点」〈週刊朝日〉一九七七年6月20日号
　本全集で『泥流地帯』『続泥流地帯』の解説者である小田切秀雄氏は、解説「善意と悪意と理想をめぐって」の中で、この作品の特色の一つに「農民の生活者的なたしかな表現」があり、この「農民生活の立ち入った表現のたしかさと豊かさとは、それだけでも農民文学としての高い評価を導きださざるを得ない」と述べている。さらにかつて彼が「土とふるさとの文学全集」〈家の光協会刊〉を編むにあたり、この作品のことに気づかず、戦後の代表的な農民文学の一つたるべきこの作品を収録できなかったことをいまたいへん残念に思っている、と述べている。


一九七六〈昭和五十一〉**年　五十四歳**
一月四日、「泥流地帯」連載開始。

十四日、「果て遠き丘」連載開始。

このころ、絵本『まっかなまっかな木』刊行。文・三浦綾子、絵・中原収一〈おひさま童話絵本シリーズ・小学館〉。

三月、講演、「題不詳」。2日旭川市、着物教室主催。5日札幌市、株式会社大広、北海道支局主催。

三月三十日、『天北原野・上』刊行。

五月十一日、講演。「題不詳」旭川市、着物教室主催。
五月二十五日、『天北原野』出版記念パーティー出席。稚内市。

――「週刊朝日」に一昨年から連載され、四月に完結した三浦綾子さんの小説「天北原野」が単行本として刊行されたことを記念し、二十五日午後六時から小説の舞台となった稚内市の市役所で、三浦さんを迎えて出版記念会が催される。……

この小説は大正末期から終戦前後までに、樺太や稚内などで波瀾に富んだ人生を送っていった人たちを描いたもの。――〈朝日新聞〉5月25日付

――最近私は、母のことを書きたいと思っていた。今年八十二才の母を見ていると、いかにも明治の人だという思いがするのだ。……いつも母は、嵐の船の中で、じっと座っているような印象を私たち子供に与えていた。その母を描こうと思って、主人公に貴乃という名をつけた。父の名は鉄治なので、貴乃の夫に完治と名づけた。

冒頭のシーン、ハマベツは、父母の故郷苫前が頭にあった。苫前は向いに天売、焼尻島の見える、日本海側の小さな漁村である……ところが書きはじめてみると、母のキサの生涯とは全くちがった貴乃の生涯が展開されてしまった。……

また、はじめのつもりでは、まさか樺太がここまで舞台になるとは思わなかった。……私は小説を書く場合、小説に出てくる土地には、必ず取材に行く。たとえ何行しか書かないにしても、全く未知の場所を書くことは、それまではなかった。……それが、一度も行ったこともない樺太が、この小説の大半の舞台となってしまった。……樺太引揚者の方々の資料提供の協力があった。お陰で、樺太に住んでいたかと樺太引揚者に聞かれるほどに、描くことができた。……

私は手を痛めていたこともあって、この小説の大半は口述筆記だった。書き手はわが夫三浦である。彼は

私の言葉をそのまま実に素早く原稿用紙に移して行く。一回で十七枚（注：連載一回分）は大抵三時間で書いてくれた。……

今書き終えて、連載一年半に寄せられた多くの激励を私はありがたく思い返している。──「『天北原野』を書き終えて」〈新刊ニュース〉6月号

六月十八日、講演。「題不詳」北海道大樹町。

──三浦さんは講演会の前日大樹町へこられました。翌十八日は……役場の会議室で開拓時代の方々を招いての座談会を行いました。……そしてその日のよるは講演会、しみじみとした三浦さんのお話に三〇〇人の皆さんが耳をかたむけました。とくに町の公報にも出ましたが、講演終了後、聴衆の方々が自発的に椅子の後始末をして戴いたことは、三浦さんのお話がすぐ聴衆の心を動かしたものと感銘いたしました。

翌日は、……老人アパートの辻さんを訪ね、砂金についていろいろ取材されました……そのうちに大樹を舞台に砂金取りを主題にした小説を書きたいのですとのことでした……わたしが同行して感心させられたのは、昨日の座談会の方々にも、辻さんにもそれぞれ相応のお礼をされたことです。そして「これは取材させて戴いたお礼です」とはっきり言われたことです。有名人ともなると、それくらい町がやってくれるのはあたりまえだというような人が多いこのごろです。本当に頭が下がりました。──〈「かしわ」図書館だより〉大樹町図書館五号、8月

九月、心臓発作のためアメリカ、カナダ講演旅行中止。

この年十月初旬に予定していたアメリカ、カナダ講演旅行は、三年越し断ってきたものだった。体重が五十キロに増加したのをきっかけに引き受け、予定していたのだが、三月二十日に札幌に出かけていたとき、心臓に異変を感じたのだった。時を同じくして光世の

母急病の報が届き、聞いたとたんに呼吸困難を起こしてしまう。その後回復、函館、稚内に行ったが、六月大樹町での講演の前後二度にわたって発作に見舞われる。旭川に帰って診察を受けた結果、心臓が極端に弱っていて、二カ月の安静を言い渡され、やむなくこの講演を中止した。〈北の話〉10月。以来、今日にいたるまで、綾子はしばしば心臓の不調に苦しんでいる）

「中止のために、どれほど多くの方々に、御迷惑をかけることかと思うと、命の縮まる思いであった。事実中止を決意し、そのショックでわたしの体は、一層状態が悪くなった」（〈アシュラム〉10月25日付）

十一月、「新約聖書入門」「天の梯子」を連載開始。

一九七七（昭和五十二）年　**五十五歳**

三月一日、『広き迷路』刊行。二十五日、『泥流地帯』刊行。

四月、一日から二十九日間にわたり、「海嶺」と「千利休とその妻たち」の取材旅行を敢行する。

三日、東京羽村教会での講演を皮切りに香港、マカオに旅立つ。九日、香港フェローシップでも講演。ただしともに「題不詳」。帰国後、「海嶺」取材のため、十二日より愛知県知多半島の小野浦に赴く。

小野浦での取材に関しては、ワールド・ワイド映画日本支社長長島清氏の同行記（〈クリスチャン新聞〉5月29日付）にくわしい。

長島氏によると、前年十月「塩狩峠」につづく伝道映画第二弾の候補に上がっていた「三人の漂流民」の原作書き下ろしを三浦綾子に依頼することに決定、説明の電話をしたら、なんとその小説は某雑誌連載に企画されており、その決定をつい先刻受けとったばかりという。「神さまの摂理ですね」と電話口で綾子は、息もつかせぬほどに構想を語りつづけたという。かくして「三人の漂流民」の物語のスタートと同時に、伝道映画第二作の企画も具体化に向けて第一歩を踏み出したのであった。

四月六日、毎日放送制作「天北原野」放送開始（二

十二回連続)。主演北大路欣也、山本陽子、松坂慶子など。綾子は、取材旅行の合間をぬって、スタジオを訪問、出演者たちと会っている。ドラマ自体のできばえも原作の持つきびしい自然と燃えたぎる恋を表現して、「息もつかせぬ大ロマン」「久しぶりにテレビドラマらしいドラマを見る思い」〈毎日新聞〉4月16日付)と大好評だった。

綾子は、毎日新聞紙上で、自分の住む北海道の遅い春についてふれ、半年近くもつづく、暗く寒い冬の間、人々がどんなにか心をふくらませて春を待つことかを語り、北海道の人々の春を待つ心と『天北原野』とのかかわりについて、次のように書いている。

——私が「天北原野」で〝この世で結ばれることのない愛〟をとりあげましたのは、この〝春を待つ心〟と無縁ではありません。北海道の厳しい自然は、決意なくして人間が移り住むことを許さず、冬を越すことを許しません。たとえ決意があっても、それを打ち砕く想像を絶する自然の猛威が襲いかかって来ることもあります。ここに生きようとする時、人は決意とともに、その決意から解き放たれた〝待つ〟ことに自己をゆだねることがあります。二千年前、イエスは十字架につかれる前夜、生きたい、との願いを克服された「御心のままになしたまえ」と血を吐くような〝主の祈り〟をなさいました。この世のイエスは、肉体を持つが故に欲望、意志に苦しみながら、それを超えた神の御心を〝待った〟のです。「天北原野」では、神を愛と言いなおしましょう。愛を待つ心の美しさ、貴さを謳歌したいのです。愛は、この世で結ばれようと結ばれまいと、苦しみの中に言い知れぬ甘美な喜びが浮き上がるものだからです。——〈毎日新聞＝PRのページ〉4月16日付

四月中旬、「千利休とその妻たち」の取材のため、滋賀、京都、神戸、堺、大阪、東京と旅行する。

京都では裏千家家元千宗室、登三子夫妻に会い、夫

人の点前で茶を喫しながら利休について、また茶道について貴重な示唆を得た。

また通常は非公開の大徳寺・衆光院（利休の墓、利休が切腹したと伝えられる茶室がある）、西本願寺、中でも飛雲閣（聚楽第の遺構を移築したもの。外壁の色は利休好みと伝えられる）の内部まで入ることができた。また堺では利休の墓のある南宗寺、鉄砲屋敷などを取材した。

五月、文庫版『あさっての風』『裁きの家』刊行。

六月二十五日、『果て遠き丘』刊行。

七月四日、歌舞伎座制作「死の彼方までも」放送開始（四十回連続）。

十六日、『泥流地帯』出版記念会および祝賀会が開催される（上富良野町、同文化連盟主催）。

十一月、文庫版『残像』刊行。

十二月、「千利休とその妻たち」連載開始。『新約聖書入門――心の糧を求める人へ』刊行。

一九七八（昭和五十三）年　五十六歳

二月二十六日、「続泥流地帯」連載開始。

三月二十七日、母キサ死去、享年八十六歳。

――「母」という字を見ると、私は胸がしめつけられるような気がする。それは、「妻」という字を見る時や、「祖母」という字を見る時とはちがった、何か張りつめた、耐えている女の姿が浮かんでくるからだ。それは、私自身の母の姿がそうであったからかも知れない。……

私の母は、何年も同じ着物を着ていたものだ。……買物はたいてい近くの市場で事足りた。その一生は、ほとんど二丁四方の世界で終わったように思う。母が街に出かけるなどということは、年に三度もあっただろうか。母はいつも台所にいた。――『母の姿＝白き冬日』

綾子の母は、男七人女三人の子どもを産み、夫鉄治の妹を三歳で、次男の子供、五歳と二歳を、そしてさらに親戚の子を一人引きとり、合計十四人の子どもを育てた。酒乱の夫にはしばしば乱暴され、娘一人を幼くして失い、戦争と交通事故で二人の息子に先立たれ、綾子は十三年間もの長患いをし、長い間には貧乏もし、数年前には夫にも先立たれた。しかし、一つ一つのことに決して騒がず、常に端然として取り乱すことのない人であった。大勢いる親戚や知人にも、親切の限りを尽くした。綾子はいつか母が、人から借金を申し込まれたら、必ず言われた額より少しでも多く貸すものだ、言われただけ貸すのでは、何の親切にもならない、と言っていたのを覚えているという。

年老いてからはしかし、子どもたちも親孝行を尽くし、七人の息子の嫁たちもよく世話をしてくれて、母が死んだとき、「幸せな一生だった」と綾子は思った。

が、あるとき姉の百合子から、女学校時代の思い出話を聞かされる。キサが四十五、六のころのことである。学校帰りに友人と話し込み、帰宅が遅れたことがあった。それが数日つづいたときにキサは、

「きょうも、昨日も、一昨日も、お話をしていたってかい」

と言い、百合子がそうだと答えると、さらに母は、

「こんなに長い時間、二人で話し合っていたってかい？」

と言い、百合子がうなずくと、突如前掛で顔をおおい、

「母さんには、そんなに長く話してくれる友達は、今まで一人もいない」

と泣きくずれたというのだ。

――私は胸がしめつけられる思いがした。明るくて、やさしくて、気持が大きく、母はいつも幸せそうであった。しかし、僅か十七で（満年齢でいえば十六で）舅・姑・父のきょうだい、そして番頭、店員、お手伝い等、大勢の中に嫁いで来て、間もなく子供を生んだ母の生活には、誰にも気がねなく話しこめる友人など、

なかったのだ。まだ四十五、六だった母には、それが怺《こら》えようもなく辛かったにちがいない。

親戚や隣人たちへの親切は、その母の涙と関わりないとは思えないのである。母の涙は明治の女の涙でもあったろうか。——『母の涙＝心のある家』

四月二十四日、テレビ朝日制作「果て遠き丘」放送開始（九回連続）。同日、テレビ朝日土曜ワイド劇場「自我の構図」を放送。

三十日、文庫版『果て遠き丘』刊行。

五月二十日、朝日文庫版『氷点』上・下刊行。

十六日、「海嶺」取材のため、一カ月にわたり、フランス、イギリス、カナダ、アメリカを訪れる。途中六月三日、ハワイに寄り、ホノルル市、オリベット・バプテスト教会で講演。この取材旅行は、六月七日までつづいた。

——「海嶺という題名はどうかしら」

と三浦綾子さんが最初にいい出したのは、……飛行機が羽田に着く何時間か前だった。この時、三浦さんは、眼下に広がる海原をじっと見つめていた。

「広辞宛にもちゃんと出ているの。大洋底にそびえる山脈状の高まり、という意味ね。けっして人目にふれない。岩吉や音吉、久吉たちの生きざまに似ていると思わない？」

この三週間、三浦さんは、けっして健康でない体にムチ打って、取材を続けた。たとえば、岩吉たちが漂着したアメリカ西海岸、ケープフラッタリーでは、その地点まで山越えで往復十三キロを踏破しなければならない。

「岩吉たちの辛苦に比べれば」

行きは、やはりしんどそうだった。しかし、漂着地点の取材を終えた帰りは、実に軽快な足取りだった。

その前日、漂着地点に少しでも近づこうと荒れる海に小さな漁船を繰り出した時も、

「岩吉たちの辛苦は、こんなものではなかったはず

……」

と、船を洗う大波をものともしなかった。

「岩吉たちになりきろうとしている」

そう私は思った。

三浦さんのお話をうかがっている時、いつも感じるのは、彼女の持つ強烈な「反権力」意識である。庶民を踏みにじる「権力」者の行為を彼女は、絶対に許さない。歴史がえてして「権力」者の側からしか書かれないとしたら、「海嶺」は、「権力」に弄ばれながら、誠実に生きた庶民の、けっして陽にあたることがなかった「実話」といえる。――中野清文「海嶺」三浦綾子作品集13、月報

七月二十日、朝日文庫版『積木の箱』刊行。

八月二十日、朝日文庫版『病めるときも』、『天北原野』上刊行。

九月、朝日文庫版『天北原野』中・下刊行。末日、「海嶺」連載開始。

十月二十五日、『毒麦の季』刊行。

十一月二十三日、光世の母シゲヨ死去、享年七十八歳。

――この母が世を去った今、私はしみじみとこの母の人生こそ、「勝利の人生」といえるのではないかと思っている。

……二十七歳で夫を失い、十年もの長い間、子供たちと遠く離れて暮らし、その後は三浦の腎結核、長男の出征と、母は心の休まる暇はなかった。が、その母が愛唱していた讃美歌は、次の讃美歌だった。

「主（神）吾を愛す、主は強ければ、吾弱くとも、恐れはあらじ……」

この歌が葬儀でうたわれた時、私は泣けて泣けて仕方がなかった。……どんなに苦労がつづいても、とにかく神は自分を愛していると信じて、この歌を母は毎日うたってきたのである。だから私は、母の生涯は「勝利」の生涯であったと思うのである。――『姑の

死に思う＝それでも明日は来る』

十二月八日、『天の梯子』刊行。

一九七九（昭和五十四）**年　五十七歳**

三月、「人とのふれあいの中で」連載開始。

四月十四日、松竹制作「広き迷路」放送開始。十五日、『続泥流地帯』刊行。三十日『孤独のとなり』刊行。

五月十七日、三浦綾子、小熊秀雄文芸展開催。旭川市、第一五回春の芸術祭、主催同実行委員会、旭川文化団体協議会。二十二日まで。

二十四日、初の書き下ろし小説『岩に立つ』を刊行。二十五日、集英社文庫『石の森』、角川文庫『石ころのうた』刊行。

四月～十一月、関西各地と北海道内で講演。

四月、27日「題不詳」岡崎市岡崎教会。29日「パンより大事なもの」尼崎市尼崎教会。30日「題不詳」大阪市豊中教会。

五月、1日「女の生き方」京都市ＹＭＣＡ。19日「題不詳」札幌市北星短大。

六月、2日「人間性の回復」札幌市北部伝道所。7日「人間性の回復」札幌市、広告学会世界大会。9日「私の人生論」旭川市教育大学。17日「題不詳」旭川市東川町、仏教婦人会。

八月、19日「題不詳」旭川市、ライトハウス修養会。27日「人間性の回復」北海道浜頓別町町民会館。26日「題不詳」名寄市名寄教会。31日「人間性の回復」旭川市旭川女子商業高校。

九月、13日「題不詳」旭川市、東ロータリークラブ。20日「題不詳」旭川市、中小企業大会。23日「幸福ということ」旭川市豊岡小学校。29日「題不詳」旭川市東海大学。「人間性の回復」小樽市、運河を守る会。30日「題不詳」札幌市発寒教会。

十月、26日「題不詳」旭川市高等看護学院。

十一月、11日「現代の幸福」旭川市、学校保健会。

十二月、「青い棘」連載開始。

一九八〇（昭和五十五）年　五十八歳

一月十四日、講演。「時代に」旭川市、キリスト教北海道地区年頭修養会。

三月二十五日、『道ありき』（新潮文庫版）を刊行。

二十六日、『千利休とその妻たち』刊行。

――今、わたしが書きたいと思っていることの一つに、千利休がある。千利休は、いろいろな視点で書かれているが、わたしは利休の「茶道は宗教なり」に視点を据えてみたい。利休の宗教が、果してどんなものであったかを尋ねてみたい。

こう思い立ったのは、わたしがカトリックのミサに出た時であった。ミサでは聖餐があり、パンとぶどう酒をすべての信者がわかち飲む。

この聖なる儀式の中に、わたしは茶道における、ふくささばきや、茶わんの扱い方と酷似した形式を見て、深く感ずるところがあった。利休の門下に、七哲と言われる高山右近以下七人の大名がいたことは有名である。その七哲の大半は熱心なカトリックの信者であった。

「茶道は宗教なり」と断ずる利休が、この七哲の信仰に無関心であった筈はない。利休がカトリックのミサの中から、殆んどそっくりと思える形を取ったと推察されるそのかげに、彼の如何なる宗教変革があったか、わたしはそれを探ってみたいと思ってきた。果して、わたしのこの推測はいかなる利休を生み出すか。あまりにも大いなる利休に、矮小なわたしが取り組みうるかどうか、実はわたしは不安である。が、不安なるが故に、又楽しくもある。――掲載誌不明（旭川市立図書館蔵）

――私は二十数冊の利休及び茶道に関する資料を読みあさった。身のほども弁えず、千宗室ご夫妻を京都に訪ねて教えも受けた。その際宗室氏は、利休切腹の原因を質問した私に、

「それは、利休がキリシタンだったからです」
と、ためらいもなく答えられた。この言葉が、更に私に確信を抱かせた。――『利休百会記に思う＝それでも明日は来る』

このときまた宗室氏は、茶室のにじり口も「狭き門より入れ」という聖書の言葉の具体化であったと綾子に話したことが、『泉への招待』（「狭き門より入れ」）に記されている。

三浦綾子全集第九巻で、『千利休とその妻たち』を解説して小田切秀雄氏はこう書いている。

――作者があらためて着手した文学的な冒険はさまざまな面に及んでいるが、その冒険を支えた苦労の一つについてまずいえば、先人による豊富な多面的な利休論の堆積にたいして、どのようにしてそれから学びつつしかも乗りこえてゆくか、どこで自分の独自な利休把握をうちだしてゆくか、というめだたぬがむつかしい質実な作業に関連している。単行本巻末に「参考文献」としてさりげなく掲げられている二〇余の業績のリストは、利休論の従来の主要な業績の多くを網羅していて、作者がそれらをふまえ乗りこえる作業をしていたことを示すものにほかならない。この作業についてはなおいろいろの考えがありうるが、この作業じたいがまさに冒険であり、作者はその冒険をおそれなかったのであった。――『三浦綾子全集第九巻解説』

さらに小田切氏はつづける。「一面的な判断」や「一種の固定観念」から、この作品のことを初めて知ったときに、「キリスト教作家がどうして利休を、という奇異の感がよぎった」ことはあったが、実際に掲載誌の「主婦の友」を手にとることも、単行本を読むこともしなかった。しかし、

「近年わたしの文学的視野の一部分に生じたおのずからな変化に関連して、この作家の仕事を現代文学の構図のなかに組み入れることの必要を思うようになり、

かつては無関心のままやりすごしてきたこの長編についても、いまあらためて取上げ、『解説』を書き、高い評価を記す、というところにわたし自身が移ってきていることに多少の感慨をもつ」と述べている。

三月、「わが青春に出会った本」連載開始。

三月〜四月、旭川市および関西各地で講演。

三月、旭川市。9日「自由について」わかば幼稚園。15日「生きるということ」ホクト電子。16日「自由について」末広公民館。

四月、「綾子からの手紙」連載開始。のちに『藍色の便箋』と改題して刊行。

講演。12日「人間性の回復」鳥取市鳥取教会。14日「現代の危機をいかに生きるか」近江八幡市文化会館。15日「何を求めて生きるべきか」大阪市天満教会。17日「何をみつめて生きるか」堺市大韓キリスト教会。18日「生きるということ」明石市上の丸教会。

——日本に於けるアシュラム（注：煩わしい世俗の場より退いて、祈るひと時を共に持つ会）運動の提唱者であり、指導者であった故榎本保郎牧師召天三周年記念伝道集会が四月十四日午後七時から、近江八幡市文化会館で開かれ、生前榎本牧師と〝刎頸の交〟を持っていた作家の三浦綾子さんが、「現代の危機をいかに生きるか」と題し、文化会館をうずめた約一千人の市民らに自らの体験から、現代の危機を、神の不思議を、そして宗教の必要、キリストの愛を語った。——〈キリスト新聞〉4月26日付

綾子が榎本保郎牧師を知ったのは、小さなきっかけであった。一九六九年の正月、癌センターで精密検査を受けたときのことである。診察室の外で待っていてくれた光世が、いつもなら待ち構えていたように、あれこれ質問するのに、綾子が出てきても、顔を上げようともせず一心に読んでいたのが、四国、今治教会の牧師榎本保郎の著書「ちいろば」であった。

光世に自分のことを忘れさせるほどとはどんな本か

と、半ば腹立たしく半ば好奇心で読んでみると、実に心打たれる信仰的なもので、この人のことを書いてみたいと、綾子の創作意欲をかきたてる内容だった。

「そうだ、今年おりを見て四国に行ってみよう」と綾子が思うところに電話のベルが鳴り、それがなんと当の榎本牧師からだった。榎本牧師の電話は、来たる九月二十一日、牧師の今治教会が創立九十周年を迎えるので、綾子に講演をしてほしいという依頼であった。

　榎本牧師については、のちに綾子が著わした『ちいろば先生物語』にくわしいが、信仰のためには己の身をかえりみないほど、苛烈なキリスト者としての生涯を貫いた人である。健康上の理由で海外旅行を止められ、周囲の猛反対にもかかわらず、ブラジルに伝道のため出かけた彼は、その途中機内で吐血、一九七七年七月二十七日、ロスアンゼルスで客死した。

　――私が榎本牧師の死を知らされたのは七月二十八日であった。暑い日が、かっと照りつける庭の木々に

目をやったまま、私は声を上げずに泣いた。この庭を、かつてわが家に一泊された榎本牧師と共に眺めたことがあったのだ。悲しみが、辛さが、全身の細胞に沁みわたっていくようであった。――『ちいろば先生物語＝最終章、おわりに』

　榎本牧師の渡航には、綾子自身も断固として反対していた。渡航費用の献金にも一円も出さず、他の会員にも師の要請に応じないよう働きかけたほどである。それゆえに、牧師の死を悼みつつも、綾子は腹を立てていた。事実、綾子は「アシュラム」に寄稿し、そのへんの心境を語っている。

　――榎本先生が召されて四十日が過ぎた。が、わたしの心はまだ混乱している。少なくとも追悼文を書くという心持にはなっていない。

　先生の御葬儀に弔辞を述べるようにというお求めにも、わたしは辞退した。私自身弔辞を述べて頂く側の

ような心境だったからである。——「ひとつぶの麦」〈アシュラム〉七七年9月号

綾子はつづいて、それより数年前に、肝硬変に命をおびやかされていた榎本牧師が綾子に「あんなあ、先生。ぼくが死んだら、伝道集会を開いてほしいんや」と頼んだときのことにふれている。その約束を果たしたのが、この四月十四日の集会だったのである。

綾子が榎本牧師の死を完全に理解するのは、『ちいろば先生物語』執筆のための取材に入り、師が残したおびただしい数の説教や講演を聞き、その信仰の軌跡をたどるうちに、彼がいかに死を覚悟し、かつ真剣に神に聴き従おうとしていたかを知るに至ってからである。師が常に使っていたという「聴従」という言葉が、口先だけのことではなく、ほんとうに「命を賭けた」ものであったことを、いやでも思い知らされたと、先に引用した「おわりに」の中で語っている。

四月末、重症の帯状疱疹に罹り、旭川医大病院に入院。

結婚後二十一年目にして初めての入院であり、また作家生活に入って十六年目で、初めて連載を休載〈〈週刊朝日〉連載の「海嶺」〉した。

——帯状疱疹は三大痛い病の一つで甚だ痛みの伴う病気である。私の場合それが顔面に生じたため、痛みは一層激しかった。鼻腔、口腔、頬、更に角膜も侵され、一時は失明の危険もあった。——『「一番先に祈っていました」=泉への招待』

当時、医大の教授が「稀に見る症状」と形容したというが、末梢知覚神経に沿ってできた疱疹は、またたく間に「膿みただれ、目は鶏卵大に腫れ上がった。そして小鼻にもう一つ鼻孔ができるかと思われるほどの凹みをつけ、もともとの醜女が更に二目と見られぬ醜女となった」と書いている。(『温暖の地=それでも明日は来る』)

この病気には特効薬はなく、また、一生痛みが残る場合もあるらしい。筆者が見舞ったとき、短い時間ではあったが綾子の枕元で話をしつつ、光世氏が片時も休まず、手を綾子の顔面に当てていたのを覚えている。それが綾子の帯状疱疹にとって、最も効果のあった治療であったと綾子は言う。毎日、面会時間が終わる七時まで、光世は何時間にもわたって文字どおり〝手当て〟の治療をほどこしたという。

三浦夫妻を知る者なら、必ず目にしている光景に、三浦光世が綾子の身体のそちこちに手を添えるようにしているものがある。この手のひら療法は、新婚当時に知人に教えてもらったもので、それ自体の歴史は古い。さかのぼっては釈迦が、また医学の父といわれたギリシャのヒポクラテス、日本では日蓮上人も行ったと伝えられる掌療法のことを言う。

長年にわたるその研究者日比野喬氏によると、人間の手にはマイナスの電気があって、患部を押さえると、手のマイナスイオンに反応し、体内にプラスイオンが働き、このプラスイオンの活動が、病気に対してよい効果をもたらすという自然療法なのだという。(「作家・三浦綾子さん——この人の知られていない健康法」〈日刊ゲンダイ〉八二年4月11日付)

二十日間もの日々、綾子に〝手当て〟をつづけた光世は、それ以来習慣になって、綾子のつらそうなところについ手を当てるのであるが、それを見る者が誤解して、人前もはばからぬ行為と批評されたりもしたと、綾子はある対談で語っている。(「四季対談」——〈月刊ダン〉八五年12月号)

最も心配された失明はまぬがれたが、後遺症として、左鼻腔が二分の一ほどに締まり、痛みも残ってしまった。特に強い光や大きな音が痛みを引き起こすようになり、講演会などの照明や、電話での会話、音楽会などがときとして苦痛になるようになった。

八月二十五日、新潮文庫『生命に刻まれし愛のかたみ』刊行。

九月十五日、講談社文庫『ひつじが丘』刊行。

十月二十日、伊豆大島にて静養（翌月中旬まで滞在）。夏に綾子を見舞ってくれた伊豆大島、元村教会の相沢良一牧師の招きで、暖かい大島で、玄米による食事療法を試みる。

十一月二十六日、綾子の三兄都志夫急病で死去。

――わが家では、長兄も次兄も、中国大陸に、軍人として、宣撫班員として行っていたから、三番目の都志夫兄が、わたしたちの若い頃、長兄的存在であった。男七人、女三人のうち、この兄が最も穏やかな人物であった。体重九〇キロ、柔道六段の外観に似ず、大声を出した姿を、わたしたちきょうだいは知らない。――『受話器――北国日記』

ある時期、東北地方以北の柔道界で最強と言われた兄都志夫は（〈北海タイムス〉特集。ふるさとキャンパス人脈欄で〝旭川中二十六期〟の中にくわしい。八二年5月31日付）、泥棒が入ったら真っ先に逃げる、三十六計逃げるに如かず、と言って綾子を驚かしたが、強がりを言わない都志夫兄の言葉に真の強さのあり方を見せられた気がしたからだと綾子は言う。

死の三日前、旭川から、札幌に住む都志夫のもとに駆けつけた綾子の頭を、病床の兄都志夫はしみじみと撫でた。

――兄には撫でるよりほかに、心の表現の仕方がなかったのであろう。六十三歳の兄が、五十八歳の私の頭を、幼児《おさなご》のそれのように撫でたのだ。あれが兄だと私は思っている。そして、黙って撫でられていたあの私が、妹なのだと思っている。――『最も近き隣り人＝白き冬日』

一九八一（昭和五十六）年　五十九歳

二つの「氷点」騒動。

三月三十日、ＴＢＳ―ＨＢＣ制作「氷点」放送開始（六十五回連続、陽子役の新人高原陽子は綾子が名づけ親となった)。

四月九日、日本テレビ―STV制作、木曜ゴールデンドラマ「氷点」放送(三田佳子、紺野美沙子主演)。

「氷点」が同時期に、二つのネットワークから放送されたことについて、北海道新聞は次のように伝えた。

「このテレビ映画化は、社団法人日本文芸著作権保護同盟が二社と二重契約し、解決金支払いで二月末に和解したばかり。……脚色もキャストも違う二つの『氷点』がダブってテレビ放映される異例のケースとあって話題を集めそうだ」3月9日付夕刊
発表後十三年たっても衰えぬ「氷点」人気を象徴するような騒動であった。

四月二十日、『海嶺』上・下同時刊行。「水なき雲」連載開始。

五月十五日、講談社文庫『愛に遠くあれど』刊行。

韓国で「氷点」を映画化。十年ぶり二度目の映画化だった。韓国では前年十月からテレビのカラー放送が始まり、その影響で映画界は不振だったが、「氷点」は久々の大ヒットとなった。〈北海道新聞〉5月11日付
六月十三日、中国人作家の訪問を受ける。

――「先日、中国の作家韶華氏、随筆家何為氏、並びに通訳の陳喜儒氏の三人が私の家を訪ねて下さった。三人は北海道新聞社の招待で北海道にみえたのである。……

通訳の陳氏が、北京の図書館で私の小説『氷点』を読み、それをお二人に伝えたとかで、私との会見を懇望されたということであった。

この三人の訪問を新聞社から知らされた時、私の心は重く沈んだ。というのは、第二次世界大戦で、中国人の戦死した数は一千万人だと聞いていたからである。一千万人という厖大な数は何を意味しているだろう。それは、兵士だけの死を意味してはいない。罪なき子供や、老人や、女たちのおびただしい虐殺を物語る数字である。……

こう考えると、私は到底中国の人をわが家に迎える

資格はないような気がした。……私の心は暗い思いに閉ざされた。

三人がわが家の客間に通られた時、私が先ず三人にしたことは、

「戦時中の日本の残虐な行為をおゆるし下さい」

と、畳に手をついて、深々と頭を下げることであった。三人は、いともにこやかに、手を横にふり、

「もう過ぎ去ったことです。わたしたちはもうそのことを考えていません」

と、私を励まして下さった。だがそのひとことで、私の心が安んじたわけではない。なぜなら、日本人のすべてが、再び戦争を起こさぬことを誓わぬ以上、詫びたことにはならないからだ。

「われはわが愆《とが》をしる。わが罪はつねにわが前にあり」

聖書のこの言葉は、私の胸に、戦争のある限り、消えることはないであろう。——『わが罪はつねにわが前にあり＝VOICE〈ボイス〉八一年11月号、PHP』

八月、『氷点』の中国語翻訳許可。

北京在住で日本文学研究家の中国人女性文潔若が、六月に綾子を訪ねた何為氏を通して『氷点』の中国語翻訳許可を要請して来た。文女史は、自らもカトリック信者と名のり、「立派に訳して中国と北海道の友好にお役に立ちたい」と希望してきたのであった。

過去に幸田露伴、芥川龍之介、宮本百合子、佐多稲子、曽野綾子、有吉佐和子、松本清張、井上靖、水上勉らの作品を翻訳出版しているという。綾子は早速快諾した。（〈北海道新聞〉8月20日付）

八月二十五日、新潮文庫『この土の器をも』刊行。

十月二十二日、画文集『イエス・キリストの生涯』（書き下ろし）刊行。

十一月、『珍版・舌切雀』書き下ろし。

——作家三浦綾子さんがこのほど、初めての戯曲を書いた。題して「珍版・舌切雀」。……旭川市民クリ

スマス実行委員会が十二月十八日、市内で開く「市民クリスマス」で初公演される。三浦さんは「作品として世に問うためでなく、劇を通じて、なぜキリストが十字架を背負ったか、本当の意味を知ってもらえば、と思って引き受けた」という。――〈朝日新聞〉11月20日付

　十二月二十五日、『わたしたちのイエスさま』（書き下ろし）刊行。

　十二月、「泉への招待」、「北国日記」、「ナナカマドの街から」連載開始。

迫りくる病魔との闘い

一九八二（昭和五十七）年　六十歳

　一月三十日、角川文庫『氷点』上・下刊行。

　二月二十二日、『わが青春に出会った本』刊行。二十五日、新潮文庫『光あるうちに』刊行。

　三月八日、講演。「今こそ平和への願いを一つにして」旭川市拓銀ホール、第七十二回国際婦人デー旭川集会。

　十日、角川文庫『続氷点』上・下刊行。

　四月一日、『青い棘』刊行。十五日、講談社文庫『自我の構図』刊行。「短歌に寄せる随想」連載開始。

　五月、「愛の鬼才」連載開始。

　――三浦綾子氏の新連載「愛の鬼才」がはじまる。人間は時と所によって異なった顔をみせるものだが、この小説の主人公、西村久蔵は、いついかなる時も同じく触れ合う人すべてに惜しみない愛を注いだ求道者である。肺結核患者として長年療養し、人間に対して全く絶望していた筆者の三浦氏も又この人によって蘇った。泥棒の親分ですら心服していたという西村久蔵氏の愛の一生とはどんなものであったのか。構想十年、どうしても書かねばならないという三浦氏の主人公へ

の想いが熱気をはらんで感じられる第一回である。―
―「『小説新潮』6月号発売にあたって」編集長から〈波〉
5月号

五月十七日、直腸癌手術のため旭川日赤病院に入院（六月五日まで）。

――当時わたしは「主婦の友」誌に「北国日記」と題して、日記文で随想を連載していた。その正月の頃から、とみに体調が低下、時折血便を見るようになった。二年前の無気味な忠告（注：帯状疱疹には癌がひそんでいることがあるという医師の忠告）もあって、私は自分の体に鋭敏になっていた。様々な健康書も読んだ。それによって、どうやら直腸癌らしいと見当がついた。見当がついたあたりで、わたしは癌を特別視しないように自分自身を戒め始めた。……

手術後十日ほど経った頃だったろうか、医師は医大の検査室からの検査結果を、私にそのまま教えてくれた。やはり癌であった。不思議なもので、癌ではないかとおおよそ見当をつけているつもりだったが、はっきり癌だとわかると、心が定まった。私はそれ以前に、神にとっては風邪を治すことも、癌を治すことも同じである、と誰かから聞いてうなずくところがあった。神の意志の実現を、いっそう信じようとしたのである。

……

再びあんな境地になれるかどうか保証はできないが、癌告知によって得た私の平安をどのように説明したらよいだろう。それは深い淵の底にあるような、何とも言い得ぬ静かさに満ちていた。法悦とでもいうのだろうか。それまでの信仰生活の中では、一度も覚えたことのない平安であった。大きな平安は大きな代価を払わねば得られないのか、としみじみ思ったことだった。

……

やがて私は、朝目覚めると、「今日は私の命日だ」と思うようになった。誰にとっても、今日という日は命日になるかもしれないのだ。病気のあるなしにかかわらず、世界の幾万の人が今日の夕日を見ずに死んでいくのだ。今元気で笑っている人にも、今後の計画を練っている人にも、病気の人にも健康の人にも、子供にも老人にも、誰にも今日一日の命の保証はないのだと、身に刻みつけるように思い始めた。

　更に私は、癌を特別席から引きずりおろそうと思った。「風邪を引いた」とあっさり言えるように、「癌です」と、あっさり言わねばならぬと思った。家族がひた隠しに隠すそんな苦労を、わが家の場合はなくして欲しかった。こうしてわが家では、癌がふつうのこととして語られるようになった。とは言っても、癌の恐ろしさ辛さを、私は決して知らないわけではなかった。

――『わがガン闘病記＝それでも明日は来る』

七月二十五日、新潮文庫『泥流地帯』刊行。

八月二十日、角川文庫『病めるときも』刊行。二十五日、新潮文庫『続泥流地帯』刊行。

十一月一日、講演。「私の生い立ち」旭川市旭川女子商業高校。

一九八三（昭和五十八）年　六十一歳

二月二十四日、東宝制作による木曜ゴールデンドラマ「死の彼方までも」放送。

三月、石川県内公立高校入試の国語に、綾子の「はじめての南瓜」（『孤独のとなり』収録）が試験問題として使用される。以来、年々学習教材として作品の使用頻度が高まっている。

二十五日、新潮文庫『帰りこぬ風』刊行。

四月十五日、講談社文庫『死の彼方までも』刊行。

五月二十日、朝日新聞社より『三浦綾子作品集』（全十八巻）を刊行開始。二十五日、『水なき雲』刊行。


――「唯一人の人にでもよい、私の思いを訴えたい」

一九六三（昭和三十八）年、朝日新聞の懸賞小説に応募する時、私はそう思って小説『氷点』を書いた。以来今日までの二十年、私はこの「唯一人の人にでも」という思いで書き続けてきた。

私は何を訴えたかったのか。それは、人間とは何か、自由とは何か、救いとは何か、そしてキリストの贖罪とは何か、ということであった。

この度朝日新聞社から、その私の作品集が出版される運びとなった。昨年直腸癌の手術をした私への、励ましと慰めのあたたかい企画にほかならないと思うのだが、これを機会に、一層心を新たにして、この世にある限り書きつづけていきたいと思う。——「著者のことば」〈朝日新聞全面広告〉5月20日付

——「三浦綾子作品集」を朝日新聞社が出版する。……作品集というより、「全集」といってもいいほど。「十八年間で十八巻になるほど書いたんですね」と三浦さんは感慨深げだが、道内にいて、しかも生存中全集が出るというのは、三浦さんが初めてである。

「北海道文学史」を書いた木原直彦さんは、「稀有《けう》のことです。三浦さんのファン層が大変広い証明です」


と言っている。——〈日刊スポーツ〉1月23日付

五月下旬、「海嶺」の映画化発表。

六月三日、講演。「聖書と私の小説」盛岡市岩手県民大ホール、新渡戸《にとべ》稲造没後五十周年記念講演会。

この講演会は、岩手県下プロテスタント、カトリック・ハリスト派の超教派四一一教会によるものであった。五月二十九日から二週間開催された聖書愛読特別運動の一環として、記念講演を飾ったのは、綾子の「聖書と私の小説」と、学士院会員でキリスト教海外医療協会会長などを務めていた隅谷三喜男の「新渡戸稲造と聖書」であった。このとき、巡回講演会の講師として参加していた評論家の佐古純一郎は、綾子の講演の模様を次のように伝えている。

——盛岡市の県民ホールを埋めつくした二千二百人を超える聴衆を前にして、三浦さんが語ったことは、もはや講演などというのんきな行為ではなかった。あ

の夜、私は、三浦綾子という「死すべき体」をとおして、「イエスのいのち」が栄光のように輝き出る光景をはっきりと見たように思う。――佐古純一郎「恩寵無限」(三浦綾子作品集月報7)

――聖書が私になくてはならぬものとなって、初めて私の生きる目標は定まったと言える。それは聖書の言葉を一人でも多くの人に伝えるということであった。……私が小説を書くという作業も、この延長線上にあった。以来今日まで、私なりに聖書にもとづいて書いて来た。私のおこがましい願いを、神は聞き入れてくださったのか、私の小説を読んで聖書を読むようになり、人生が変わったという手紙が毎日のように寄せられてくる。まことにありがたいことである。私は今後も、聖書を土台として書きつづけていきたいと思っている。――〈新刊ニュース〉12月号

七月、講演。二日「題不詳」旭川市、看護教諭大会。16日「いま、自立ということ」旭川市、オリーブの会。

「オリーブの会」は、一九七八(昭和五十三)年に三浦綾子を会長に発足した女性の自立と世界平和を目ざす女性の会で、会員は百人。講演会と月一回、綾子を講師として聖書を学ぶ会を開くのが主な活動である。

大々的な講演会を催すきっかけは、一九八一(昭和五十六)年に、主婦の友社が主催し、運営はオリーブの会が受け持つという形で始められたことによる。第一回の講師は井上ひさしと早乙女勝元。翌年以降は、澤地久枝、山田太一、なだいなだ、はらたいら、有馬稲子、黒柳徹子、倉本聰、岡部伊都子、渡辺和子、遠藤周作とつづき、旭川市民の話題を呼んでいる。

十五日、講談社文庫『毒麦の季』刊行。

二十五日、新潮文庫『生きること　思うこと』刊行。

九月一日、『泉への招待』刊行。「私の心をとらえた言葉」連載開始。

十日、角川文庫『孤独のとなり』刊行。

十月、講演。三日「愛すること　生きること」伊豆

大島、大島元村教会献堂記念特別伝道講演会。二十六日「この頃思うこと」旭川市旭川女子商業高校。

二十日、『愛の鬼才』刊行。朝日文庫『海嶺』上・中・下を刊行。

二十七日、関西テレビ制作「千利休とその妻たち」（主演・藤田まこと）放送。

十一月十五日、映画「海嶺」完成。旭川で特別試写会が開かれる。松竹映画製作、ワールド・ワイド映画提携作品で、十二月三日より全国公開された。

――小説「海嶺」から映画「海嶺」までの道のりには十数年の祈りの積み重ねがあった。この実話をぜひ小説にという願いを持ってこられたのは、名古屋のキリスト教書店聖文舎店長の田中啓介氏であった。その時は、話のスケールの大きさに私の体力、筆力とも及ばないと、お断りしたのだが、田中氏はその後も祈り続けておられた。

数年後に、週刊朝日で連載が決定したとき、映画化したいのでまず小説にしてほしいといわれたのが、ワールド・ワイド映画の長島氏である。それはすでに連載が決まりました、と答えた時、長島氏の驚きはどれほどであったか。「私は一日中ふるえがとまらなかった」と後日述懐しておられる。長島氏は、この実話の映画化のためにずっと祈っておられたのである。

まさにこれは田中氏と長島氏の祈りへの神さまのお答えであったと思う。それからの長い取材旅行の内にも、映画「海嶺」の製作の内にも神さまの力を私は感じる。そして映画を観る人々の内にも神さまが働いてくださることを願う。「海嶺」が単なるロマンとして終わるのではなく、その人の人生において、神と出会う時となるように、祈っている。――「原作者のことば」〈クリスチャン新聞福音版――海嶺〉9月1日付

『海嶺』を『氷点』とともに三浦綾子の代表作と評する評論家の久保田暁一氏は、次のように書いている。

――この作品は幕藩体制下における日本人とキリスト教、日本の多神教的宗教風土とキリスト教文明下の西欧風土との異質性、歴史における無名の庶民の役割等について、歴史的、社会的にスケールの大きい視野と、膨大な資料による綿密な考証、及び三浦自身のキリスト教信仰と底辺の庶民に対する愛と共感の念に基づいてみごとに書かれている。……私は、『氷点』から出発した三浦が多くの作品を書くことを経て、『海嶺』のようなスケールの大きい問題作を書くに至った努力に、敬意を表すると同時に深い喜びを覚える。――「現代文学の一視点」〈関西文学〉八五年10月号

十二月一日、『藍色の便箋』刊行。同月、「嵐吹く時も」、「雪のアルバム」連載開始。

一九八四（昭和五十九）年　六十二歳

五月十四日、『北国日記』刊行。

七日、「ちいろば先生物語」執筆のため取材旅行に出発。アメリカ、イタリア、イスラエル、ギリシャ各地を回って六月十三日に帰国。取材旅行途中の十二日、ロスアンゼルス市、南カリフォルニア大学ボバート記念講堂で「なくてはならないもの」と題して講演。

ロスアンゼルスでの講演会は、七年前、三年がかりで決めたにもかかわらず心臓発作のため中止せざるをえなかった。以来心にかかっていた約束をようやく果たすことができた綾子もうれしかったであろうが、その間七年、じっとその日が来るのを信じ、待っていたロスアンゼルスのキリスト者たちにとっても、このたびの講演は、「待ちに待った春秋」であり、その会場を埋め尽くしている八百余名の前に三浦綾子は「天使が舞い下りたように現れた」と秋峯生氏が書いている。

――三浦綾子が演壇に立った時、堂を揺るがすばかりの拍手が起こったが、幽霊のような病弱の容姿に直面して、暗い谷間に水が流れ落ちるように、響きは静

まっていった。……しかし肉体のハンディキャップを克服して、講演が進むに従って次第に熱気を帯び、ひしひしと気迫のせまるものがあった。会衆はその優れた話術と豊富な生なましい体験談に魅了されて、水を打ったように荘重な静ひつが会場を包んだ。そして、「私の講演会はキリストを信ずることに始まり、また終わるのである」と結論して、終局した。文学者でなく、小説家でなく、この人は伝道者として、神に特選された人との実感が潮の如く胸中に拡がってゆくのをどうすることもできなかった。……七カ年間、待ちに待った講演会は無事終了した。三三五五、ボバート講堂を去る参会者の顔は、何れも感動に満ち新しい未来の希望に輝いていた。——秋峯生「三浦綾子来る」〈羅府新報〉5月21日付

——今年、五月から六月にかけての四十日間、アメリカ、イタリヤ、イスラエル、ギリシャを廻った。四つの国それぞれに思い出はあるが、やはりイスラエルは強烈だった。

……イスラエルの各地に聖書の世界が残されていた。「マリヤが天使から受胎告知を受けた部屋」「ペテロの家跡」「ピリポの泉」「シロアムの池」「山上の垂訓を説かれた丘」等々、心惹かれる記念の場所や教会があった。また二千年前のイエスをひしひしと感じさせるガリラヤ湖の聖なる気配も私を感動させた。だがそれ以上に、二千年前の昔に私をぐいと引き入れたのは「からし種」であった。

その時、三浦と私は山の上の町ナザレを見上げる坂の中途に車を下りた。目の前に高さ二メートルほどの「からし種の木」と呼ばれる野草があった。ガイドはその枝から種を取って私たちに見せてくれた。聖書には、

〈もし、からし種一粒ほどの信仰があるなら、この桑の木に、『抜け出して海に植われ』と言ったとしても、その言葉どおりになるであろう〉（ルカによる福音書一七の六）

とあるので、どのくらいの大きさのものかと常々思っていた。……ところがそのからし種は、尖った鉛筆で紙を突ついたほどに小さかった。私は頭を一撃された思いがした。使徒たちの信仰でさえ、その小さな小さなからし種一粒ほどの信仰もなかったのだ。となると私たちの信仰はどうなるのか。私はからし種を見つめながら、まさしくキリストが、この厳しい比喩をもって使徒たちに説いたのだと実感した。これが今回の旅の最も強い印象であった。――『からし種一粒の印象＝それでも明日は来る』

五月二十四日、「泥流地帯」文学碑除幕式。

綾子は海外取材中のため出席できなかったが、十勝岳噴火六十周年のこの日、被災地の上川管内上富良野町草分神社近くの文学碑建立現場で、「泥流地帯」文学碑の除幕式が行われた。

この碑は、復興六十周年を記念して、地元の人々が建立期成会を結成し、爆発のあったこの日を選んでの除幕式であった。

九月七日、講演。「人間の幸福について」千歳市栄光教会。

十月、旭川市で講演。十三日「私たちの遺すべきもの」北海道技術家庭教育研究会旭川大会。勤労福祉総合センター。十五日「人間の自由について」旭川商業高校。十八日「人間と看護」太陽園。

二十日、「ちいろば先生物語」取材旅行に出発。東京、松本、京都、淡路島を取材、十一月五日まで。

講演。二十三日「人間であるということ」松本市勤労福祉会館、松本キリスト教協議会主催。三十日「無題」淡路島南淡町福良保育園。三十一日「無題」淡路島洲本市洲本高校（ちいろば先生こと榎本保郎氏の母校）。

十一月二～三日、熱海市でアシュラム会合に参加。

一九八五（昭和六十）年　六十三歳

「冬に体調を崩し、復活祭（今年は七日）のころに回復するのを繰り返してきた作家の三浦綾子さん＝旭川市在住＝が今冬も三月二十四日に年明け後初めて外出、翌日には送別会に顔を出して重い風邪からようやく脱しつつある。

とはいえ、体調に合わせて仕事量を調整できないのが売れっ子作家の悩み。自称〝世界一のポンコツ車〟は月刊誌六本、週刊誌一本の月平均二百枚の連載物をこなしている」北海道新聞「情報コーナー」4月5日付
四月、「草のうた」連載開始。

この自伝小説「草のうた」はかつて一九六七年に、「女学生の友」（小学館）に連載されたものを、表現、文体などを一新し加筆訂正した上で、本格的自伝として新たに「月刊カドカワ」に連載したものである。

四月二十日、『白き冬日』刊行。

五月十五日、講談社文庫『太陽はいつも雲の上に』、二十五日、新潮文庫『天北原野』刊行。

五月〜六月、「ちいろば先生物語」取材のため、京都、今治、東京方面を回る。


多忙にまぎれて、一年ほど検診を受けていなかった綾子は、このころ、体の芯に疲労感を覚えるようになり、便秘もひどく、体重も減少等々の症状があり、取材に先立ち病院に行き、検診の結果、医師に「手術した傷痕のそばに、以前と同じ腫れ物ができている」と告げられ、癌再発の疑いを持つ。

二十五日、四国今治での取材を終えた綾子は、以前からすすめられていた大阪の粉ミルク療法を受ける決心を固め、当時大阪市鶴橋にあった健康再生会に入所する。その間の事情は『わがガン闘病記＝それでも明日は来る』に詳しい。

取材旅行出発の日、旭川駅にて三浦夫妻を見送った筆者は、後日旅の途中で、夫妻が大阪に粉ミルク療法を受けに行ったと聞いて、内心その効果に確信が持てず心配していた。しかし旭川に帰ってきたとき、綾子の顔を見てあっと驚いたことを今でもよく覚えている。

出発時は、黄色っぽくつやのなかった顔色が、数年来見たこともないほど、血色よく見えたのである。そ

してまた、長年来の作家活動で夜仕事をし、午前中は寝るという生活が一変し、早寝早起き、早朝散歩と健康的になる。彼女の体力がめきめき向上していく様子は、目を見張るほどめざましいものであった。

六月十日、中公文庫『水なき雲』刊行。

七月、旭川市内で講演。四日「愛するということ」婦人大学。二十七日「なくてはならぬもの」全道商工会議所婦人会。三十一日「愛するということ」旭川保育連盟。

八月十五日、島根県鹿島町で行われた戦没者鎮魂碑除幕式がとり行われる。

――ふるさとに、しずかにねむりいます友らのみ霊に、遠くおもいを馳せお禱り致します。そしてこれからさき、どのような戦争にも反対を誓います。

戦後四十年の八月十五日

作家　三浦綾子

北海道旭川市に住む三浦さんの反戦文を刻んだ戦没者鎮魂碑が、十五日午前、八東郡鹿島町で除幕された。さきの太平洋戦争などで級友を失った仲間が、自省をこめて建立、級友のめい福を祈り、恒久平和を訴えている。――〈朝日新聞〉8月16日付

島根県鹿島町出身で、旭川在住の古書店「尚古堂」店主で「コスモス短歌会」同人の金坂吉晃が自らの戦争体験から、生き残った者の責任として思い立ち、かつての級友たちに呼びかけて建立が実現した。その金坂が以前から親交のあった綾子に、碑文の執筆を依頼したのであった。同記事の中で綾子は、「戦死した旧友のために、碑を建てたいという金坂さんの話を聞き涙が出た。日本人の最大公約数的な意見として、二度と戦争はしたくないと誓った」と語っている。

十一月二十日、『ナナカマドの街から』刊行。

一九八六（昭和六十一）年　六十四歳

一月、「ちいろば先生物語」連載開始。

三月二十五日、新潮文庫『細川ガラシャ夫人』刊行、三十日、『聖書に見る人間の罪』刊行。

三月〜六月、旭川、札幌で講演。

三月、七日「大人であるということ」旭川市旭川宝田学園。十六日「キリスト者の受難と治安維持法」札幌市教育文化会館。二十九日「愛がなければ」旭川市ニュー北海ホテル、健康づくり栄養大学。

四月、五日「キリストの心を心として」および竹村泰子氏と対談「女性キリスト者として」札幌市、竹村泰子を支えるキリスト教の会。

五月十五日、講談社文庫『青い棘』刊行。

六月、七日「題不詳」札幌市、札幌北部伝道所十周年記念講演（光世氏とともに）。十五日「今をみつめて」旭川市旭川医科大学。

七月二十五日、新潮文庫『愛の鬼才』刊行。

七月二十三日〜三十日、「われ弱ければ」取材のため上京。

七月〜十月、旭川市内で講演。

七月十三日、「北海道の風土と文化」全国タウン誌会議。

八月二十八日、「希望は失望に終わらない」旭川市公会堂、旭川宝田学園創立四十周年記念講演。

八月三十日、『嵐吹く時も』刊行。

九月二十三日、北海道新聞などで「夕あり朝あり」を連載開始。

『夕あり朝あり』の主人公五十嵐健二は、『続氷点』に登場するヒロイン陽子の祖父〝茅ヶ崎のおじいさん〟のモデルでもある。綾子は、一九五六（昭和三十一）年、当時文通していた死刑囚鈴木利夫の紹介で五十嵐と知り合った。その経過は本書でもふれているが（一九五六年の項参照）、寝たきりの綾子を見舞った五十嵐は、「末娘ができたようだ」と言い、何かにつけて綾子を励ます。かつての西村久蔵に代わる神の引き合わせであったと筆者は思うが、真摯なクリスチャンである五十嵐は、綾子にとって信仰の導き手となる。

綾子の手記「太陽は再び没せず」が「主婦の友」の懸賞募集に入選し、賞金二十万円が与えられたとき五十嵐は、「人間は、恵まれるときは、いちばん警戒を要するときです。それは既にご存じのことですが、ますます己を空しうして、神に信頼なさるように。お得意にならないようにしてください」と書き送って来たことを綾子は『あさっての風』に書いているが、『氷点』が入選したときも、「小説など書いていては、信仰が失われるのではないか、とそれを心配していた」という五十嵐の言葉に、綾子は「明治生まれの先生にとっては、小説は人を堕落させるものと思っておられたようである。とにかくこの親身な言葉は、どんな祝辞よりもありがたく聞いた」と、『夕あり朝あり』の〝あとがき〟で述べている。

その五十嵐健二の一生を小説に書きたいと許可を求める綾子に、五十嵐は「つまらぬ人間です。小説になど書いてくださるな」と言ったという。一九七二（昭和四十七）年四月十日、九十六歳で天寿を全うした五十嵐が、晩年、諸々の記憶が薄れる中でいつも言っていたのは、「何もかも忘れましたが、しかしキリストさまのことだけは、忘れてはおりません」ということであって、そこに五十嵐の「信仰の純粋さ」を見る綾子であった。

旧約聖書の創世記からタイトルをとった『夕あり朝あり』は、三浦夫妻の最初の家を建てた棟梁の半生を書いた『岩に立つ』同様、本人に語らせる書き下ろしであり、執筆中毎回分の原稿が書き上がるたびに、夫光世が迫力十分に語って聞かせたという。光世は朗読や人の口真似が抜群にうまく、筆者も幾度となく楽しませていただいた。ふだんは完璧な紳士の光世が、作中人物の荒っぽい口調を真似るのは「ストレス解消しているんじゃない？」と揶揄する綾子である。

二十六日、講演「なくてはならぬもの」旭川市公会堂、旭川市民聖書講座。

十月四日、「命と平和」ニュー北海ホテル、ユネスコ創設四十周年記念、第四十二回日本ユネスコ運動全国大会。

十一月二十五日、角川文庫『海嶺』刊行。

十二月二十日、『雪のアルバム』、『草のうた』刊行。

一九八七（昭和六十二）年　六十五歳

三月十五日、新潮文庫『広き迷路』刊行。

十六日、講演。「暗闇が来る前に」札幌市、国家秘密法に反対する法律家団体北海道連絡会議主催の「講演と討論の夕べ」、教育文化会館。

同月、「生かされてある日々」連載開始。

四月二十五日、講演。「題不詳」旭川市教育大学。

四月二日より五月末日にかけて、いのちのことば社伝道グループの主催で、三浦綾子ブックフェア実施。プログラムは次のとおりであった。

「映画と講演・三浦綾子の世界」

四月二十四日、講演「愛と祈りの三浦文学を語る」。講師水谷昭夫、映画「海嶺」上映。


五月八日、「ちいろば牧師夫人、三浦綾子を語る」。講師榎本和子、映画「塩狩峠」上映。両講演とも、お茶の水キリスト教会において開催。

五月二十三日、「三浦綾子夫妻講演会」青山学院大学講堂。演題「愛すること信ずること」。ビデオ『愛すること信ずること』（ライフ企画制作）発売。

これに前後して、五月二十二日には「東京婦人ランチョン」が六百人の参加で（東条会館）、五月二十五日には首都圏キリスト教婦人大会での講演。演題「心に愛を」（青山学院大学講堂）。

二十八日、『ちいろば先生物語』刊行。

六月七日付の「クリスチャン新聞」によると、久しぶりの東京での講演会ということもあって、どの会場も超満員で、東京の三カ所の講演で延べ五千人を超える人数を記録したという。「夫婦愛が聴衆を魅了」と大きな見出しを掲げての報道であった。同新聞は四月五日に、見開き二ページの特集「三浦綾子特集・作品とその世界＝人と出会い＝」を組んでいる。

五月、「風はいずこより」連載開始。

五月～六月、講演。五月、二十八日「ちいろば先生のことなど」神戸市国際会館大ホール、榎本保郎牧師召天十周年記念。二十九日「生きるということ」大阪市ミヤコホテル。三十一日「自由ということ」大阪市日本基督教団扇町教会。

六月、二日「生きるためには」神戸市愛生園リハビリホール。三日「小説と私」明石市市民会館大ホール、明石上の丸教会二十周年記念講演。

六月下旬～九月、札幌、旭川、留萌で講演。

六月、二十一日「わかちあい」札幌市藤学園大講堂、札幌地区聖体大会。二十四日「人間ということ」旭川市パークホテル、教誨師全道大会。

七月、十一日、テレビ出演。ABC－HTB制作「おはようワイド＝三浦夫妻の日々紹介」。

八月、二日、「幸福について」留萌市市民文化センター。

九月、十二日「題不詳」札幌市、家庭学科会。十三日「むなしさのはてに」札幌市豊平教会、新会堂建築記念。「題不詳」札幌市北広島福音教会。二十一日「今何を求めるか」札幌市札幌市民会館、北星学園創立百周年記念。二十六日「なくてはならぬもの」旭川市、市民聖書講座。二十八日「千利休とその妻たち」旭川市旭川文化会館、表千家全国大会。

十月、講演会と「母」取材のため大阪、東京へ旅行。二十日、光文社文庫『泉への招待』刊行。『夕あり朝あり』刊行。

講演。十五～十六日、関西学院秋季宗教運動のメインプログラムとして二日連続講演。十五日「苦悩について」、十六日「小説と私」西宮市関西学院中央講堂。「母」取材のため、十七日～二十三日まで東京滞在。

「小林多喜二という人物があんな死に方、殺され方をしてこのまま終わりなのか、黒白をはっきりさせてくれる人はいないのか……それを書いてほしい」という夫三浦光世のかねてからの要望で執筆を決めたと、講談社発行の「NEXT」誌のインタビューで綾子は語っているが、この東京での本格的な取材に際して、不思議な体験があった。

東京の白山教会を訪ねた帰りに乗ったタクシーの運転手が、しばらく無愛想に運転していたあとで、突然「おれは元右翼だけどね、小林多喜二のときの警察のやり方は絶対に悪いと思う……」と言ったのだ。後部の座席で三浦夫妻が「母」、小林多喜二のことを話していたのでも何でもない。それは不思議な、〝出会わされた〟という感じであったと、夫妻は語っている。

十一月十五日、講談社文庫『イエス・キリストの生涯』刊行。

十一月二十六日、講演。「人生の苦難に」旭川市宝田学園。

同月、ビデオ『むなしさの果てに』（ライフ企画制作）発売。九月に現地撮影、三浦綾子の生い立ちから入信までを綾子、光世へのインタビューを交えて作られている（ナレーター・山本圭）。

ビデオ『三浦綾子――人、文学、その風土』（全三巻、①青春、②愛、③希望《のぞみ》。ナレーター河内桃子。ビデオジャポニカ）発売。三浦文学の研究家、関西学院大学教授の水谷昭夫（故人）の企画によるビデオ。

十二月、「あのポプラの上が空」連載開始。

一九八八（昭和六十三）年　六十六歳

仕事で忙しく、てゆっくりできないという綾子の正月は、作家デビューして以来、毎年変わらない。この年もまた例外ではなく、一月号から始まった某雑誌の連載小説執筆、四月からスタートする長篇連載の準備、それにエッセーと、仕事に追われている。
肺結核、脊椎カリエスによる長期闘病、そして中年期に入ってからの直腸癌。病魔と縁の切れない人生である。「現在も一日一万歩を歩き、ミルクを飲む独特の療法で病魔と闘っている」〈共同通信〉1月21日付
二月、「健康再生会」（粉ミルク断食療法）が大阪府警により医師法違反で摘発され、道場会長加藤清、同所伊藤ミユキが逮捕される。

このニュースは、綾子にとって寝耳に水の驚きであった。一九八五年に大阪で二十日間の治療を受け、以来つづけてきた粉ミルク療法に関して、治療開始当時、三十八キロしかなかった体重が四十五キロにふえ、顔の艶もよくなり、がんこな不眠症も治り、風邪も引きにくくなった体質となっていたからだ。

それまでの二年九カ月に出版した本が八冊、連載中の小説が二本、随筆が二本、そして、講演会も四十数回、二十日間の海外取材、等々をこなしてこられたのは、粉ミルク療法の効果があったものと、綾子は信じて疑わなかった。そしてそれまでにも機会あるごとに人にすすめもし、また体験談を書いたりしてきた。おりしもこの年明けの「文芸家協会ニュース一月号」に粉ミルクについて寄稿したばかりだったのである。

加藤、伊藤両氏逮捕のニュースを聞いた綾子は、詳しく述べる必要を感じ、「わがガン闘病記」を書くに至ったと、その掲載誌である「新潮45」で述べている。

それによると、「粉ミルク」と聞いて、それまで納得のゆかぬ反応が人々に多かったのだが、テレビニュースに出演した綾子のコメントを聞き、粉ミルクの効用について「ストレス学説」で有名なオーストリア人のハンス・セリエ博士の「乳製品が癌に、特にその予防に有効である」という説があることを東京の医師から知らせて来たという。

また「伝承と医学」第四号（九〇年3月30日、ポエブス舎発行）には、東京薬科大学の志田信男教授が、「ガンの加藤式粉ミルク断食療法をめぐって」という題で寄稿しているが、粉ミルク療法に日ごろ注目していたと語り、意見を述べて詳しい。その中で志田教授は、今回の摘発理由の批判的検討をし、加藤式療法の効果について論じたのち、「この問題に関する一連の経過を見て感じられるのは、この療法が真実にガン治療に有効なのかそうでないのか——最も肝心な本質的な議論が何もないままに、処理されていることで……三浦綾子氏の論文（注：「わがガン闘病記」）などももっと虚心の目で、見直してもよいと思う。……ガンの告知一つできない正統医学が民間療法に対してもっと謙虚にこれを正視することが必要であろう」と語り、つづけて、今回の摘発は「魔女裁判」的要素を含む不透明なものであることを指摘、患者にとって大切なのは、療法の如何にかかわらず治癒することであり、民間療法等での治癒が現実に可能であるときに、「現代医学のみが医療全体の担い手」とは言いがたく、民間療法に対する「理論的解釈」もなしに、「瑣末な形式的違法行為をもってすべてを葬り去ろうとするなら、多くの瀕死の患者にとってこれ以上の不幸はないであろう」と述べ、綾子が「ガン闘病記」で紹介したある医師の言葉「何よりも大事なのは命です。今や西洋医学も東洋医学も、民間療法も、すべてその垣根を取り払って、命を救うために一丸となるべき時ではないか」と引用し、「患者が求めているのは、そのようなトータルな意味での医療なのである」と結んでいる。

なお、この事件は同年九月七日、医師法違反で起訴されたが、十月五日、「罰金十万円」の判決が下り、解決した。

三月、「われ弱ければ――矢嶋楫子伝」連載開始。

二十五日、新潮文庫『千利休とその妻たち』刊行。

五月、講演および星野富弘氏との対談のため、東京、群馬、埼玉へ旅行。

講演。十二日「命への随想」北見市市民会館、北見市民大学講座。二十一日「なくてはならぬもの」川越市川越市民会館、川越聖書教会主催。二十三日「知恵と命」綾子「わが生いたちと希望」光世。富士見市新丸子教会、野田市朗牧師就任三十五周年記念感謝会。

二十日、対談。星野富弘氏と。群馬県東村。

六月、「母」取材のため、秋田の小林セキ生家および嫁ぎ先訪問。帰途、盛岡で講演（五月三十一日～六月五日）。

講演。三日「神の備えて下さる恵」盛岡ターミナルホテル、盛岡婦人ランチョン。四日「何を求めて生きるのか」盛岡市岩手教育会館大ホール。

六月～十月、北海道各地で講演。

六月、十八日「題不詳」函館市、函館オリーブの会主催。

七月、二日「何を求めて生きるか」綾子、「私の生いたちなどから」光世。四日「幸福について」札幌市東札幌教会。

八月、四日「命への随想」札幌市北海道青少年会館。五日「自由ということ」野幌市ときわの森三愛高校、野幌教会創立四十周年記念。七日「人間の幸福について」札幌市札幌キリスト福音館。十七日「愛のやさしさ厳しさ」綾子、光世。旭川市ニュー北海ホテル、信徒の友セミナー。

二十五日、『小さな郵便車』刊行。

九月、五日「題不詳」札幌市愛隣チャペル。七日「何を求めて生きるのか」苫小牧市文化会館、日本基督教団苫小牧教会創立七十周年記念。八日「愛について」苫小牧市、苫小牧高等商業学校創立三十五周年記念。

十月、十五日「病気が私に与えたもの」札幌市、札幌緑愛病院五周年記念。十六日「学ぶこと」旭川市旭川大学。

テレビ出演。旭川市、ＮＨＫ旭川「教育対談」。

九月七日の苫小牧市の講演会は、定員五百名の会場に七百名がつめかけ、会場に入り切れなかった二百名余りが一階のロビーに用意されていたビデオの前で聞いた。筆者もその日控室で付き添っていたのだが、講演後、そのことを告げられた綾子が、光世に、ロビーで聞いてくださった方々にごあいさつだけでもと誘い、光世が歌を歌い、綾子はそれに合わせて踊って、会場に入ることのできなかった聴衆に報いたのである。

ロビーの人々の感動は言うまでもないが、当時の彼女の健康状態をよく知っていた筆者は、綾子の温かい心情を目の当たりにし、心が震え、涙せずにはおられなかった。記録では、これが初めてではなく、三浦綾子ファンはしばしばこのような光景に遇っている。

十一月十日、『銀色のあしあと』刊行。

十二月、講演。「いのちと愛」旭川市公会堂、宝田学園。

一九八九（昭和六十四、平成元）**年　六十七歳**

一月二十五日、『それでも明日は来る』刊行。

この年、のどの調子が悪く、講演をすべて辞退。

二月二十四〜二十五日、第七回札幌市教育文化財団芸術劇場で演劇「氷点」を上演。翌一九九〇年旭川演劇フェスティバルに自主参加し、同市で七月九、十日の両日、また第四回教文演劇フェスティバルとして札幌市で七月十七、十八日の・両日再演されている。

三月十日、フジテレビ制作ドラマ「水なき雲」放送。

四月六日、テレビ朝日開局三十周年記念ドラマとして「氷点」が放送される。

五月二十四日、結婚三十周年記念CDアルバム「結婚三十年のある日に」完成。

初対面の日以来、綾子のために歌いつづけてきた光世が、実は美声の持ち主であることは、知る人ぞ知る事実であるが、病弱な二人の三十年間の結婚生活を記念し、企画されたのがこのCDアルバムである。ちょうど前年十二月末に旭川にスタジオを開設した音楽家の佐々木義生に三浦夫妻の山荘（旭川市・高砂台）を提供していた縁もあって実現したものだ。

全十曲の童謡、ナツメロ、讃美歌を佐々木氏が編曲、演奏、録音などを一手に引き受け、光世の歌に綾子の語りで構成されたものである。日本コロムビア盤で、夫妻から「お陰さまで私たち、今年結婚三十年を迎えることができました。その記念にこんな遊びをしてみました」の言葉を添えて、非売品として友人、知人に贈られた。その礼状の一部を紹介しておく。

「此の今の日本にこんなすばらしい神によろこばれる夫婦があったのか……このカセットで三十年間のお二人の歩みを伺って感動したのです。……御主人様はしみじみとして、少しも気取らないし、全くひとにきかせようとおごった気もちもなく素朴な歌い方は私の胸をうちました……」（作家・高見澤潤子氏）「お歌を拝聴して、息子が『オヤジの百倍、うまい』と申しました。私が光世先生について歌いはじめたら、『オヤジの二千倍、うまい』と叫びました。ミュージシャンとかいうものに憧れて同級生でバンドを組んで集まったりしている二十才の息子の言葉です。歌にこめられた先生のお心につよく打たれたのでしょう。女房はお声の若さに感心したあと『聞いているうちに涙が出てくる』と申しました……」（朝日新聞・藤田雄三氏）

「ナツメロにはどれも、私共も好きなものばかり、特に『あざみの唄』は、なまなかの情感ではうたい切れないことを知っておりましたので、見事な歌唱に思わず手を止めて、きき惚れました。そして又綾子さんの語りは、深い真愛の中に毅然とした声紋の張りが蓄えられていて、琴瑟相和した一つの宇宙が表出されていると感じました」（京都の主婦・船田早苗さん）

三十日、綾子初の自作朗読カセット『それでも明日は来る』発売。

七月、カセットエッセイ『風はいずこより』発売。

十月、カセットブック『新約聖書入門』全五巻、『旧約聖書入門』全五巻を発売。

十一月～十二月、作家生活二十五周年記念三浦綾子展が北海道文学館、北海道新聞社の主催で、札幌市と旭川市で開催される。

札幌市は十一月二十一日～二十六日まで、丸善札幌支店で、旭川市は十二月七日～十一日まで、丸井デパートでそれぞれ開催された。会期中の入場者は、札幌では二千五百余名、旭川で二千二百余名を数えた。

――作家三浦綾子が「氷点」をひっさげて彗星のように登場したのは、今から二十五年前の昭和三十九（一九六四）年のことでした。一大ベストセラーとなり、映画、テレビ、ドラマ化とあいまって〈氷点ブーム〉をまきおこし、作家の地歩をきずきました。

以後、根底にキリスト教の信仰を据え、主に北海道の風土を背景にした北海道新聞連載の「泥流地帯」をはじめ「積木の箱」「塩狩峠」「自我の構図」「帰りこぬ風」「残像」「天北原野」「石の森」「愛の鬼才」などによって広範な読者を獲得していることは周知のとおりです。……北海道文学館と北海道新聞社は、心理葛藤のするどい把握力とストーリーテラーとしての抜群の力量でユニークな小説世界をきりひらいている三浦文学の全容を展開することにしました。この展観を通じて三浦文学への理解を深められますとともに、北海道の文学の創造に役立つことを心から願うものです。

――〈北海道文学館報〉11月14日号

――旭川の丸井デパートで作家生活二五年を記念した「三浦綾子展」が開かれ、観展は実に五百余点の見事な収集を私に見せてくれた。生い立ちのころのケースの中に前川正の写真があった。……四十数年前、私と同じ年齢だった前川正は旭川アララギの中堅であり、清新な歌風を確立して瞠目《どうもく》の存在であった。

私は、二、三度、彼女の病床を訪れている。……ある日、綾子さんが目を輝かして「わたくし、こうして何年も寝たままですが、ちゃんと働いていますの」といった。涼しげな声の語尾に、ちょっとセクシュアルなトーンがあって、私はぞくぞくしながら「それはどういう意味ですか」と聞いてみた。彼女は掛けぶとんから両手を出して、こんな風にのれんにデザインしてはいろいろなお店に卸すのよ、と現物を私の目の前にひろげて見せた。呆気《あっけ》にとられた私は言葉を失って暫く眺めたものだった。戦後の窮乏と忍耐を強いられた私たちの年代だけが感じる、凄まじいバイタリティーを知ったおどろきなのだ。綾子さんは用事が出来ると枕もとの鈴を手にとって振った。透きとおるような細い指であった。そうするとお母様が顔を出して、用事が終わると消えるように去った。会場を次々と見て行った時、あるケースの中になんとその「のれん」があったのだ。紺地に黄色のコケシをアップリケして「綾子」とサインがあった。彼女の才能は、いまは小説の世界に開花したのだが、もしも布を用いる服飾の世界に芽生えたならば、その道でも大成したように思えてならない。

会場の外では綾子さんのサイン会が始まっていた……整理券をもらったら一三六番であった。……やっと順番がきた……本の扉に「清心」と書いて下さった。署名が終わると彼女は右手をさしのべ握手をしてくれた。あのベッドで鈴を振った白い指は少し先が曲がり、綾子さんがこの世で病んだ肺結核、脊椎カリエス、直腸ガンといった難病がわずかにこの指先にも変化を起こしているのだろうかと思いながら、私は軽くいただわって握った。私の生涯に三浦綾子さんとたった一度交わした握手であった。——旭川アララギ主宰武田信義「幻ののれん」〈北海道新聞〉12月13日付

十二月二十二日、カセットブック『現代の夫婦愛を語る』（光世氏との対談と、「太陽はいつも雲の上に」を二人で朗読したもの）刊行。

十二月、「銃口」連載開始。

一九九〇（平成二）年　六十八歳

この年も体調が思わしくなく、講演も年の後半に数カ所のみで行う。

一月十四日、大阪毎日テレビ制作「尾燈」放送。

三月二十日、朝日文庫『ちいろば先生物語』刊行。

五月三十日、三浦光世著『吾が妻なれば』刊行（日本全国歌人叢書一〇二、近代文藝社）。

知り合って間もなく綾子のすすめでアララギ会員となって以来の四十年間にわたる歌作から、叙景、生活、妻綾子を題材にした四百三十八首を選び出した、歌人三浦光世の集大成ともいうべき単独歌集『吾が妻なれば』刊行。このタイトルは、結婚二年目の一九五一年に病弱な妻綾子を詠んだ次の歌からつけられた。

着ぶくれて吾が前を行く姿だに
　しみじみ愛し吾が妻なれば　光世

六月、ビデオ『三浦綾子——人・文学・その風土』発売。全三巻。三浦夫妻の出演で、ナレーターは河内桃子、構成・インタビュー＝水谷昭夫。ビデオ・ジャポニカ。

六月十九日、「明日のあなたへ」連載（隔週）開始。

七月二十五日、新潮文庫『わが青春に出会った本』刊行。

八月～十月、旭川市内で講演会。

八月、二十一日「道ありき」日本キリスト教保育所同盟夏期保育大学、パレスホテル。二十九日「何を選ぶか」旭川女子商業、市公会堂。

八月二十六日、フジテレビ制作のドキュメンタリー番組「三浦綾子、祈りと執筆の日々」（演出・木下恭二）放送。

九月、二日「生きるとは」永山東小学校。十四日「命の尊さについて」全国精神障害者施設職員大会、大雪アリーナ。二十九日「今、自己に問われ、問うべきもの――子供のしあわせのために」わかば保育園開園二十周年記念。

十月、六日、「心のふしぎ」旭川精神衛生協会二十五周年記念、市公会堂。

十月二十五日、集英社文庫『北国日記』刊行。


十一月二十五日、新潮文庫『夕あり朝あり』刊行。

十二月十二日、長兄道夫病死。

綾子の長兄道夫が商業高校を卒業した一九二九年は、歴史的にも名高い世界大恐慌の年。道夫も就職がかなわず、ようやく一九三二年になって牛乳屋を始めた。綾子もそれを手伝い、小学校四年から女学校卒業まで牛乳配達をしたことはすでに述べた。

日中戦争時宣撫班員として北支で過ごし、帰国したあとも勤務先の羽田飛行場が空襲に遇い、樺太に渡って警官となっていたが、わずか一週間後に敗戦を迎え、シベリアに連行され、数年間抑留されるという不運つづきであった。

それでも復員後は、幸い平和な家庭生活を営んでいたが、それも束の間半身不随で口もきけぬ状態に陥ってしまい、それから約二十年経ての死であった。

「不運な人」と兄を語る綾子は、兄道夫が戦争中に中学で宣教師から洗礼を受けたと聞かされていた。

「様々の不運に見舞われたとしても、キリストに出会ったことは、最も大きな幸せであった筈だ。そこに私自身深い慰めを感じないではいられない」と綾子は、のちに書いている。（『生かされてある日々』）

一九九一（平成三）年　六十九歳

一月二十五日、角川文庫『小さな郵便車』刊行。

二月二十八日、NHKテレビ、〝ほっかいどうスペシャル〟として「光あるうちに〜三浦綾子、その日々〜」（制作NHK旭川。ナレーション・大空真弓、音楽・佐々木義生）。

　この番組のディレクター稲葉寛夫は敬虔なクリスチャンであり、かねて綾子に私淑していた青年である（全集第十九巻月報参照）。その彼が四年間にわたって、精魂をこめて取材したドキュメンタリー番組である。綾子の執筆活動と、それを口述筆記という形で協力する光世、また二人の夫婦としての日常生活、また綾子の闘病生活等々が、親しい交際のある女優大空真弓の感情を抑えたナレーションと、綾子、光世を尊敬してやまない作曲家佐々木義生の清澄な音楽に支えられて、観る者に静かな感動を呼び起こす番組となった。

　なお、これをもとに編集し直した同題名の全国版が制作され、六月二十六日に放映された。さらにまた国際版として、"The Light Still Shine" MICOも制作された。

三月二十五日、集英社文庫『天の梯子』刊行。

五月、三十日、講演。「愛について」帯広市帯広畜産大学、創立五十周年記念学術文化講演会。

　この講演会は二年ぶりに旭川市以外で行うものだった。数カ月前まで喉からの出血が止まらず、それまで旭川市内以外の講演は皆断っていたのだが、今回は主催者側に教え子がいて、たっての願いに引き受けたものだった。「教え子は先生にとって恩人みたいなもの。頼まれたらイヤとは言えませんよ」と綾子は語ったと、北海道新聞は報じている（5月31日付）。

　六月二十六日、NHKテレビ〝列島ドキュメント〟「光あるうちに」全国放送。

　二十九日、講演。「みつめるべきもの」旭川市、星光協会伝道所創立記念。

七月、主婦の友社創業七十五周年記念出版『三浦綾子全集』刊行開始。第一回配本七月九日。全二十巻からなり、司修氏による函の装丁が毎回変わるという従来にないユニークなもの。ちなみに装丁にあしらわれた草花は、司氏の発案により、北海道の草花を特に選んだものであった。

一日発行の「郷土誌あさひかわ」七月号で、全集刊行を記念して三浦綾子特集が組まれた。綾子へのインタビュー（インタビュアー・郷土誌あさひかわ代表の渡辺三子氏）や五十嵐広三、稲葉寛夫、菅野叡子、高野斗志美、宝田由和子等々、綾子と親しい人々のコメントが寄せられている。各氏のコメントの最後に、光世が「妻を詠む」と題して一文を寄せている。

——妻綾子を詠んだ短歌に次の一首がある。

何もない所から雪が湧いて来ると
寝ころんで妻が空を見ている

何の変哲もない口語歌であるが、彼女の楽天的な一面は出ていると思う。綾子の大きな特性の一つに、この楽天性がある。一千枚からの長篇を書くとなると、それ相当の重圧を感ずるのではないかと思うのだが、どうもそうではないようだ。

「一日にできる仕事の量は限られている」

と本人はいうのだが、そう考えること自体むずかしいのではないか。……

〈一日の苦労は一日で充分、明日のことは心配するな〉

とはキリストの言葉だが、取越苦労を綾子はほとんどしない。そして頭の切り替えが早い。五分と不機嫌でいることがない。すべてに楽天的である。そんな彼女に助けられて、ウツ病にもならずに、今日までの三十二年を共にしてきたが、時に偉そうに私は妻を叱ることがある。

年下の吾に叱られおろおろと
夜更け物捜す哀れ吾が妻

正に哀れなのはこの妻である。――『妻を詠む』

九月二十一日、講演。「命、この尊きもの」旭川市旭川文化会館、第三十回全国自治体病院学会総会特別講演。

十月七日、TVH開局記念番組。「女のサスペンス、北国旭川・死の彼方までも」放送。「北海道新聞・リレーえっせい」連載開始。

十二月十九日、講話。「愛について」旭川市文化会館大ホール、旭川女子商業文化祭。

このころ体調がとみに悪化し、講演は無理なので光世の歌で代わりをということになっていたが、当日一緒に出場することができた。綾子が短いがクリスマスにちなんだ講話をしたあと、光世が讃美歌と童謡「砂山」を歌い、最後に千人が総立ちで「聖しこの夜」を大合唱、暖かい感動の拍手が鳴り響いた。

二十六日、第三十二回子供クリスマスパーティー。

一九六〇年、結婚後間もなく始めた子供のためのクリスマス会は、以来一度も休まずつづけられてきた。この日も百四十人の幼稚園から中学生までの子供たちが参加した。子供たちは三浦夫妻の話を聴き、歌やゲームを楽しんだあと、この日のハイライトの光世扮するサンタクロースから大きな袋一杯につまったプレゼントをもらって帰途についた。

だが、この日綾子があいさつの中で、今年でこのクリスマス会も最後になるかもしれないと言って涙を流す場面があり、一同をハッとさせる。他の何をやめても、この子供クリスマスだけはつづけてきた夫妻であるだけに、綾子のこのあいさつはよほどのことがあるに違いないと子供心にも感じさせるものだったのだ。

事実このころ、綾子の体調は相当深刻な状態にあった。取材に来ていた朝日新聞旭川支局長小川太一郎氏にも握手をしながら、「私、もうすぐ死ぬかもしれない」と言い、小川氏は思わず涙があふれてくるのを禁じえなかったと筆者に語った。

一九九二（平成四）年　七十歳

二月二十五日、角川書店『あなたへの囁き』刊行。

――現在の生活は、だいたい朝七時に起床。その後、五千歩は歩きたいところですが、体調にもより、なかなか時間がありません。

聖書を読み、祈ります。朝食をすませ、粉ミルクを大さじ二、三杯テンコ盛りにして飲みます。それと紛末プロテインをテンコ盛りで一杯半。マッサージを一時間ほどしてもらい、予定では十一時に終わります。……

その後、調べ物をしたり、原稿用紙二、三枚の仕事ならば、ここですませてしまいます。

そして、昼食。もう一度マッサージ。その間、口述筆記をすることも、昼寝をすることもあります。普通、仕事にようやく立ちあがるのが、午後三時過ぎです。五時まで集中的に原稿を書きます。口述筆記で二時間。はやいときには二十枚ぐらいの仕事ができます。

文章にあまり凝らないので、始まれば速いのです。机に向かうと、ちょうど映写していくように、映像が胸に浮かび、それを描写していきます。綿々と映し出されるものを文章に変えていきます。こういう方法ですから、構想を考えるというよりも言葉が与えられるというほうが適切だと思います。……

「一日の苦労はその日一日だけで十分である。明日はまた明日自身が思い煩うであろう」というキリストの言葉どおりに信じています。

〝一日にできる仕事は、量が決まっている。明日のことは心配しない〟……と。

このような状況で、一日一日の積み重ねで長編小説もできあがりました。旅行して取材をし、膨大な資料を読みながら、いつの間にかできあがっていきます。一つのものが終わると、また次のものがスタートして、これもまた、いつの間にかできあがるのです。

小説の内容とかテーマですが、自分で書きたいとか書きたくないとかが問題ではなくて、何か書くべき材料があるならば、書きたくなる、その書く意欲を持っているということが一番大事で、それによって決まってくると思います。

いつでもアンテナを張り、いろいろな問題に目がいっているのも大事ですが、どんなものにぶつかっても、そのものの本質を見いだすことのできる感性を持っていなければいけないと思っています。――『ガン告知からの私の生き方』

――三浦の一日を見てみよう。起床六時前後、真先に排便。そして洗面、ラジオ英語会話のレッスン（注：光世が英語の勉強を始めてからもう二十年になるが、一日として勉強を欠かしたことがなく、その実力たるや堂堂たるもので、英語圏ならば何不自由なく生活できるであろう。もちろん三浦家の数多い外国人訪問者に通訳は必要がない）、ヨガ、と実に規則正しい。

これらのあとすぐに仕事に手をつける。読者への返事、礼状その他、仕事はいくらでもある。


私の朝食後は必ず私にマッサージをしてくれる。全身をていねいに一時間かけてやってくれるのだ。

私が口述を始めると、何をさておいても直ちに原稿用紙に向かってくれる。一字一句聞き洩らさじと耳を傾け、原稿用紙の桝《ます》目を埋めてゆく。一行程は頭に入れ、次の文章をキャッチしながら書きつぐ。松本清張先生に「それは特技ですよ」とほめられた程だ。

滅多に暇もないが、時に詰め将棋を考える（注：光世はアマチュア五段の腕前である）。これがまた頭を呆《ぼ》けさせない訓練になる。夕刻ひとしきり歌をうたうことがある。この自然の呼吸も体にいいのだ。

これらの間隙《かんげき》を縫って、朝から晩まで多くの人のために祈る。病人、恩人、知人、親戚、友人等々、何百人もの人のためにひそかに祈っているようだ。

とにかくよく働きよく動く。「事物は本質的に運動によって力を生み出す」これが三浦の口癖。――「二人の差」リレーえっせい〈北海道新聞〉2月9日付

一月、パーキンソン病の診断を受ける。

綾子は、前年秋ごろから急激に体力が衰え、動作も極端に緩慢になり、表情もきわめて変化に乏しくなっていった。週に一度三浦家で夕食をとりながら、光世の英会話のお相手をしている筆者も、その変化に気づいて心痛めつつ綾子もやはり年には勝てないのか、などと内心年齢のせいにしていた。しかし、この衰弱の激しさは何のせいかと思わせるものであった。しかも七十歳は今の時代決して高齢とは言えない。「これは絶対におかしい」と、近来滞っていた疑問を晴らすべく一月十二日、友人の医師を伴って三浦家を訪ねた。

神経内科医で筋肉専門の伊藤和則医師は、数分の診察で「これは、パーキンソン病ですね」といとも簡単に診断を下した。またもや難病かと落胆する綾子に、「難病指定ではあるが、対症療法が確立されているので大丈夫です」と伊藤は力づけた。

数日後、ＭＲＩ（マグネティック・レゾナンス・イメイジングの略称。核磁気共鳴映像法といい、生体に

害を与えないなどの利点があり、一九七三年に開発以来、急速に発達普及してきた診断技術）で精密検査、診断が確定して投薬が始まったあとは、驚異的な回復を見せた。その後、何百人に一人という確率でしか出ないという薬の副作用が出たりはしていても、原因がわかったことは喜ぶべきことであった。ともかく数カ月の間、皆目見当がつかない状態から徐々にではあるが解放され、体調も回復しつつあるのであるから。

二月七日夜、訪問の際に筆者は、届いたばかりという『母』のサイン本をいただいた。

『母』については毎週金曜日にお目にかかるたびに話題に上っていたが、ある金曜日、私の顔を見るやいなや「今日は何の日だと思う？」といつものいたずらっぽい目で質問された。

実をいうと、三浦家には数多くの記念日があり、しばしばこの質問をされるのだが、その日は彼女と光世氏のいつにも増して晴れやかな笑顔を見て、筆者は瞬時に『母』の脱稿を悟った。

「とうとう終わりましたか、おめでとうございます」と言った筆者に、「私は子どもを持ったことがないから、母の心情をどれだけ表現できたか、自信はないの」と綾子は語った。

三月十日、『母』（書き下ろし）角川書店より刊行。発売後『母』は日本全国の書店でたちまちのうちにベストセラーとなった。光世氏のたっての要望であった「小林多喜二の死に黒白をつける」ことに関しては、文芸評論家宮本阿伎氏の言葉を引用したい。

——今、三浦綾子が『母』をもって、多喜二虐殺という、この類稀《たぐいまれ》な権力犯罪に、信仰者の立場から明確な抗議の意志を示し、社会変革を志すヒューマニズムに貫かれた多喜二の生涯を、その母の思いを通じて愛情深く、浮き彫りにしたことに心からの拍手を送りたい。——〈赤旗〉3月15日付

三月九日〜十日、旭川大学公開講座「三浦綾子の世界—その精神風土を考える」開催。ニュー北海ホテル。講師・旭川大学教授高野斗志美「三浦文学の原郷」、北海道教育大学助教授片山晴夫「三浦文学の祈りと救済」、旭川大学教授山内亮史「三浦文学における教育愛の構造」。両日とも百五十人の聴講者があった。

五月七日、光世講演。「苦難と希望」旭川市、旭川教会春の伝道講演会。

七月二十五日、講演。日本ペインクリニック全国大会。

——病の苦しみを患者の立場から医療関係者らに話す予定だったが、足元がふらつき、光世さんに支えられて壇上に上がったものの、言葉もと切れがち、

「実は、一月にパーキンソン病と診断され、薬の副作用で幻覚や手の震えが出て、こうして話すのも大変なんです」

近況を十五分ほど話すと、あとは光世さんに任せ、綾子さんは体を休めるため退場した。——〈道新

Today〉九月号

九月二十五日、新潮文庫『生かされてある日々』刊行。

二十六日、三浦綾子小説碑（『石の森』より）、網走管内生田原町、オホーツク文学碑公園に建立。

この日、生田原町でオープンした文学碑公園に建てられたのは、いずれもオホーツクの風土を描き詠んだ十九人の作品の文学碑である。

十月十五日、講談社文庫『あのポプラの上が空』刊行。

ここで、十一月現在の連載中の作品をあげておく。

「リレーえっせい」〈北海道新聞〉。四人による月一度のリレーエッセイ。一九九〇年十月七日付が第一回。

「明日へのあなたへ」〈週刊女性〉隔週連載。一九九〇年六月十六日号が第一回。主婦と生活社。

「信仰随想」〈祈りの細胞〉年間四回連載の形で、一九七二年からつづき、『それでも明日は来る』『心のある家』などのエッセイ集に収録されている。本年で二十周年を迎えた。第一回は七二年1月号。日本基督教

団月寒教会。

「生かされてある日々」〈信徒の友〉毎月連載で、一九八七年から五年目。一九八九年9月号までの分は日本基督教団刊行の『生かされてある日々』に収録。

「銃口」〈本の窓〉に連載中で、本年12月号で三十回を数える長篇小説。

「銃口」は、大正天皇の死に始まり、昭和天皇の死で完結する、いわば一つの昭和史である。物語は、太平洋戦争の始まった一九四一年一月に起きたいわゆる「北海道綴り方連盟事件」を土台とする一千余枚に及ぶもので、おそらく「海嶺」に次ぐかあるいは超える大長篇になるだろう。

その年の一月未明、赤化思想の普及の容疑で、道内の教師が数十名検挙され、特高刑事の過酷な取り調べを受け、その結果、気が狂った者や釈放後間もなく命を落とした者が出た、という事件であった。当時、この事件は社会に報道されることもなく、闇から闇へと葬られたという。戦時下の日本で、「国家権力の非情

さと時代に翻弄《ほんろう》される人間の悲しみに迫ろうとする」。

〈クリスチャン新聞〉２月１日付

執筆を始めてから、これまでに幾度か三浦夫妻は筆者に「命の危険を覚悟で書いている」と語っている。戦争中、軍国主義教育の中で天皇の赤子を育てることに全情熱を傾け、それがいかに誤った教育であったかということを敗戦により知らされ、痛恨の思いを抱いてきた綾子にとって、二度と再び戦争は起こしてはならないものであって、それは、〝命がけで伝えていかなければならぬこと〟なのである。戦後四十数年が過ぎ、世界一平和なのではないかと思われる現代日本からは、年々戦争の語り部が減ってゆく。戦争をテレビや映画のシーンの中でしか知らない世代がふえている。彼らに「本当の戦争というものの、非情さ無惨さを、戦争を知っている者たちは本気で語り残さねばならない。相手が好もうと好むまいと、私たちは語ることによって、時代を負う人々に追体験させねばならない」と綾子は言う。(『語りつぐべきもの＝白き冬日』)

「許して下さい」と戦争中の日本人の罪を中国人に詫びつつ、「日本人のすべてが、再び戦争を起こさぬことを誓わぬ以上、詫びたことにはならない」と、言い切る綾子である。真の平和が訪れるまで、綾子にとって戦争の終結はないのだ。

敗戦の虚無から綾子を救い出してくれたのは、キリスト教だった。そしてそのキリスト教ゆえに現在の作家三浦綾子が存在する。何をおいても、神への信仰を貫き通すところに、綾子の作家としての姿勢がある。

――「わたしにとって、信仰は絶対のものです。書くことはやめても、信ずることはやめるわけにはいかないのです」……

わたしはこのキリストの救いを、十三年の闘病生活において知らされた。そして、これこそが、人間を真に生かす道、真に幸いにする道、即ち福音であることを知った。わたしはこの福音を伝えずにはいられない。従ってわたしは、直接であれ、間接であれ、このキリストの福音を伝えようとして書いているのである。たとえ文学的には、どうであれ、この信仰の土台に立って書いているのである。

こうした態度が、文学的に問題視されることは知っている。主人持ちの文学、護教文学といった批判である。確かに一つの信条を小説の中に主張するというようなことは、文学的には具合のわるいことなのであろう。だがわたしは、文学的にどうであれ、この姿勢を変えるわけにはいかないのだ。「一歩でも人を動かすものこそ真の文学」とか。所詮わたしは半歩も人を動かせない。が、わたしの書くものを通して、一人でもキリストに向いてくださる方がいるなら、わたしはもはやいうことはない。――『わたしはなぜ書くか＝孤独のとなり』

一九六三年「氷点」で文壇デビューを飾って以来、三十年間、作家三浦綾子が貫き通してきた姿勢である。その結果が、どのようなものであるかは、この間発表された作品の多くがベストセラーになってきているという事実、一九九一年末の調べでは、それまでに売れた著書は、単行本、文庫本、合わせて三千万部を下らないという事実、本年譜によりつまびらかにされた、作家としての評価、またその超人的活躍と影響力等を考え合わせる時に、実に明白であると言えよう。

評論家秋山駿氏は三浦綾子をこうとらえる。

――長く文芸批評を続けた小林秀雄は、よく考えた末のことだろうが、作品より作者という人間の方が大きい、と、しばしば述懐している。

三浦さんに初めてお会いしたとき、私はその小林の言葉を思い出していた。これは独得な人である、と感覚された。個性というのではない。何か源泉を持っている人、という感じであった。

実は私は、三浦さんの作品より、三浦さんの読者の方をよく知っている。東京農工大という理科系の大学で文学を講じているので、「文学と私」というようなレポートを書いてもらう。……ことに三浦綾子につい て書かれたものは、通り一遍のレポートではなく、文章が生きていた。ときに密度と迫力すらあった。

それはつまり、彼等がそれまであまり真剣には考えてこなかったこと、——生きるとは何か？という問いに向き合うからだ。神とは何か、信仰とは何か、と考え始めるようだ。

これが、文学の徳の一つである。こういうとき作家あるいは小説は、ほとんど人生の教師であるといってよろしい。

三浦さんの読者であるそんな若者の一人は、……ある日不意に私の許へやってきて、こう告げた。「昨日、入信しました」

私は思わず若者の面をまじまじと視た。そうか、文学の感動はそこまで達するのか。若者が三浦さんを読んで重い感銘を受けたように、この若者を通して、私も重い感銘を受けた。

これは、三浦さんにお会いするより前の話である。

三浦さんは、「キリストの愛を伝える使命を持つ者」として「小説を書く」と言う。その言葉が私の面を打った。——『三浦綾子全集第十一巻』解説

癌につづいて再び難病パーキンソン病に見舞われた三浦綾子は、「病気もまた神からの賜物」とし、「神から自分に与えられた使命—書くこと—」を忠実に守らんとしている。そしてこの使命感がある限り、生きる意欲を失うことはないと、雑誌「主婦の友」（九二年1月号＝生かされて、年を重ねて）のインタビューに答えている。

続年譜

一九九三（平成五）年　七十一歳

一月、随筆『夢幾夜』刊行（角川書店）

二月、『私の赤い手帖から』刊行（小学館）

四月、『三浦綾子全集』（主婦の友社）配本完了

四月、宝田学園創立四五周年及び新校舎落成記念「三浦綾子地の塩文庫」開設

女学校時代の友人宝田由和子のたっての依頼で新校舎内に文庫設置が決定され、内装及び計画の全てが筆者に依頼された。高校三年間に作家三浦綾子の世界を深く学べるように、当時主婦の友版全集に年譜を執筆していたことから、一方の壁面に巨大な年表を施し、日本を代表するステンドグラス作家井上博史による聖書に因んだステンドグラス、モザイク作品を随所に配し、旭川が世界に誇る家具メイカーのインテリアセンター制作の調度品を揃え、看板は書家塩田造州氏の揮毫。粋を尽くして仕上がった事を喜んだ綾子が私に〝ご褒美よ〟と言って、特別に直筆の祝文をくれた。当時綾子は自筆で書くということはほとんどなかった。残念ながらこの文庫は最早存在しない。宝田理事長夫妻が亡くなった後を引き継いだ親族の手によって、教室スペースが不足という理由で撤去されたという。突然の情報に驚いて飛んで行った私は、文庫の変容ぶりに言葉もなかった。〝自分の名前を冠したものはいらない〟と言っていた綾子が友人夫妻との長年のよしみで許可して造られ、多くの人々の綾子に対する思いと好意を受けて完成したものであった。何よりも宝田夫妻が教育者としてそこで学ぶ生徒達への宝物として残された貴重な遺産であった。この文庫に関しては「文藝春秋」一九九三年9月号に詳しく取り上げられた。

九月、主婦の友社版三浦綾子全集完結記念講演のた

め五年振りに上京。

当時パーキンソン病の進行で五分と座り続けていることが困難になっていた綾子であったので、札幌あたりでの開催をと主婦の友社に提案された時に、

「私は旭川にずっと住み続けてはいるが、地方のみの作家とは思っていない。全集出版記念の講演会なのであれば東京でしなければ」

そう言う本人の強い意志で主治医同伴の上京となる。久しぶりの旅に驚くほどの体力の回復を見せ、御茶ノ水カザルスホールで講演会に臨んだ。講師、尾崎秀樹・高野斗志美の講演、綾子も満席の会場で感涙に咽ぶ三浦ファンに話しかけた。会場が小さかったので早朝五時から並んだ一千人以上のファン全員に席を提供できなかったことが悔やまれた。

在京中に思い出の場所などあちこちを訪れ、それぞれ楽しく過ごした。空港でも大勢の人に見送られ無事に帰宅した。これが三浦綾子最後の東京講演となった。

九月、エッセイ集『明日のあなたへ』刊行（主婦の友社）
「謹呈：新天新地　ひたすら人々の為に生きる姿に感動するのみです。
一九九三、九、二十四　三浦綾子　村田和子様」
（この月綾子の多大な協力も得て五年に及ぶ市民運動が結実し、北海道初の音楽専用ホール旭川市大雪クリスタルホールがオープン、運動に積極的に参画した私に対する祝辞であった）
十月、前進座による三浦綾子原作『母』初演が一日から始まる。（東京）
十一月、『氷点』執筆当時の旧宅解体式（八日）
この解体式予定の二日前に綾子が突然「あの家がもう不要になったということで解体されるの。あんたも年譜書いたんだから一度みておいた方が良いよ」と言う。旧宅は寄贈した教会の牧師館として長年使われて

いた。いろいろな方面で保存の話題が出ていたので、当然誰かが何処かで携わっているものと思っていた。〝解体〞と聞いて誰もが驚いた。事態を知った私は、朝日新聞と北海道新聞の親しい記者二人を伴って翌日旧宅を訪れることにした。見学の直前に挨拶に寄ると、綾子が「私たちも一緒に行って見たい」と言い出し、夫妻と共にすぐ近くの旧宅を訪れた。がらんとした階下と二階をくまなく見て歩きながら、二人はあちこちで足を止め、窓際で外を眺めながら思い出話をしている。私は〝これは絶対に保存しなければならない〞と強く感じ、同行した記者達に是非にも記事にするよう依頼した。解体式前日、土曜日のことである。その朝、期待通りに夫妻の写真を載せた記事がでた。日曜午後の解体式には多くの出席教会員とは別に、綾子に近い存在で保存に力を貸してくれそうな人に来てもらった。そして、解体予定の水曜日には手作業で解体し資材は全て保存する計画であると発表した。突然の決定に一同驚きはしたが、歓迎もされた。これが旧宅保存の運動に繋がり、塩狩峠に記念館として再建される。保存のことが新聞に報道されると、たちまち全国のファンから寄付が寄せられた。寄付の額は様々であったが、綾子が私に言った言葉が忘れられない。

「たくさんの寄付もありがたいけれど、この一〇〇〇円のような寄付をくださった方たちを決して忘れてはダメよ。その方々に取っては本当に大切なお金に違いないのだから」

小さな人々に対する綾子の凛とした言葉、私は運動を進めるにあたって肝に銘じたのであった。

十二月、ＣＤ「神ともにいまして」制作（歌、光世、語り、綾子、佐々木義生制作）

これに先立ち制作した「結婚三〇周年記念」のＣＤが多くの人に感動を与えた事から、再びＣＤをとの綾子の希望で制作したが、写真の撮影を教会で行っていた時に突然カメラに向かって手を振り、〝さようならね〞と言った言葉が忘れられない。

一九九四（平成六）**年七十二歳**

二月　ひろさちや氏との共著（対談）『キリスト教・祈りのかたち』刊行

三月　『銃口』上・下　刊行（小学館）

小学館の「本の窓」に一九九〇年一月号から九三年八月号まで三年八ヶ月にわたって連載された三浦綾子最後の長篇上下巻がついに刊行される。連載中の九二年にパーキンソン病と診断され、心身ともに苦渋の生活を強いられる中での執筆であったが、連載中に一度たりとも休むことはなかった。特にパーキンソン病の影響が顕著に体力、気力の衰退に現れ始めた頃から完結に至るまでの期間、連載を続けることを可能にしたのは、一重に死力を尽くして書くという彼女の作品に対する強い思いに他ならない。もはや取材に出かけることも難しくなっていた綾子の元には次々と情報提供者が現れ、執筆を進めることを可能にした。その事に関して綾子は「後書き」でこう述べている。

「本当に沢山の方々からお励ましをいただき、ご協力をいただいて完結することが出来ました。ありがとうございます」

かつて無い程多くの情報や、また思いがけない出会いなどが、あたかも神の助けのように綾子の元にもたらされたのであった。綾子自身戦場での体験は勿論なかったが、戦時中の出来事を物語の中心に置きつつ、自らの体験と記憶を根底に書き上げた渾身の力作は、作家三浦綾子の最後を飾るに相応しい大作と位置付けられる。一貫して反戦を唱えて止まず、彼女の元に訪れる対戦国からのファンに対しては土下座をして謝っていた綾子にとって、改めて戦争を振り返る機会となった作品であった。皇国少女として育ち、多くの生徒の教師を務め、敗戦による挫折と絶望の日々こそが、やがて彼女をキリスト教に導き、作家として誕生させる原動力になったと言っても過言ではないであろう。昭和の時代を描ききった『銃口』だが、彼女はこう述べる。

「昭和は終わってもその銃口はいつまでも国民にむけられている」

こう明言して止まない綾子の鋭い洞察と指摘は、正しく今現在私たちの胸に突き刺さるものである。作家三浦綾子が今こそ読んで欲しいと願う作品が『銃口』であろう。この作品に関しては「本の窓」編集長真杉章、文芸評論家黒古一夫と三浦綾子の三者による貴重な鼎談に詳しく是非一読をお勧めしたい。（鼎談：一九九三年七月五日三浦綾子宅にて）

六月二日、三日にかけて前進座『母』の旭川公演が行われ、三公演で二千二百名が観劇し大感動を呼ぶ。終演後不安な足取りではあったがステージに上がり主演女優いまむらいずみに花束を渡すと、その姿に劇団員一同が感激し、満席の会場からも割れるような拍手が轟いた。『母』の公演を機会として三浦文学と前進座との関わりには特筆すべきものが生まれる。一九九三年十月一日の初演から最終公演の二〇〇一年十二月

二十一日までの九年三四一公演は、前進座にとって一つの演目としては最長を記録するものであった。最終公演の時に綾子の姿はすでになかったが、主演女優を務めたいまむらいずみは万感の思いをこう語っている。

「三浦綾子先生から授かりました小林多喜二の『母』の公演は「劇団創立七〇周年、三浦綾子先生追悼アンコール&ファイナル公演」として旭川、小樽を経て、唯一の未上演県であった沖縄を含め昨年十二月二十一日、伊勢崎（群馬）公演を持ちまして、無事千秋楽となりました。どこの公演地でも、たくさんの方々に感動していただけましたことはこのうえない喜びであり、救いです。これも偏えに、先生とお心を共にされた皆様のおかげと改めて厚く御礼申しあげます」

その綾子の心とは『母』上演にあたって寄せられた一文にある。

「それにしても、日本各地に此のような熱いおもいを捲き起こしたのは一体何なのであろうか。すべては〝多喜二〟の生き様そして〝その死〟にあると思う。

また、その多喜二を生み育てた母セキさんの〝類稀なる愛と忍耐〟にある、と私は思う。此の舞台を観られたお一人お一人が、舞台を通して〝人間はどう生きるべきか〟そして、〝何を次の世代に語りつぐべきか〟を肌で感じ取ってくだされればと、私は祈ってやまない。
三浦綾子」

前進座公演『銃口』一九九四年に『銃口』が発刊された頃、まだ健在であった綾子に前進座が将来の公演目として申し入れ、許可を得ていた事から綾子没後二〇〇三年に初演を見た後二〇〇九年の千秋楽までに二六九公演がおこなわれた。『母』に続くロングランの公演は旭川でも二〇〇三年八月三十一日、九月一日の両日に行われたが、公演に先立って団員全員で綾子の墓参りをしてくださったのが感動であった。ファイナル公演は塩狩峠三浦綾子記念館所在地である和寒町で、昼夜二回行われたが会場に詰めかけた満席の観客に前進座団員による熱演が多くの感動を与え、参集した人人が作家三浦綾子に改めて思いを馳せる日となった。

七月二十四、二十五日　映画監督山田洋次氏との対談（北海道新聞社企画）

対談の折に二階の仕事部屋を見て山田監督がその畳のすり減った様子に感動の言葉を発していた。人気作家の三浦綾子の質素な生活振りに胸を打たれたようであった。一方その後の対談中に〝口述筆記をしている光世が小説の構想などに関わっているのか〟との監督の質問に綾子はこう答えている。

「いいえ、決してそういうことはありません。彼は私の言葉一つ一つを正確に書き写すいわばロボットのような存在です。作家は私です」

実にきっぱりとそう言い切った綾子の凛とした口調には、その場に居合わせた私ですら驚くものがあった。

八月　執筆三〇周年記念の祝賀会が綾子が所属する旭川六条教会で開催される。

十月　随筆『この病をも賜として——生かされてある日々2』刊行（日本キリスト教団出版局）

十一月「北海道新聞社会文化賞」受賞（十一日）に次いで同社主催の写真展「三浦綾子の世界」開催（札幌三越デパート）

随筆『小さな一歩から』刊行（講談社）

一九九五（平成七）年　七十三歳

一月　写真展「三浦綾子の世界」開催（マルイ今井デパート旭川店）北海道新聞社

「命ある限り」を『野性時代』に連載開始

二月　八人との対談集『希望・明日へ』刊行（北海道新聞社）

五月　随筆『新しい鍵』刊行（光文社）

十月「三浦綾子記念文学館」設立発起人会開催

随筆『難病日記』刊行（主婦の友社）

この年　パーキンソン病徐々に進行

一九九六（平成八）年　七十四歳

一月（阪神淡路大震災）

三月（地下鉄サリン事件）

NHKにより『銃口』TV化が決定され旭川市内ロケが始まる

四月　自伝小説『命ある限り』刊行（角川書店）角川書店創立五〇周年特別企画「愛を育み、病と闘い、信仰に生きた著者の精神の奇跡」（本の帯より）

六月　札幌医科大学大学祭で講演（演題「人間性の回復」）具合が悪く中座するが再登壇して終える

七月　パーキンソン病薬の副作用による幻覚が激しく、気力、体力共に著しく低下

八月　体力回復せず三本の連載一時休載する

九月十一日『銃口』で第　回井原西鶴賞受賞

十六日　旭川市クリスタルホールで「三浦光世&綾子、五郎部俊朗　愛のコンサート」開催

十一月「北海道文化賞」受賞

長年辞退していたが最早抗う体力も気力も失せた上での受賞である。この頃綾子の著しい体力の衰退を見て、存命中にということか、様々な賞の打診があった

が、受賞は本人の意思ではなく夫光世の承諾だったと思われる。綾子自身は文学館をはじめとしてクリスチャンとして自分の名前を冠したものは相応しくないという信念をはっきりと公言していたからである。

一九九七（平成九）**年　七十五歳**

一月　パーキンソン病の主治医伊藤和則医師の元で徹底したリハビリを行うべく計画するも、入院予定日の朝に光世の都合で入院先が札幌の柏葉脳神経外科病院に変更され、五ヶ月の入院となる。連載は休載

三月　旭川東郵便局開局二〇周年記念に絵葉書「三浦綾子の世界」三万セット発売

四月　財団法人三浦綾子記念文化財団発足

五月　講演集『愛すること生きること』刊行（光文社）

七月「第一回アジア・キリスト教文学賞」受賞

七月二十九から八月二十七日まで発熱し体調思わしくなく旭川リハビリテーション病院に入院。

九月　三浦綾子記念文学館建設着工

九日「北海道開発功労賞」受賞

十一月　随筆『さまざまな愛のかたち』刊行（ほるぷ出版）

一九九八（平成十）**年　七十六歳**

六月　語録『言葉の花束——愛といのちの770章——』刊行（講談社）

十三日「三浦綾子記念文学館」オープン

七月　中短篇小説集『雨はあした晴れるだろう』刊行（北海道新聞社）

十二月　随筆『ひかりと愛といのち』刊行（岩波書店）

一九九九（平成十一）**年　七十七歳　三浦綾子最後の年**

一月　共著『三浦綾子対話集』全四巻刊行開始（旬報社・同年四月完結）

二月一日より三月一日まで旭川リハビリテーション

病院に入院

三月　一日　八柳洋子秘書召天

肺癌の為入院加療中の洋子であったが綾子自身もこの時入院中のため、三浦光世に見舞いの要請が様々な人から連日あった。しかし光世は全く行こうとせず、皆から私に光世を説得してくれと懇願された。〝洋子さんはきっと待っているに違いない、光世さんに会わなければ神様のもとに逝けないと思っているはずです！〟との説得に光世がようやく出向いて見舞ったが、それを待っていたかのように洋子は息を引き取ったと聞いた。長年献身的に秘書として勤めていた彼女の、せめて雇用主から一言慰めと感謝の言葉を聞きたいとの一念であったと想像する。その日私は綾子が故人に会うことができるように退院させ、帰宅の途中で八柳家に立ち寄れるように取り計らった。結局光世からは見舞いを勧められて本当に有り難かったと何度も感謝された。そして葬儀当日、式の終わりに綾子が弔辞を述べようとしたのを光世が阻み、しばし二人の間で応酬があって会場がざわめいた。綾子は諦めさせられたようであった。このころ綾子の精神状態を危ぶみ、綾子に人前で話すのを光世が妨げることがよくあった。

四月二十五日　綾子喜寿の誕生日

この日は喜寿の誕生日で、光世の承諾を得て朝から綾子の一日を動画に収める。日曜日の礼拝に行きその足で月に一度の音楽運動療法に向かい野田燎博士の指導のもと療法が行われた。療法終了後、居合わせた皆で綾子を囲みささやかな祝いをした。最後にケーキに蝋燭を灯し〝では綾さん、蝋燭を消してくださいね〟の声に綾子がケーキのほうに顔を近づける矢先、光世があっという間に吹き消してしまった。その瞬間の綾子の苦笑いが私の脳裏に今でも残っている。

作家三浦綾子の喜寿の祝いの日はこのようであった。

三十日　三浦綾子塩狩峠記念館オープン

三浦綾子作品の中で最も多く読まれている小説『塩狩峠』の舞台になった和寒町塩狩峠に、解体し保存されていた『氷点』執筆の家の建材を使って旧宅を再現したもので、和寒町開村一〇〇年記念としてこの日に開館した。元々は筆者が三浦綾子に申し入れをし、承諾を受けた文学館建設運動の一環として旭川市の見本林に建設を計画していたものである。

しかし途中で運動体が移行され、新たな文学館建設運動によって旧宅解体資材は不要と決定された。三浦光世に不要資材を〝どうにかして欲しい〟と頼まれ〝一任して下さるなら〟という条件で私が引き受けて活用した。新たに建設される文学館と競合しないよう和寒町に打診したところ、当時の担当者の即決で実現したものであった。和寒町での建設が正式に発表されると、新たな文学館運動の関係者により三浦家からの資料の提供が封じられたため、以前から綾子に約束されていた資料以外はほとんど筆者が個人的に集める必要に迫られた。だが様々な三浦綾子ファンや協力者に助けられ、時には奇跡のような出会いの中で多くの資料が集まり、工夫を凝らした結果、クリスチャン堀田綾子が作家になる迄の足跡を中心に検証するものとなり、この記念館の特徴となった。

作家デビュー以降の詳細は前年に開館した記念文学館に任せ、競合は避けられた。開館当日四〇分ほどの距離を車で到着した綾子は足元もおぼつかない様子であったが、テープカットの後、記念館前の椅子に座り大勢の報道陣の前で二〇分もの間、インタービューに応じたり、『塩狩峠』執筆の思い出などを色々と愉しそうに語り続けた。前年の秋に旭川市の見本林に開館した文学館の式典では「ありがとうございました」と一言謝辞を述べたと伝聞した。

記念館に入った綾子が一つ一つの部屋をみて「ここはいいね、ここはいいね」と幾度となく喜んでくれたのが何より幸せであった。記念館の内部は新建材も併用されてはいるが、一階に綾子が営んでいた雑貨店を復元し、新築当時の調度品の展示、加えて家を建築した棟梁『岩に立つ』のモデルにまつわる資料、綾子にとって大切な方々との記念の写真、それに堀田綾子の半生の記録となるパネルと展示ケースには特に、死別した前川正が残した直筆書籍などをしつらえた。

二階の応募作品「氷点」の執筆現場である寝室はほぼ完全な復元になった。部屋の中央には当時使用していた机を置き、そこで綾子の声に従って口述筆記の体験ができるようにした。記念館の復元に関して、唯一綾子から出された希望であった。光世の口述筆記がどれほど大変なことかを知って欲しいという理由からであった。建築当時資金不足で造作できなかった部屋は小説『塩狩峠』の部屋とし、様々な資料を展示した。

この部屋でも、綾子自身が『塩狩峠』執筆の思い出を語る声を聞くことが出来るようにした。全体としては人気作家の三浦綾子ではなく、そこに至るまでの堀田綾子の足取りに加え、クリスチャン作家としての等身大の三浦綾子を肌で感じられるように組み立てた。その事で多くの来館者から「ここで、三浦綾子さんに出会えました、感動です」という評価を得られているのは構想者としては何にも優る喜びである。

七月十四日　発熱のため旭川市進藤病院に入院。


渡米から帰国し、久し振りに綾子を訪れると、お手伝いの女性にもたれ掛かるようにして食事中であった。挨拶もそこそこに額に触れてみると熱がある。かねてから主治医の伊藤医師が旭川日赤病院の神経内科の医師を紹介して下さっていたので、光世に日赤病院にと勧めたが光世が日赤ではなく最寄の外科病院を希望し救急車で運んだ。綾子の状態を見た婦長が「ここでは緊急の対応は出来ないので、その場合は日赤に移って頂くが、それで良ければいま受け入れる」と言うのでその判断に安心しての入院となった。

八月九日　一時回復を見て退院の許可が出るも、関連のリハビリテイション病院に転院。
一ヶ月ほどの入院で体力、気力、食欲も回復し院長から退院の許可が出るほどになっていたが、その頃新しく始まっていた〝胃ろう〟なるものを検討したいということで転院が決まった。転院の前日、しばらく訪れていなかった伊藤医師にぜひ綾子の状態を見て欲しいと頼み来てもらった。綾子の余りにも衰弱した状態に驚いた伊藤医師が意を決した様に言った。

「綾子さん、一度僕の病院に来ませんか？　回復を図るには徹底したリハビリが必要です。僕が必ず良くしてあげますから来ませんか？　おそらく最後のチャンスですから」

綾子が即座にはっきりと答えた。

「はい、先生のところに行って治して欲しいです！」

そのやりとりを聞いていた光世は渋い顔をしている。〝入院となると自分が付き添わなければならない〟と思っている光世が「今家をあけるわけにはいかない」と言う。

綾子の代わりにしなければならないことが山ほどあると思ってのことであろう。

「光世さん、綾子さんお一人で来させてください。光世さんが居られなくても大丈夫です。僕が責任を持って綾子さんのお世話をいたしますから」

と伊藤医師が言うのに続けて綾子も言う。


「私一人で大丈夫だから、行かせてね」

〝ではお待ちしております〟と告げて伊藤医師は帰った。翌日転院の支度をしに病院に行き綾子を担架に乗せて迎えの車を待っていると、少し前に来て壁際のソファに無言で座っていた光世が突然口を開いた。

「和子先生、いろいろ考えて見ましたが、綾子が伊藤先生のところに入院するのは無理です。私がとても忙しくてついていけません」

「綾子さんお独りで大丈夫ですよ。伊藤先生にお任せすれば心配いりませんから」

「そういうわけにはいきません！　私も行かなくては。でも私の体がもちません。綾子はやっぱり行かせるわけにはいきません！」

私は光世の強い拒絶の口調に一瞬ひるんだ。が、この機会を逃しては綾子の回復の希望は断たれると思い、勇気を振り絞って訴えた。

「光世さんお願いです、この一度だけ、この一度だけ綾子さんのことを一番に考えてあげて下さい！」

懇願する私の言葉が終わるか終わらないうちに光世の口から発せられた言葉は信じられないものだった。

「私が倒れるわけには行きません！

綾子は死んでも仕方がありません!!

綾子は死んでも仕方がありません!!」

〝綾子は死んでも仕方がありません〟と二度も叫ぶ様に言った光世の言葉に私は唖然として立ちすくんだ。息を呑んだまま返す言葉もなかった。すぐ目の前で本人が聞いているではないか！　言葉を失って綾子の顔を覗き込んだ私に、綾子が実に静かな声で言った。

「いままで長い間、ほんとうにありがとう」

はっとして私は耳を綾子の口元に近づけて聞いた。

「綾さん、それってお別れですか？」

「そうよ」

実に静かな声ではっきりと答えた。

それまで一度たりとも私に対して別れの言葉を口にしたことがなかった綾子である。

ましてや「私が死ぬ時には絶対あなた傍にいてね」


と言っていた綾子が、今私に別れを告げている。

ああ、綾さんは、今、たった今、生きることを諦めたのだ。光世の〝綾子は死んでも仕方がない〟と言う言葉にどれほどうちのめされたことか。そのひとことは彼女の心を凍らせるに十分であり、生きる意欲にとっての氷点となってしまったのだろう。驚愕と絶望感に襲われて私は粛々と転院先へ綾子をともなった。病室に綾子を落ち着かせた時に光世が私に言った。

「和子先生、これからは綾了の世話は病院にして頂きますので、もう付き添って頂かなくて結構です」

「でも心配ですので、私は勝手に来て綾子さんのお傍に付いております」

綾子との約束である、必ず最後まで傍にいると。その日から綾子は魂の抜け殻の様になってしまった。彼女の深い悲しみを思うと慰めの言葉も思いつかない。

ひたすら寄り添って〝私ここにいますからね〟と手を握るだけであった。

時として綾子が椅子に座ることができた時に、窓外の彼方を見つめながら小さな声で呟いていたのは遠い昔の思い出ばかりであった。そんな時彼女はもはや三浦綾子ではなく堀田綾子に戻っているかの様で、私が「ほったあやこさん」と呼びかけると「はい」と返事をするのだった。

以前の様に言葉を交わすこともできず、二人の間の言葉はもはや過去の思い出と神様のことしかなかった。

黙って横になっている綾子に問いかける。

「綾さん、平安ですか?」

「うん、平安よ」

「神様と共にいらっしゃいますよね?」

「そう、だから私、平安なの」

ここに至って彼女はこの世のすべての重荷から解き放たれ、平安のうちに神のもとに帰ろうとしている。それを私は彼女のためにせめてもの幸とした。

神の前に平伏し、真の信仰を得るに至っていた綾子にとってもはや憂うることはない。

そうしてあの九月五日を迎えることになる。

九月四日の夜、綾子の弟堀田鉄夫から電話を受ける。

夜八時ごろの鉄夫の電話は、九月十日にリハビリテーション病院に入院中の綾子の所に一緒に行ってもらえないだろうか、という内容だ。自分たちは綾子の実情についてよく知らないので、長年綾子の側にいて何かと世話をしてきたことは聞いており、詳しい事情を知る私に同行して欲しいと言うのだ。鉄夫の話では、その数日前に鉄夫夫妻、娘の弓子、綾子の姉高坂夫妻、彼らの長男の脳外科医らが綾子の入院先に行き、彼女の病状から判断してリハビリのための病院ではなく、神経内科もあり緊急の事態にも対応できる総合病院に移してくれと要請したのだと言う。真向いには旭川医科大学病院もあり、街中にはすでに受け入れの段取りも済んでいる旭川日赤病院もある。鉄夫が娘を綾子の付き添いとして側において欲しいと以前から申し入れているが、光世に断られている。転院に関して光世は全く応じず、同行した甥の医師が〝万が一のことがあったらどうするのか、この病院ではとても対処できないと思う〞と翻意を促したが光世は頑として応じない。双方は対立したまま話し合いを続けていたが、突然光世が啖呵を切った。

「連れて行くと言うなら、勝手に連れて行けばいい！」

興奮してそう言った後に自分の脈に触れ〝脈拍が一四〇もある〞と言う。大袈裟にと思い医師の甥が測ってみると確かに脈は早い。ここで光世が倒れでもしたら大変だというのでその場を引き上げて来たのだと言う。しかしこの十日にはもう一度皆で申し入れて、それでも聞き入れてもらえなかったらその時はその場で綾子を転院させるつもりだとのことであった。

その日私は所用で上京する予定があったので「もう今となっては私がいてもいなくても同じでしょう。むしろ光世さんの気持ちを逆撫ですることになるかもしれません。ご親族の皆様が揃っていらっしゃるのですから、大丈夫だと思います。どうか皆様で綾子さんを宜しくお願い致します。どの道明日の朝は久しぶりに綾さんのお顔を見に行きますから、その時に様子を見てみます」そう言って電話を切ったのであった。

後でわかったことだが光世が長年堀田家の親戚の人々が訪ねづらい状況を作っていたので、綾子を訪れることがほとんど出来なかったと言う。なるほど、それで綾子に何かある度に駆けつけるのが私だけで、親戚の人はどうしたのかしらと不審に思っていたのだが、そういうことだったのだ。ちょうどその一〇日ほど前から私が主催する会があり、綾子の付き添いから遠ざかっていた。別れ際にそのことを綾子に告げた。

「綾さん、私一週間ほど失礼しますけど、元気にしていてくださいね。終わったら直ぐ来ますからね」

そう耳元に囁き、すっかり細くなった手を握った。

「わかった、早く帰ってきてね。待ってるからね」

綾子の心細そうな声に後ろ髪を引かれる思いで別れてきたが、それが私と綾子が交わした最後の言葉になってしまった。

九月五日　綾子は突然心肺停止の状態に陥る。

朝八時を回った頃、電話がなった。

「和子さん聞いたか？　あやちゃん危篤だって！」

私は一瞬、〝あやちゃん〟とは誰のことなのか理解できなかった。

しかし声の主が昨夜聞いたばかりの綾子の弟鉄夫である事に気がついた瞬間、それが綾子のことだとわかる。綾子が〝危篤〟⁉

「すぐ行ってくれ！　僕たちもこれから直ぐ発つから！」

「はい！　直ぐに行きます！」

綾子の病院に通うために毎日掛けているタクシーの番号が思い出せない！　指が震えて番号が回せない！

落ち着け、落ち着けと自分に言い聞かせ、タクシーに乗る。「三浦先生のところですね？」いつもの事なので運転手がのんびりとした声で言う。

危篤の知らせは迂闊には口外できない。だが急いで欲しい。

「運転手さん、実は内密にお願いしたいのですけれど、綾子さんの状態が急変したという連絡なんです。なるべく早く着けるように行って下さいませんか？」

病院までは一五分程の距離であるが、その一五分がなんと長かったことか。まるで時間が止まっている様だった。病室に駆けつけると廊下に光世と六条教会の牧師の二人が立っている。

「綾子さんは⁉」

「今処置をしています。突然心臓も呼吸も止まって……和子先生はどうやって知ったのですか？」

綾子の様子より私が何故来たのかを不思議がる表情である。牧師以外の誰にも知らせていなかったのに。

「札幌の鉄夫さんからのお電話で、直ぐ行くようにとのことで」

「ああ、そうですか、そうですか、鉄夫さんの電話で……今日のお昼まではもたないと言われました」

動揺は少しも感じられない、いつもの口調である。

親戚の人々に通知はと問うと、直ぐ近くに住む義妹に知らせようとしたが日曜日のことで教会だろうと気づき知らせていないと言う。私は直ぐ教会にいる彼女に知らせ、綾子の親類の人々への連絡を頼んだ。

この日の朝排尿のために起床していた綾子であったが、日曜日であったのでリハビリもないことから「このまま朝食まで座って待っていましょう」と看護師が言ったのが七時ごろのこと、八時に朝食を運んで来た看護師が「三浦さん、お食事にしましょうね」と言って綾子を見て一瞬で綾子の異変に気がついた。

「あ！　顔が真っ白です。三浦さん変です！　呼吸もしていない！　心臓も動いていません！」と叫んで大騒ぎになったと言う。

それまで付き添っていた光世は、綾子が居眠りをしているのだと思い綾子の耳たぶに爪を立てたりしながら「綾子、目を覚ませ、朝ごはんの時間だぞ」と声をかけていた所に看護師の叫び声が挙がった由、にわかには信じがたい光世の行動である。

即座に心臓マッサージが行われ、幸い心臓が動きを取り戻したのだと言う。私が駆けつけた時には病室で

人工呼吸器や昇圧計を取り付ける作業が行われていた。鉄夫たちが危惧していた様にリハビリが主体のこの病院では緊急の救命装置が備わっておらず、何時間もの間、病室で機器の取り付け作業が行われた。

十一時ごろ札幌の鉄夫さん一家が着き、ほっとする。昼まではもたないだろうとの知らせを受けた親族や友人、知人が泣きながら綾子に別れを告げ、悲痛な面持ちで見守っていたが、一回目の危機はその日の夕刻まで起きなかった。

人工呼吸器が装着される前までは、まだ自発呼吸が出来ていたので、もしかしたら奇跡が起きるかもしれないと期待していた私は、綾子の枕元を取り巻いている人々に「声を掛けてあげてください。聞こえているはずですから！」と呼び掛けた。誰か彼かが声を掛ける度に綾子が反応しているのを見たからだ。「おばちゃん！」とか「綾ちゃん！」と必死に呼びかける声に小さく胸元が動くのは耳が聞こえている証拠である。

見守る私には綾子が「待っていて、今目を開けるか

ら！」と言わんばかりに思われた。しかしその願いは虚しく断たれた。そういう反応が呼吸を不安定にするという医師の判断で人工呼吸器がつけられた。いかにも残念であった。

その日の夕刻、「皆さん、お別れをしてください」と主治医が初めて告げた。まず牧師の祈りがあり、光世、親族、友人たちの順で綾子の枕元に立ち、涙ながらに綾子への感謝や別れの言葉を述べた。

血圧がどんどん低下し、五〇、四〇、に至る中で、これ以上下がったらどうしようと皆息を呑んでみつめている。病室には絶望感が漂い始めていたが、鉄夫の長女弓子と私の二人だけは綾子の足をさすりながら〝おばちゃん、頑張るよ〟と弓子、〝綾さん、大丈夫ですからね〟と、二人は心の中で綾子に呼びかけていた。

実は、彼女と私は昼間ずっと綾子に付き添っていて急な血圧の降下は装着した昇圧計が原因で、昇圧液を交換する度に起こる現象だと気づいていた。その昇圧計が作動に支障をきたしていたのは普段救急の患者を扱う事がないために二五年も前に購入したものであったからだ。この現象がその日三度も起き、その度に臨終騒ぎを引き起こしたのだが、病院側もようやくそれが昇圧計が原因であると気づき翌日新しい物に交換してからは初日のような緊急事態は起きなくなった。

何れにせよ血圧がみるみる上昇するのを見て驚き、口々に〝あのお別れの挨拶は何だったの〟と恥ずかしげに悔やんでいたのが愉快でもあった。綾さんが「慌てない、慌てない、私まだまだここにいますよ」と言って周りの人々を揶揄しているかの様であった。

その日から三八日間に及ぶ綾子の、無言の闘病生活が始まった。幸いすぐに駆けつけた堀田家の姪御さんたちが毎日交代で付き添い、両親たちが生前手厚い世話を受けた綾子に恩返しができると心を尽くして看病した。そうしながら〝自分たちの両親は皆綾子のお蔭で最高の医療を受けることができ、手厚く世話をしてもらったのに、何故肝心のおばちゃんが〟と怒り、申し訳ないと悔やんでいた。しかし綾子に関しては光世が全権を握っているため、彼らにはどうにもできないのであった。

鉄夫たちは転院させられなかったことをどれ程悔やんだことであろう。綾子の入院には光世が寝泊りして付き添うのが常であったが、思いがけなく病院側からは光世以外の誰かが夜間付き添うようにとの要請があった。綾子に一番近い私に親戚一同からの依頼があり、三八日間私は綾子に付き添って夜を過ごした。昼間は綾子の姪たちが交代でついてくれ、夕方私と交代する毎日であった。

十月九日　音楽運動療法野田遼先生綾子訪問
ちょうど旭川市内で音楽運動療法セミナーで来旭中の野田先生に入院中の綾子を見舞って下さる様にお願いし、可能なら先生のサックスを綾子に聞かせてあげて欲しいとも伝えた。

この日サックス持参で病室を訪れた先生は綾子にじっと目をこらしていたが、突然綾子の体を激しく揺さぶり〝三浦さん、三浦さん〟と大きな声で呼びかけた。


誰もが腫物に触る様に接していたのに、先生の激しい行為に私は一瞬驚き、そばで見ていた光世も驚きを隠せない様子だった。しかし療法で重度の障害者を扱い慣れた先生のこと、何か考えがあってのことと心配はしなかった。その直ぐ後に、野田先生は憮然とした表情で〝帰ります〟と言って病室を後にされた。

結局サックスを吹くことはなく、私は残念に思った。先生がいつも療法の時に演奏する曲を聴いたらひょっとして奇跡が起きて綾子が目覚めたりするかもしれないなどと微かな期待を持っていたからだ。

夜が明けて自宅に戻った私は、家人から野田先生が〝三浦さんは三日後に亡くなる〟と言っていたと聞かされた。音楽家であり、療法専門家でありかつ医学博士として鋭い洞察力と感性に豊む先生ではあるが、もし違ったらどうするのかしらと内心思いもした。だが確かにその三日後に綾子は旅立ったのである。

後日先生に問うと「ほら、僕が三浦さんを揺さぶって声を掛けたでしょう？　そうしたら昇圧計がガーっと上がったでしょう？　その時彼女と通じたの、彼女が〝先生、私三日後に逝きます〟と言ったんだよ。だからサックスは必要ないと思って吹かなかった」。不思議な驚きがあったのを記憶している。

十月十二日　三浦綾子命終《みょうじゅ》

三八日間の闘病の日々に終わりがきた。この間何度も〝危篤〟が告げられたがその都度持ち直していたのが、この日は朝から明らかに命旦夕に迫る症状が出て、親戚の人々が見守る中で午後五時三十九分、医師により死亡が宣された。

十五日葬儀　旭川市神居《かむい》の旭川斎場に於いて旭川六条教会の執行で、前日の通夜に続き本葬が行われた。両日合わせて千八〇〇人が全国各地から参列し、別れを惜しんだ。急な知らせにも拘らず、前進座『母』の主演女優いまむらいずみが一番に飛んで来てくれたのが有難いことであった。葬儀は本来なら教会で行われるべきだが、〝教会堂は小さすぎる〟と言ってそれを許さぬ光世の意向で市内の斎場で行われた。遺族と相談し、長年お世話になったので町内会葬ということにするのが綾子も喜んでくれるであろうということになった。

〝綾子の友人関係など全く知らない〟と言う光世に呆れはしたが、それならと私が綾子の古くからの友人や教師時代の同僚などに依頼し葬儀で弔辞を述べてもらったり、綾子との別れを心から惜しむ大勢の人々によってしめやかでまた暖かさに溢れた葬儀を行うことができた。「綾子さんらしい良い葬儀だったね」と多くの人に言ってもらえたのが何よりであった。

以上が堀田綾子として生を受け、作家三浦綾子としてその生涯を閉じた七七年にわたる綾子の生の記録である。もちろん、その全てがここに記されているわけではなく、幸い彼女が残した自伝の数々を読むことで、抜け落ちている事柄、語り尽くせなかった部分などを読者自身が読み解き、彼女の生涯を辿って頂くようすがになれば幸いである。

年譜に書き得なかった追記

全集の年譜で触れた事であるがここで今一度振り返ってみたいと思う。

脊椎カリエスで病床にあった綾子は最愛の婚約者前川正の死に立ち会うどころか葬儀にさえ行くことが出来ずにその死を嘆いた。それまでの綾子ならただひたすら後を追うことを考えたであろう。しかしそんな綾子を知る前川は己の死を予感して息絶える三ヶ月も前に遺書を認めていた。

「綾ちゃんお互い、精一杯、誠実な友情で交わってこれたことを心から感謝いたします。綾ちゃん、綾ちゃんは真の意味で、私の最初の人であり、最後の人でした。（中略）一度申した事、繰り返す事は控えてましたが、決して私は綾ちゃんの最後の人であることを願わなかったこと、このことが今改めて申し述べたいことです。生きるということは苦しく又、謎に満ちています。妙な約束に縛られて不自然な綾ちゃんになっては一番悲しいことです」

そして正は遺書と共に、綾子が正に書き送った手紙、彼女に関して書き触れてある日記、歌稿のすべてを送り届ける。つまり二人の関係は「かんぜんに白紙」となり、また、綾子がその全てを焼却した時「綾ちゃんが私へ申した言葉は、地上に痕を止めず何者にも束縛されず自由に成る」そうして、こう結んでいる「これが私の最後の贈りもの」と。正は〝友情〟という言葉で二人の交際を表現しているが、実際にはどのような形であったかは綾子が一九七三年五月二日、正の一九年目の命日にあたる日に講談社から出版された二人の往復書簡集「命に刻まれし愛の形身」に詳しい。

そんな綾子のところに札幌の牧師の依頼でその名前から女性と誤解され送り込まれた三浦光世の見舞いを

受け後に結婚することになる。生前の前川を知る人々はそれを前川にたいする大変不誠実な裏切りと捉えた。その面影を多少持った三浦光世を〝前川に似た〟人物と表現した綾子に対して彼らは激怒したそうである。

〝似ているなんてとんでもない。前川さんに失礼だ！〟と怒ったようである。それは何十年経っても消えない感情であったようだ。私が三浦家での集まりに出席した折に手伝いをしていた綾子の親しい友人として紹介された婦人がある。その方に〝塩狩峠の記念館〟を作る準備の折、前川の写真の一葉でもお持ちでないかと尋ねたとき〝綾子のためには前川に関して仮に何かあったとしても何一つ提供するつもりはない〟と激しく拒否されて強い衝撃を覚えた。

綾子はそんな周囲の感情を知っていたであろうに、なぜ光世との結婚を決意したのであろうか？　前川正は遺書の中でこうも書いていた。

「綾ちゃん、綾ちゃんは私が死んでも生きることを止めることも消極的になることもないと確かに約束して下さいましたよ。万一この約束に対し不誠実であれば私の綾ちゃんは私の見込み違いだったわけです。そんな綾ちゃんではありませんね！」

自分の命が長くはないと知っていた正は綾子に己の分も生き、伝道してくれと頼んでいた。正の死後、綾子はどのように伝道したら良いのか病床で常に考えていた。そこに現れた三浦光世であった。光世もまた敬虔なクリスチャンであり病が癒えるのを待って結婚を申し込んだのであった。〝この人とならともに伝道できるに違いない〟と綾子は思ったことであろう。

前川正と育んだ信仰と愛とはまた別の次元ではあるが、正の望みにも叶う。共に伝道が出来るという思いが根底にあった光世との結婚であった。結婚して間もなく伝道したいがために借金をして家を新築し、家の前に掲示板を置いた。また病弱な体を押して近所の人人にキリストの言葉を伝えたいと雑貨店を開いて店先で伝道に努めた。やがて『氷点』で作家としてデビューし次々と出版された作品で一躍ベストセラー作家としてもてはやされる一方、護教文学だからと文壇から締め出される。それでもひたすら伝道のために書き続け、作家としては珍しい口述筆記の形で作品を生み出したのも、伝道の同志としての光世との共同作業のつもりであったろう。すべてが伝道のためであった。一九九〇年頃のある日、文学とは何か、作家とは何かと論じていた時に私に向かって語られた言葉がある。

「文学も音楽も神の庭の花のようなもので、その庭と花とを同じに論じてほしくない。私は文学をするつもりでは書いていないしまた書けなかった。文学者は信仰や宗教を見下しているところがあり、私は絶対にその仲間にはなりたくない。ここは絶対に譲れないところで、それを譲ったのでは私はなくなってしまう。少なくともあなたがわかってくれなければ困る」

折しも私が三浦綾子の年譜を執筆していた頃のことである。この頃から既に彼女は私に託す思いを持っていたのかもしれない。いわゆる日本の文学界から護教文学だと別枠扱いにされても、一貫して伝道のために

書くと言い切って怯まなかった綾子であった。結婚生活においても全く同じであったろう。そしてその思いを確実に知ったのは綾子の晩年の頃であった。

その夜も英語の授業をしながら三人で台所のテーブルで食事をしていた。いつものように光世が綾子に向かって食べるように無理強いしていた時のことである。

綾子が癌になって食事療法を始めて以来、光世の食生活管理は極端に厳しいものになっていた。癌から復帰した後でも、変わらず食べ物に制限を加えていた。

全国のファンから様々な見舞いの食品が届いても、ほとんど綾子の口には入らない。光世が決めたものだけに食品は制限されていた。パーキンソン病になった頃からは、綾子にとって食事は厳しいものとなっていた。パーキンソン病は筋力の衰えを顕著に表すもので、狭いところでの移動や日常の生活にも様々な不自由をもたらす。特に普段からゆっくりと食べる習慣であった綾子にとって、光世にあれこれ指示されるのは辛いことであった。ある時光世がちょっと席を立った時、

綾子が言った。

「食事もこうなると拷問と同じなのよね」

日常生活の全ての面において、周囲のものは皆心を痛めているが、特に日々を共に過ごす従業員にとって何か言っても聞いてはもらえないと分かっているし、職場という側面もあるので、もし光世の怒りを買って働けなくなったら困る。何よりも自分たちの進言が綾子に対するトバッチリになるのではと恐れると言い、諸般の事情から綾子たちに信頼されている私に何かと意見を述べて欲しいと言うのであった。

食事を終えて光世が茶の間に向おうとした時であった。突然綾子の口から実に凛とした、長いこと聞いていなかった強い言葉が発せられた。

「私、光世さんに言いたいことがあるの。和子さん、証人になって聞いて頂戴。ミコ、私を自由にしてちょうだい。このままでは綾子は死んでしまう。食事の時間はほとんど恐怖の時間になっている。こんな状態で食べても何の栄養にもならない。私のしたいようにさせて。私はもっと書きたいことがあるの。ファンのために元気になって書きたいことがあるのよ！」

身を振り絞って発せられた綾子の叫びであった。我慢に、我慢を重ねてきた綾子がもう耐えられない限界に来て、私がそこにいることに力を得て勇気と決意を持って発せられた訴えであったろう。呆気に取られて棒立ちになっている光世に思わず私も言った。

「光世さん、綾子さんのために、光世さんのやり方を変えてあげてください。もう一度お元気になって書くことができるようにしてあげてください。私もできる限りのお手伝いをしますから」

綾子の叫びがあったからこそ私にも言えた言葉であった。それ以前は光世に対して絶対服従を決めていた綾子には初めての抗いであったろう。そして私自身は〝もう一度書きたい〟という作家としての願いを叶える運命共同体になることを決意した瞬間であった。

「そうか、わかったよ、綾子」思いがけない言葉が光世の口から出た。どれほどの怒りの言葉が返ってくるかと覚悟していたが、予想外に冷静な言葉であった。茶の間に去った光世が、ちょうど掛かってきた電話の相手に向かって「綾子は病気で頭がおかしくなっています」と言っているのが聞こえた。私は本気で綾子の再起に取り組む決意をした。

その日を境に、私は週二回ほど、綾子が長年親しんでいたテルミー温灸の施療をするために訪れることにした。二階の寝室で二時間ほどの治療をするのであるが、その間に実に様々なことについて綾子と語り合うことができた。さらにそれまでは分からなかった、綾子や光世の日常生活を従業員の話から知ることができた。それらをここで詳細に述べるつもりは毛頭ないが、ただ一つ記すべきは、それまでは想像も出来なかった光世の人柄や性分である。綾子が世の中に長年示して来た光世のイメージとは随分と違ったものであった。

この頃から神戸の医師で音楽家かつ音楽運動療法の権威でもある野田燎博士を三浦家に招き、月に一度施療をお願いするようにした。野田先生の療法を受けた後の綾子には、はっきりとその効果が現れていた。先生の指導に従って秘書の八柳洋子が毎日療法を続けた。

そうした中でさらにリハビリを進めるために私は主治医の伊藤医師と相談し、彼の所に入院する手筈を整え希望を膨らませた。ところが入院予定の朝綾子のところに行くと、光世の都合ということで入院先がそれまで全く縁のなかった札幌のK病院に変更されていた。以前から綾子とも知り合いで、光世がよそより意を通せるので変えたという。入院目的からは本末転倒である。結局主治医の病院でのパーキンソン病の徹底的リハビリを逸してしまった。その後実に六ヶ月に及んだK病院での月日が悔やまれる。迎えの車を待つ間に、綾子が唖然とする私の耳元でささやいた。

「あんたがいてくれるからよかった。あんたがみんなわかってくれているから、もう安心して行ってくるからね」

旭川を離れる綾子の不安な気持ちを言葉の端々に感じた私は「綾さん、私すぐ会いに行きますから心配しないで待っててね」と言って手をとった。約束通り私は頻繁に入院中の綾子を見舞った。いつもどなたか見舞客がいたが、私が入っていくと「村田さんがくると全然ちがいますよ」などと感心してくれたものだ。

入院してからかなり経ったある日、病室を訪れると綾子が顔面にあちこち怪我をしていた。驚いた私がどうしたのか尋ねると、光世が綾子を洗面所に一人残して彼女が転倒したのだと言う。病室の狭い洗面所に一人残すなどとはあり得ない話であった。綾子はきっと動転したのだと思う。しばらくして、今度は秘書の八柳洋子から驚くような話を聞いた。光世が夜になると病室のドアに鍵をかけるので、夜間の見回りができなくて病院が困っていると言う。光世にいくら頼んでも頑としてあけないと言う。その頃から夜中に綾子が隣の病室の壁を叩き、〝助けて、殺される！〟と叫ぶようになって病院でもほとほと困惑しているとも聞いた。何がそんなに綾子を追い詰めていたのか、私たちには解せないことであった。この様な状況があってかその後間もなく退院となり、旭川に戻ることになった。

退院後、私は綾子の温灸治療を再開した。生活面で綾子が不自由していることなどに関して色々進言したり提案したりもした。光世が気分を害さないように気をつけながらのことであったが、必ずしも心やすく許したのではないことも知っていた。しかしひとえに綾子のためにしていることなので、きっといつかは理解してくれるものと思っていた。

しかし、ある時を境に私は光世の〝敵〟になってしまった。

この年の敬老の日、あるプロモーターが「三浦綾子記念文学館」建設資金集めと称して企画したのが、旭川市の音楽専用ホールで地元出身のオペラ歌手と光世を舞台で共演させるというものであった。私と佐々木義生が手掛けた二枚のＣＤで光世の歌を聴いて企画を立てたようだった。実は音楽教育を受けていない光世は楽譜を読むことも、リズムを取ることも全く知らなかった。ＣＤ制作では、音楽家の佐々木と私とでかなり調整して聴ける形に仕上げたのだった。それを知らないプロモーターが後日リハーサルでそれを知って大慌てだったたと言う。何れにせよ光世は日頃から人前で歌うことを大きな喜びとしていたようで、申し入れをすぐに引き受けようとした。しかしそれを望まない綾子がいる。綾子はその企画がどういうものか理解していた。周りは皆反対であったが光世が聞く耳を持たない。その日の治療中に綾子が私に言った。

「私は音楽のことはよくわからないから、私が言っても相手にされないの。あんたからミコに言って説得してくれない?」

しばらくして部屋に入って来た光世に、音楽ホールでオペラ歌手と並んで素人がマイクを片手に一緒に歌うなどということはあり得ないこと。プロモーターの意図にも疑問がある。綾子が切に願うことなので断った方が良い、などと説得を試みた。強い口調の私の言葉に腹を立てて部屋を出ようとする光世の背中を、それまで黙っていた綾子のはっとする言葉が追った。

「光世さん、光世さんには十分にお金は払っているでしょう⁉ 恥ずかしいことはしないでじっとしていて欲しいの。何もしなくていいように今まで十分に報酬を払ってきているでしょう⁉」

〝恥ずかしいこと〟と捉えていた綾子の叫びにも似た言葉であった。その頃、公の場に出ることが困難な綾子の代役で光世に講演の依頼などがくるようになっており、その度に光世は嬉々として出かけるのだが、決して自分の代わりは務まらない、そのようなことはして欲しくない、それは作家三浦綾子のファンに対する責任感であった。さらに〝恥ずかしい〟のは綾子ではなく、光世が〝恥ずかしい思いをしないように〟との配慮であった。綾子の言葉を背に受けながら階下に去った光世の胸中には穏やかならぬものが渦巻いていたに違いない。私の思い切った説得と、綾子のあれほどの言葉に出演を断念するだろうと思った。その期待は見事に裏切られ、光世の出演が決まった。公演には行かないと言っていたが、当日の朝になって綾子が突

然ついていくと言い出した。体調を気遣って大丈夫かと聞く私に彼女は、

「だってあの人何をするかわからないから、心配で一人でやるわけには行かないよ」

私は行かなかった。コンサート会場には長らく人前に出ていなかった綾子の姿を一目見たいとたくさんのファンが詰めかけていたと言う。案の定無理な同行であったためステージ上にはソファが置かれ、その上で秘書に抱き抱えられる綾子の姿にみな心を痛め、その綾子の姿に憤りを感じた一人から後日聞いた。

「なぜ、三浦先生をあんな所に引っ張りだして人目に晒さなくてはならないのですか。お気の毒で、無念で……」

そこまで言って涙ぐみ、声を詰まらせた。一方、会場一杯の聴衆を見て光世はコンサートは大成功だと思い、それなのに出演をやめさせようとしたと私のことをあちこちで悪く言って歩いたと言う。このことを境に長年続いていた光世との英語のクラスも中止になり、私を綾子から極力遠ざけるようになった。秘書やお手伝いの人、そして近所に住む義弟の妻などに箝口令を敷いたとも聞いた。しかし不思議なことに、綾子に何かあった時は必ず何らかの知らせが私の元に届いたものであった。そんな状況で綾子に会わない日がしばらく続いていたある日、自宅の近所で思いがけなく義弟の妻にでくわした。全くの偶然に互いに驚いたが、彼女が私に急いで告げた。「綾子さん、入院しているのご存知ですか？　でも私から聞いたことは決して仰らないでくださいね。光世さんに叱られますから」そう言って足早に立ち去った。すぐ様入院先に駆けつけた私を見て、綾子は涙を流さんばかりに喜んだ。

「ああ、来てくれたの？　本当に、本当に有難う。あんたが来てくれて、ほんとうに嬉しい。あんたの言葉が本当にありがたく尊いの。これでもう安心だ」

可哀想に、どれだけ待っていたのか！　光世の意図が働き、なかなか訪れることができなかった私をどんなに心細い思いで待っていたことか。私は胸が一杯に

なるのを覚えた。綾子は私の顔をそのか細い両手で挟み自分の顔に近づけこう言った。

「私が元気だった頃の約束を必ず守ってね」

「大丈夫綾さん、心配しないで」

その約束とは〝綾子の死に目には必ず傍にいる〟との言葉に他ならない。

様々なところで綾子の思いと光世の行動がすれ違うようになったことを感じた私は〝何故こんなことになってしまったのですか?〟と綾子に聞いたことがある。

「私は人間を神様同様にあつかってしまったの。だって聖書にかいてあるでしょう、〝神に仕えるごとく夫に仕えなさい〟って」

新約聖書、エペソ人への手紙五章22節〜24節にこう書かれている。

〝妻たるものよ、主に仕えるように、自分の夫に仕えなさい。キリスト教会のかしらであって、自らは、からだなる教会の救い主であられるように、夫は妻のかしらである。そして教会がキリストに仕える様に、妻もすべてのことにおいて、夫に仕えるべきである。〟


結婚当初から〝絶対服従〟を唱え、全て日常生活において光世に従う綾子の信条の根拠はここにあったのだ！　病床に何年にもわたって綾子を見舞い、結婚にまで至った光世を共にキリスト教の伝道に歩む夫として迎えた綾子が考えそうなことであった。神の教えを忠実に守らなければという思いをずっと持ち続けていたに違いない。一方そんな綾子を親族はもどかしく思っていたことだろう。特に綾子が最も慕っていた姉百合子の口から思いがけない言葉を聞いたことがある。

「あの人は昔から欲の深い、ずるい人間なのよ!」

その時はまだ、光世に対して疑念も持っていない頃だったので、驚きの方が大きかった。

何れにせよ、自分の信条が光世をあらぬ方向に導いてしまったと自責の念にかられる綾子であった。

「ミコをこんな風にしたのは、私の責任なのよね。だからミコをせめたりできないんだけれど。でも困るのは、あの人が自分のしていることを解っていないことなのよね」

呟く様にこんなことも言った。

「あの人はかなり金銭欲と名誉欲の強い人なの。相当の大金を動かせるのよ。私は貧乏だけれど」

晩年のある日、執筆が辛そうな綾子にもうそろそろ書くのを止めてもいいのではないかと言ったことがある。綾子は少し憤慨する様な口調でこう言った。

「どうして止められると思うの⁉　この家をやっていくのにいくら掛かると思って？　毎月二〇〇万よ！　ミコに九〇、秘書に四五、二人のお手伝いの給料に食費やらでそれだけ必要なのよ」

そうか、今や綾子は一家を支えるために不自由な身体をおして執筆しているのか。それにしても光世に毎月口述筆記の名目で九〇万も支払っているのは驚きであった。〝私は貧乏だけど〟という綾子の財政事情は知っていた。教会への献金、謝礼、贈り物、家計の出費、仕事上の経費などなど、ほとんど全ての出費は綾子によるものであった。ある時三浦家の銀行の支店長が口座の内容を見て〝のけぞった〟と言っていたことがある。〝光世が相当の大金を動かせる〟と綾子が言っていたのも納得がゆく。光世の口述筆記の代償が驚くほどのものであり、しかしそれは作家三浦綾子の光世に対するけじめであったのだとも思う。

長年の付き合いだが、光世に対して抱いていた印象からは、あまりにかけ離れた綾子の言葉の数々であった。実際のところ光世との出会いから結婚に至るまで、自叙伝や多くのエッセイ、対談などで光世を褒め称える綾子の言葉を誰もが疑っていなかった。

綾子自身すら、そう信じていたことであろう。世の中には〝理想の夫〟〝理想の夫婦像〟と見られていたし、光世は〝理想の夫〟のモデルとして広く知られていた。晩年の光世の変貌振りは、誰もが疑問を抱くであろう。ただ一九九一年発行のエッセイ集『心のある家』に自らの短歌一首を引きながら綾子はこう語っている。

「夫《つま》といてなおもさびしきこの夕《ゆうべ》
聖句いくつか胸に浮かび来《く》

この短歌は自分と夫の仲を示すのではなく、愛する人といてもなお淋しいと感ずることがあり、それは言うなれば宗教的な魂の飢えといおうか、人間本来の孤独といおうかエデンの園を追われたアダムとイブの味わったであろうむなしさといおうか、その淋しさなのだ。これは人と人との間における問題ではなく、創造主なる神と人間との間から来る淋しさといえるかもしれない。この淋しさを知ることが、人間は重要なのだとおもう。」

これを読むと、私は考えずにいられない。果たしてこの淋しさを、綾子は光世と共有できていたのであろうか。伝道の同志としての光世は確かにそこにいたと思う。しかし二人の間には埋められない差異があったのではないか。二人の生い立ちや育った環境もあっただろう。例えば小学校を出ただけの光世と女学校を卒業後教師にもなっていた綾子、しかも前川正という信仰上の導き手でありかつ文学、語学、短歌、哲学などさまざまな分野に秀でた恋人に学んだ綾子である。結婚後綾子はその差異を埋めようと努めたのだろう。あらゆる場面で光世を引き立てようとした。〝何をしても綾子には敵わない〟と自覚していた光世を思うと、光世がすることを決してしようとはしなかった。それでもなお埋められない差異があったのではないか。この短歌に〝自分たちの仲をいうのではない〟とことさら否定しているが、この淋しさを共有できない淋しさを綾子は詠ったのではないだろうか？　晩年のある夜、前川正と光世の違いについて尋ねたことがある。綾子は「比べたら可哀想でしょう」と言っただけであった。その言葉の意味は今よく分かるように思う。その時にまた、結婚についても言っていた。

「私たちは伝道するために結婚した。伝道するのでなければ私たちの結婚には何の意味もない」

四〇年間連れ添い、作家と筆記者という二人三脚の執筆活動に勤しみ、世の中には理想の夫婦像を作り上げてきた。作家としても人間三浦綾子としても、人生の終焉に近づきつつあるときに〝まだ死ぬという仕事が残っている〟と言った綾子である。理想的であるはずの光世との関係を前に、何を掛け違えたのだろう、なぜこうなったのか、行き着いたところは理想には到達しえていないという絶望感かと考えてしまう。

そうしたある日、いつもの様に治療をしていると、綾子が呟く様に言った。

「私はここにきて、初めて神の前にひれ伏したの。そうして自分がどの様にしてイエスを十字架につけたかを知ったのよ」

静かで厳粛な声と言葉であった。突然の、あまりに思いがけない一言に時間が止まったかに感じられた。綾子の言葉はまさにクリスチャンにとって最も重要な信仰の告白、

〝キリストが人間の罪を贖うために十字架にかかったということを証しする〟

言葉であったからだ。これまで一心に信仰の証として作家活動を続けてきた三浦綾子の口から聞くはずのない告白ではないか。……しばし言葉を失っていた私は口を開いた。

「綾子さん、私生意気な様ですが、真の信仰に行き着かれましたね」

綾子は深い溜息をついて言った。

「ああ、あんたがそこまで深く私を理解してくれているのが本当にありがたい。神様があんたをそばに置いてくださったことに本当に感謝よ」

私は思い知った。真の信仰にいたる道が、どれ程厳しいものかを悟った瞬間でもあった。この様な瞬間に居合わせられたことを幸せと思い、感謝せずには居られなかった。そうして私こそ、綾子のそばに居させてくださった神に感謝せずには居られなかった。

その後も綾子にとって辛いことは起き続けた。しかし私たちの合言葉は
〝綾子さん、平安ですか?〟

〝うん、平安よ、神と共にあって〟

というものであった。

綾子の臨終に関して書き添えておきたいことがある。綾子が〝危篤〟の状態に陥る度にいつもそそくさと上着をひっかけ〝詰所に挨拶に行ってきます〟と言う光世を私は何度引き止めたことか。その様子はあたかも彼女の死を心待ちにしているのではないかと思わせるほどであった。真意の程は解らないが、ただひたすら彼女の不在によって自分に役目が回ってくるというような張り切り方であったように思う。げんに意識を失って後の三八日間に何度〝講演〟やら〝お話し〟やら〝面談〟などに嬉々として出かけて行ったことか。

三浦綾子の夫というので世間は光世を求めまた認めてもいたであろう。そこには二人は一心同体であるはずだから綾子の代わりを光世が務めるのは当然だと思う人々が多くいたことも事実であろう。しかし果たして光世がそれだけの器を持った人であろうか？　それを一番理解していたのが綾子であって、それ故に十分な経済力も与えた上で〝表に出ずにじっとしている様に〟と訴えたのではなかったか。光世が綾子の語り部にならんとしてなり得ないと言うことを知ってのことであったろう。しかしそれもある意味では綾子が作り上げ、残してしまった負の遺産であることも事実である。その負の遺産が晩年の綾子を限りなく悩ませ、反省させ、悔やませた。しかしその結果として、綾子を〝真の信仰に辿り着かせた〟のであれば、綾子はきっとこれもまさしく「神の恩寵」と捉えたことであろう。

意識のないままに三八日間、静かに横たわっていながら彼女は見守る私たちに様々なことを見聞させ、理解させてくれた。三浦綾子という偉大な存在との別れを、ゆっくりと時間をかけて私たちに準備させてくれたのだと思う。物言わずともそこにただ居てくれるだけで良いと願う思いにも限界があった。臨終の二日前、昼間の付き添いの姪御さんと交代するときに彼女が言った。

「綾子さんの後頭部を先ほど見たのですけれど、もう褥瘡《とこずれ》がひどくて髪の毛が頭皮と一緒に剥がれてきそうになってます。綾子さん、可哀想です」

そう言って涙ぐんだ。ああ、綾子の肉体が今生きたまま朽ち果てようとしている。もうこれ以上生きていて欲しいと願うのは止めなければと初めて思った。

彼女を診て下さった医師たちとも翌日話し合ったが、皆がもう彼女の限界を感じていた。そして十二日の朝、昼間枕元で綾子の作品を読むために来てもらっていた女性から、着替えに帰宅した私に電話が入った。

「綾子さん、いつもと違います。とても心細いです。すぐ来てください」

電話の向こうで不安に駆られている様子が手に取るように伝わり、私はかけつけた。昨夜からほとんど排尿がないことは緊急な状況の印である。足元の布団をめくってみると明らかに変調が見られる。確認のために伊藤医師に電話で綾子の様子を説明すると、すぐ皆に知らせる様にと言ってくれた。幾たびも〝危篤〟の状態に陥っていた綾子はその度に持ち直していたが、今回だけは私も最期が近いことを自覚しなければならなかった。丁度午後四時の血圧と脈拍を記録してノートに転記したが、血圧が少しずつ下がるのがみられた。主治医の回診時で、皆病室から出て隣の部屋に移った。

しばらくして私はふと綾子に呼ばれた様な気がした。病室を覗くとなんと綾子一人がポツンと取り残されている。一瞬皆に知らせようと思ったが、いやこの時間は自分にもらおうと決め、すぐ綾子の側に行って椅子に座った。毎日の様に握ってきた綾子の手をそっと取った。握り返してくれることをそれまでどれほど願ってきたことか。暖かい綾子の手を両手に抱き、私は初めて別れの挨拶と祈りを捧げた。

綾子さん、本当によく生きてくださいました。私を最後までお側に置いてくださったこと、本当に感謝です。神様とご一緒なのはわかっていますから、もうどうか安心して神様のもとに召されてください。

祈りを終えて〝アーメン〟といった途端だった。看護師が部屋に飛び込んで来た。そうしてすぐ枕元のインターフォンで主治医を呼び出し、綾子の異変を知らせた。詰所の心電図のモニターが異変を示していたのだ。その心電図の機械が病室に運ばれてきた。心電図は心拍停止の状態を示していた。ところが再び微かに持ち直し始め、それが何度か繰り返される。駆けつけた親族全員が病室に入ってきて心電図と綾子を交互に見ながら固唾をのんで見守っている。驚いたことに九月五日に意識を失って以来薄く赤黒く腫れていた綾子の顔からサーと血の気が失せて、じつに白い綺麗な顔になった。心臓が止まるというのは、命が絶えるということはこういうことなのだと知らされた瞬間であった。四時三〇分過ぎにはすでにその状態に陥っていたが、M医師が説明する。

「三浦さんのことですから、何が起こるか分からないのでもうしばらく様子を見ましょう。実際に心臓は止まっていますが、心臓は筋肉ですので完全に止まるまでには時間がかかりますので」

そう言って婦長さん共々見守る。我々一同もその配慮が有り難く、綾子との別れを厳粛な気持ちで見守っていた。その時突然、静寂を破る光世の声がした。

「先生、あの緑のランプはなんなのですか?」

何事もないかの様な光世の声である。全員息を呑む。M医師が「あれはですね……」と低く説明する。

「なるほど、なるほど」とうなずくが再び光世の声

「先生、ではあの赤いランプは?」流石の医師も、「それはですね!」と低く抑えた強い口調でそこまで言いかけてから、

「もう無理ですから呼吸器を外しましょう。これ以上はもう無理です」

時刻を確認して「十月十二日五時三九分、三浦綾子さん、御臨終です」

綾子の臨終の宣言がなされた時、ベットの足元から綾子の顔を見ていた私だったが、彼女の左目から大粒の涙が零れるのを見て思わず小さく叫んだ。

「綾さんの目から涙が!　どなたか拭いてあげてください!」

目が乾燥するからと言って長い間ガーゼで覆われていた目から今流れ出た涙であった。

後で拭いてくれたのが弟の鉄夫だと知って、彼に何か言ったのかと訊ねた。

「綾ちゃん、残念だったろう、もっと書きたかっただろう?」

そう言ったんだよね。万感の想いがこもった涙であったと思う。いまだにその涙を忘れることはできない。

綾子の死去のニュースは全国に数日間ながれた。そんなニュースの中で見せる光世の様子がしばし話題になった。現に神戸の野田先生にこんなことを言われた。

「それにしても三浦さんが亡くなった後のニュースのインタビューで見せた三浦光世さんのあの晴れ晴れとした笑顔は一体何なのだと、綾子さんと僕の関わりを知っている皆から聞かれて困ってしまったよ」

確かに同様の驚きや疑問の声が地元旭川を初め、全国の友人知人からあがったのは事実である。病院から綾子を連れて戻ろうとした時も、綾子を乗せて待っていた車の方ではなく報道陣の方に行こうとする光世を押し留めなくてはならなかった。翌朝は家の外にたくさんのカメラや記者たちが待ち受けているのを知っていながら「床屋に行ってきます」と言って外に出て取材を受けている光世だった。

「いくらクリスチャンでも三浦綾子さんが亡くなったのにあの嬉しそうな顔はないですよね」と周りの人から言われたものだった。元気な頃の綾子は常に光世を気遣い、何事においても光世を忘れたことはない。その綾子が自分亡き後の光世を頼むと言うことはなかった。そのこと自体が綾子の光世に対する思いの変化と捉えて良いのではないか。私も三浦家とは綾子存命の限りの付き合いと決めていたので、葬儀が終わるまでは綾子のためと思って尽くしたが、それ以降は全くと言って良いほど光世とは関わりを持たなかった。周りはかなり驚いた様だ。綾子亡き後さぞ私が三浦家で采配を振るうのだろうと思っていた人が多かったからだ。前進座の様に綾子が生前から付き合いのあった人人に対しては〝綾子の名誉のために〟光世の立場を作るべく二度ほど関わったが、彼の取り巻きの人々に真意を曲解され、不愉快な目にあった事もあり、それ以来関わりは絶った。しかし光世も年齢を重ね、少しく認知症が見られる様になってからは文学館でも迷惑扱いされ、生活面でも自由が制限され〝情けない生活をしている〟と八柳陽子の夫努から時折聞かされていた。

日曜日ごとに光世と教会で一緒だった八柳努が、一人変わらず光世に寄り添い最後まで光世の側にいてくれたと聞いて心慰められた。そんなある日、旭川空港で偶然光世を見かけた。誰かの見送りの様だが、周りに人もいたので声もかけずに通り過ぎようとしたら、〝和子先生〟と突然声が掛かった。思いがけなかったが軽く挨拶をして別れたのが元気な光世の姿を見た最後になった。その頃にはきっと私と話もしてみたいと思っていたのだとは思うが、長年付き合いもなくまた彼の取り巻きがそれを許すはずもなかったであろう。

光世について一つ忘れがたいことがある。綾子の没後何年か経った頃のある日、綾子が作家になって初めて秘書を務めた女性から電話が入った。長い間光世の

周りの人間とは会うこともなくなっていた頃のことである。綾子が没して私が何より有り難かったのは、最早彼女にまつわることで心ない誹謗中傷を受けることがなくなり、実に平穏な生活を取り戻すことが出来ていた事であった。綾子が「私はあんたに生きているうちは何のお礼もできない」と言っていたが、この平穏な日常が綾子からの何よりの〝お礼〟だと思われた。

つまり光世と関わりのある人とは一切会いたくないと思っていたが、綾子亡き後も私の存在を疎ましく思う光世に隠れて私に配慮してくれたこともある人の電話だったので戸惑いがあった。それを察したかの様に彼女が言う。

「私、今日で光世さんのところをお暇することになりました。去る前にどうしても和子さんにお伺いしたいことがあって、お目に掛かれないでしょうか?」

もう光世とは関わらないなら会っても良いと思った。

腰を下すと開口一番に彼女は言った。

「光世先生ってあいう方だったのですか?」

〝ああいう方〟のひと一言で、私が当然理解すると思っての言葉であろう。

「残念ながら綾子さんの晩年はそんな感じでしたね」

綾子亡き後光世の講演会の世話などを一手に引き受けていた人で、遠くはアメリカにまで随行したと聞いていた。綾子のことが本当に大好きで、綾子も本州から訪れた彼女を常にかわいがっていて、その頃私も三浦家で何度も会っていた。綾子に先立たれ一人残された光世を思い、献身的に秘書の役目を果たしていると聞いていた。突然、解雇を言い渡されたのだという。恐らくそれは光世の側近の人間の思惑であろう。その頃彼らは綾子に近かった人々を次々と排除していたので、ついにそれが彼女にも及んだのだと察した。

「光世先生は、お別れのご挨拶をしても、机の上の仕事から顔も上げず、一言〝ごくろうさま〟と言うだけで、お見送りもして下さらなかったんですよ」

いかにも無念そうであった。三浦家では従来玄関の外に立って訪問客や車が見えなくなる迄見送りするのが習わしであったから、さらに寂しい思いであったに違いない。しかし、もしかするといくら光世でも散々世話になった彼女にそんな対処しかできないことに後ろめたい気持ちがありながら、そう振る舞うしかなかったのではないかと私は考えた。彼自身、もはや自分の意思を通すことが難しい状況にあり、そう思わざるを得ない様なことがたびたび起こっていると聞いていたからだ。そんな考えを巡らせながら、ふと綾子が遺書など残したりはしていなかったかと尋ねた。

「遺言書はあったそうですが、光世さんが捨てたそうです。私もびっくりしましたけれど、〝大したことが書いてなかったので捨てました〟とおっしゃってました。おかしいですよね、大切な物のはずなのに」

信じ難いことだった。後日光世と会う機会があった折、私も訊いて見た。光世はこともなげに言った。

「はい、大したことが書かれていなかったので捨てました」

作家三浦綾子の周りではこの様に信じ難い事が度々

起こっていた。世間の常識では通らない事が平然と行われ、咎められることも罰せられることもないのが常であった。それは一つにはキリストの教えを忠実に守っていた綾子が〝裁かない〟〝許す〟という考えの中で人々と相対していたからなのかもしれない。それゆえに必ずしも思いを同じくせず、有名作家三浦綾子を利用しようとする人も周りに置いてしまっていたということがあった。

ある時新しい組織が文学館運動を始めるにあたって〝著作権が欲しい〟と打ち合わせに訪れた人々に言われて困っていると綾子が言う。

「著作権を渡してしまったら、その印税で私たちは生活しているのだし、もし私が先に死んだら残されたミコはどうなるの。それに私の身内にも何らかを残したいしね」

それに関して私は〝著作権は今渡す物ではなく、それをくれなどと言うのは論外のことで、きっぱりお断りなさい。お二人とも亡くなられた後に文学館に寄贈

なさるのは有りかもしれませんけれど〟と綾子に言った。それが先方にどう伝わったのか、〝村田和子が三浦夫妻を良い様に操っていて、財産を狙っている〟という噂が出回り、私がとんでも無い悪党にされていたらしい。そんな噂を聞いて綾子に呼ばれた事がある。綾子が言ってくれた言葉は本当に有り難いものであった。

「あんたは天に宝を積んでいる人なの。あんたほど私たちにくれて、あんたほど私たちから取っていかないひとはいない、ねえ、ミコ」

側に立っている光世に同意を求めながらそう言ってくれた綾子の言葉は思いがけないものであった。綾子から受けている恩恵が、共にいることの喜び、ひたすら少しでも役に立つ事がしたいという思いでいた私にとって、その様に思っていてくれた事が何よりも嬉しいことだった。

文学館建設運動を私が綾子の許可をもらって始めると決まった折に、私と文芸評論家として綾子を最もよ

く研究している高野斗志美との二人が綾子に呼ばれた。運動は村田が、文学館の内容に関しては高野がそれぞれ任に当たって欲しいとの綾子の意思だった。次いで綾子が言った。

「私は幾ら出せば良いの?」

自分の文学館なら当然自分も費用を負担しなければと考えた綾子である。すると高野が即座に言った。

「文学者たる者、自分が欲しくて文学館を作ったと思われては絶対にいけません。従って金も、口も出してはいけません」

きっぱりとした高野の考えに、この人とは一緒にやっていけそうだとその時思った。実はそれまで、文芸評論家として綾子の評論では高い評価を得ていた高野に対する綾子の強い信頼感と評価に反して、私自身は彼との関わり、言動、評判などから疑念を抱いていたからだ。しかしその後文学館建設運動が私の手から離れて全く別の組織に移行した折に、高野が新組織に鞍替えしていたことを知ることになった。どうやら完成時の館長職を約束されたらしい。ともあれ、著作権については、その時は無事にすんだ。因みに綾子の弟鉄夫がこう言っていたのも記憶している。

「綾ちゃん、著作権は俺に預かってくれと言ってたんだけど不思議だな。どうなったのだろう?」

綾子の晩年、私は彼女に元気なうちにかならず遺書は書いておかなければいけないと進言していたのに、どこか呑気なところがある彼女であれば、遺書もちゃんと残していなかったのかもしれないぐらいに思っていたのが、〝あったが捨てた〟と言う光世の言葉にはたと思いつき八柳努に聞いてみた。

「有ったどころじゃないよ。毎年書き変えて銀行の金庫に預けてあってね。綾子さんが亡くなった時、それがどこにあるかわからないと言うから、僕が光世さんに銀行にあることを教えてあげたんだから」

実に驚くべき由々しきことではないか。作家三浦綾子がそこまでして慎重に保管してあった遺書をこともなげに〝捨てた〟と言うこと自体、決して信ずることはできないが真実は永久に謎として闇に葬り去られてしまったのだった。

ここまで述べて来た事以外で私の直接綾子亡き後の関わりはほとんどなく、見本林に現存する三浦綾子記念文学館を中心に行われていることは様々な形で世に知られており、一方塩狩峠の三浦綾子記念館は和寒町によって管理され、運営されて毎年訪れる綾子ファンからは喜びと感動の言葉が続けて寄せられていることをここに銘記しておきたいと思う。

作家三浦綾子の晩年を知るためにはどうしても言うに辛く、聞くに耐えがたい事柄について書かなくてはならなかったが、それらは彼女が神のもとに顔をあげて召されるために必要だった神から課せられた試練であったと捉えて戴きたい。決して他人を非難したり責めたりするのが目的ではなく、彼女が真の信仰に辿り着くために通って行かなければならなかった茨の道であったと、読者にはご理解いただきたい。

後書き

一九九九年十月十二日に作家三浦綾子が逝ってから四半世紀に近い年月が流れてしまったが、今もなお彼女の読者は多く、根強い人気をはくしている。彼女との六〇年に及ぶ親交の晩年に託された遺言を果たすのに長い年月を要してしまったが、自分自身が彼女の没年と同じ喜寿を迎えた今日、彼女との約束を果たすことができて安堵と共に大きな喜びを感じている。これで生前のもう一つの約束であった〝死ぬまでそばにいる〟と共に二つ目の約束も果たすことができるのは無上の喜びである。

最後に最も大切な彼女の言葉と願いを記しておきたいと思う。

クリスチャン作家としての綾子には熱狂的なファンが数多くいた。その様な人々の行為も善意も有り難いと思う反面、戸惑いもあった。

「困るのよね、間違ってもらっては。私を信じるのではなく、信じるべきは神様なのだから」

綾子は日頃から〝文学館の様なものは、私にはいらない。クリスチャン作家として自分の名前を冠したものはあってはならないから〟と言っていた。そんな綾子に、全集に年譜を執筆した折に閲覧した資料の保管が、あまりにも頼りなく感じた私が、大袈裟なものではなく、綾子なき後に出会う読者のために何かの手がかりを残しましょうと提案したことに、〝あんたがしてくれるんなら良いよ〟と初めて許可がおりたのであった。しかし事業は動き出した初期の段階に、違った人々の手に渡ってしまったのだった。ただ形も規模も違うがその代わりにできた「塩狩峠三浦綾子記念館」で堀田／三浦綾子と出会うことが出来、またそこに収められた数々の資料が今後も読者にとって貴重なてがかりとなるであろう事を心から願ってやまない。

自分の名を冠したものはいらないと聞いた時に、では作家三浦綾子は何を望むのかとたずねると。

「私に語り部はいらない。

私の書いた本がある。

それを読んで欲しい」

これこそが作家三浦綾子が彼女の読者に対する切なる願いである。読者自身が自分の考え、信条、そうして信仰のことなどを、綾子の作品を読むことで受け止め、判断して欲しいと願っていた。それはとりも直さず
〝信仰とは神と神を信ずる人との間でのみ成立するものである〟

という綾子の信条を表すもので、自分の著書を通して〝神の真理を見出し、信仰に導かれて欲しい〟これが作家三浦綾子の切なる望みである。


私自身、ここで彼女の語り部になるつもりはない。ただ、この世での命の終わりの瞬間まで傍にいて、特に最晩年に綾子が通って行かなければならなかった道のりをつぶさに見た者の務めとして、その記録をここに記すものであると受け止めて戴きたい。

「まだ死ぬという仕事がのこっている」

綾子のその言葉を幾たびも聞いた私にも、そう言った彼女の真意をすぐには知り得なかった。それがかくも厳しく、苦しく、悲しみを伴った長い道のりであることを、今にして思えば恐らく予知しての綾子の言葉であったろう。

何よりも銘記しておかなければならないのは、キリスト者として、またクリスチャン作家として揺るぎない信念と神への信仰ゆえに、伝道のためと言い切って作家として生き切った三浦綾子にして、〝真の信仰〟に辿り着くには、どれほどの苦難に耐え、悔い改め、〝初めて神の前に平伏し、己がどの様にキリストを十字架につけたかを知った〟と言わしめ、遂に真の信仰

に行き着いた綾子の〝信仰告白〟に他ならない。そうして確固たる信仰のもとに、この世での仕事を完遂し、平安のうちに神のもとに召されたのである。

この手記の真の目的は三浦綾子というひとりのキリスト者が、その人生を生き抜き、ついには究極の信仰に至るまでの軌跡を記し留めることである。特にキリスト者として生きる人々には、綾子の個人的な信仰告白と理解し、今後の信仰の歩みの一助となり、綾子亡き後に出会い、未来に出会う読者が三浦文学により一層親しむきっかけにもなれば、筆者としてそれに優る幸せはない。

二〇二三年八月十日

村田和子

謝辞

本書の完成までには多くの人との関わりがあった。特に綾子没後間も無い九九年の冬、滞在中のニューヨークで記憶が鮮明な内に残さんと書き連ねた続年譜数十枚を活字にしてくれたのは当時留学中の次男真だった。その原稿を土台に幾度も推敲を重ねる中で、真摯な意見を下さった文筆家のみやこうせい児島宏子夫妻、ジャーナリストの佐久間和久氏、また出版に踏み切って下さった未知谷の飯島徹氏、加えて絶えず傍で助力してくれた佐々木義生氏、皆様に心からの謝辞を捧げたい。25回忌を迎える今、生前の三浦綾子を知る人は数少ないが、長い歴史を持つイエスキリストの教えに導かれる中で、クリスチャン作家三浦綾子に出会う人がなお多くいると知る。願わくばこの書に込められた三浦綾子の魂と信仰、神と人とに対する限りない愛が永く多くの人に届く様にと祈って止まない。

むらた かずこ

旭川出身、旭川東高卒業後、大学、大学院を米国で修め、ワシントン大学、中国黒竜江省ハルピン、旭川市などで教鞭を執る。三浦綾子とは家族ぐるみの付き合いで主婦の友社出版の全集に年譜を執筆、『氷点』執筆の旧宅を保存し塩狩峠に記念館として残し、長く三浦綾子の病床に寄り添った。

三《み》浦《うら》綾《あや》子《こ》の生涯《しょうがい》
堀田綾子から三浦綾子へ

二〇二三年九月二十五日印刷
二〇二三年十月十二日発行

著者　村田和子
発行者　飯島徹
発行所　未知谷
東京都千代田区神田猿楽町二-五-九
〒一〇一-〇〇六四
Tel.03-5281-3751／Fax.03-5281-3752
［振替］00130-4-653627
組版　柏木薫
印刷　モリモト印刷
製本　牧製本

Printed in Japan
Publisher Michitani Co. Ltd., Tokyo
ISBN978-4-89642-699-1 C0095